U0127802

普通高等教育"十一五"国家级规划教材

摄　　影

（第二版）

张小纲　　陈振刚　　主编

高等教育出版社

内容提要

本书是普通高等教育"十一五"国家级规划教材,是原"十五"国家级规划教材《摄影》的修订版。

摄影作为一种世界性的视觉语言,全面、真实、客观地记录与反映着人类的进步与时代的变迁,其对于传承人类文明,增进沟通与理解,促进科技进步与文化繁荣之意义是毋庸置疑的。

全书以大量实际案例为载体,从基础摄影到专题摄影,从技术层面到艺术层面,从技能训练到素质培养,从传统摄影器材及操作要领到现代数码摄影与后期处理,从摄影曝光与用光技巧到摄影构图与表现技巧,构建出一个完整的教学设计方案,凸显以创新能力、应用能力培养为中心的教学理念。

本书可作为艺术设计类专业或其他相关专业培养高等应用型、技能型人才的教学用书,也可作为广大摄影爱好者的参考读物。

图书在版编目(CIP)数据

摄影/张小纲,陈振刚主编.—2版.—北京:高等教育
出版社,2009.8
ISBN 978-7-04-026663-4

Ⅰ.摄... Ⅱ.①张...②陈... Ⅲ.摄影技术-高等
学校-教材 Ⅳ.J41

中国版本图书馆CIP 数据核字(2009)第 087501 号

策划编辑	叶 波	责任编辑	周素静	封面设计	张志奇	版式设计	王 莹
责任校对	杨雪莲	责任印制	朱学忠				

出版发行	高等教育出版社		购书热线	010 - 58581118
社　址	北京市西城区德外大街 4 号		免费咨询	400 - 810 - 0598
邮政编码	100120		网　址	http://www.hep.edu.cn
总　机	010 - 58581000			http://www.hep.com.cn
			网上订购	http://www.landraco.com
经　销	蓝色畅想图书发行有限公司			http://www.landraco.com.cn
印　刷	北京佳信达欣艺术印刷有限公司		畅想教育	http://www.widedu.com
			版　次	2003 年 7 月第 1 版
				2009 年 8 月第 2 版
开　本	850 ×1168　1/16		印　次	2009 年 8 月第 1 次印刷
印　张	18			
字　数	490 000		定　价	48.00 元

本书如有缺页、倒页、脱页等质量问题,请到所购图书销售部门联系调换。

物料号　26663－00

第二版前言

大学的首要任务莫过于培养高质量的人才,而切实提高人才培养质量,关键还在于抓好课程建设。通俗点说,只有将课程建设抓好了、抓实了、抓出特色了,人才培养质量才可能有实实在在的提升。"工学结合"作为一种育人理念,不能仅仅挂在口头,而应将之贯穿到人才培养的每一个环节,包括专业建设、课程建设、教材建设等方方面面,先进的理念才能真正落到实处。正是基于这样的认识,我们展开了《摄影》第二版的修订工作。

当下的高等职业院校,无论在教学理念还是教学内容方面,无论是在教学形式还是教学方法方面,的确发生着深刻的变化。如何将这种教学改革的成果及时地反映到教材建设之中,反过来又有力地推进和促进教学改革,成为编写组成员反复思考的问题。我们所进行的教材修订,应该不是为修订而修订,而是为了适应教学改革的切实需要,为了丰富课程内涵而展开,能够集中展示在课程建设方面的探索与思考,这样的修订才会是有价值、有意义的。与此同时,数码摄影的快速发展和广泛普及,已日益改变着人们的生活方式,这一切都在提醒和促使着我们借此次修订之机,对全书的结构作重大调整。即将全书的重点从传统摄影转变到数码摄影,从基础摄影转变到专题摄影,以凸显内容的先进性、针对性、应用性与开放性。

以案例为主线无疑是全书的追求之一,然而在案例的选择上,本次修订则更加注重其贴近生活、贴近工作、贴近真实项目的特点,强调用作品来辅助说明技术应用的要领、技术和艺术处理的过程,而不是仅仅发挥其单一的鉴赏功能。为了强化案例的实践性、实战性和实用性特点,我们还特别邀请了部分职业摄影师、摄影家为本书提供"鲜活的案例",让他们用作品来诠释对摄影的理解,来介绍在艺术处理及技术运用方面的经验与体会。

在教材的修订过程中,我们重新对整个教学内容进行了系统设计,力图使各个部分都形成有机的内在联系,同时又希望它能够成为一个"自助"学习体系,使每个学校、每位教师、每位学习者都可以根据自己的实际需要来选择其中的内容与章节。并希望修订后的教材既适合于专业教学,也适合于选修课或素质拓展课教学;既适合于相关专业,也适合于非相关专业。而这一设计正是基于如下的考虑:今天的"摄影"已与人们的日常生活密不可分,已成为人们日常生活的一个组成部分。摄影不但是一种工作技能,同时还成为一种生活技能。

衷心感谢张少盛、刘兴邦、张小英等同志为本书提供精美而极富创意的作品,为全书增色不少。

本教材第一、七、十一、十三章由张小纲编写,第二、三、四、五、九、十二、十四章由陈振刚编写,第六、八、十章由张毅编写。河南漯河职业技术学院王学军老师对教材修订提出了建设性意见,并参与了部分章节的修订工作。尽管作者们在编写过程中付出了艰苦的努力,但由于自身的学术视野及学识水平有限,书中的错漏和不周之处在所难免,而前文中所谈及的一些设想、追求也未必能在修订版中得到充分体现,所以真诚地希望广大读者以及专家同行们给予批评指正。

编 者
2009 年 5 月

第一版前言

摄影术自 1839 年诞生至今已走过了 164 年的发展历程,164 年相对漫长的人类文明发展史而言,无疑是十分短暂的,然而摄影对于人类文明与社会进步所产生的作用却是巨大的。摄影为人类全面地、真实地、完整地记录与反映自身的发展,传承文明的成果,增进人类的相互沟通和理解,促进科技的进步与文化的繁荣,提供了一种崭新的工具、手段与途径,成为一种人类表达自身思想且独具魅力的重要艺术形式。随着科技的进步,特别是近年来数字摄影技术的飞速发展,摄影的器材设备之先进、技术技巧之丰富、艺术表现力之强、应用领域之广更是达到令人难以置信的地步。如今,摄影已成为人们社会生活以及现代文明中的一个重要组成部分。

摄影早已被各高校作为一门重要的专业基础课或选修课来开设,学生们通过摄影课程的学习,不仅能掌握必备的摄影基础理论与技能技巧,而且能受到较为全面的审美教育,因而受到普遍的欢迎。

本书的编写正是基于以上考虑,同时更注重适应高等职业教育的人才培养目标及课程设置的总体要求,力图使本书在内容丰富、概念明确、重点突出、结构合理的基础之上,突出实用性和实践性强的特点。因而,在全书的各重要章节,包括从摄影的构图、立意、用光、曝光,到后期的加工、制作,从器材的操作运用到数码摄影、专题摄影均采用详尽的文字与大量的图片加以阐述,强调过程教学与案例教学。与此同时,在每一章节前均安排有各章节的学习目标,而章节后安排有思考题及实训内容或推荐阅读书目,使整个教学过程中教与学的双方均目标明确,有较强的针对性,便于学生及时巩固与掌握基础理论知识,有利于强化技能训练与实际操作能力的提高,引导和督促学习者在完成各阶段性目标的基础上,能够较顺利地达到课程学习的总目标。

摄影是一种世界性的视觉语言,集中体现了人类现代文明的优秀成果。编者在本书的编写过程中十分注意吸收本学科国内外最新理论成果与先进经验,并引用了许多中外摄影名作,对重点与难点问题加以例证,使全书增色不少,在此,谨向有关作者表示衷心的感谢。

值得一提的是,高等教育出版社的高级编辑赵洁同志、责任编辑吴伟同志对本书的编写、出版给予了高度重视与极大的帮助,在此一并表示诚挚的谢意。

本书第一、第六、第十章由张小纲编写,第二、第三、第四、第七、第八、第九章由陈振刚编写,第五、第十二章由张毅编写,第十一章由吴晓编写。尽管我们付出了极大的努力,但由于自身的学术视野及学识水平毕竟有限,书中的疏漏和不周之处在所难免,真诚希望广大读者以及专家、同行们给予批评指正。

编　者
2003 年 2 月

目　　录

第一章

摄影的诞生与发展

学习目标

　　通过本章的学习,了解摄影术诞生的历史背景、成因以及摄影发展的基本脉络。了解与掌握"小孔成像"、卡罗式摄影法、火棉胶摄影法、干版和软片乃至数码摄影的基本原理。与此同时,重点掌握摄影的基本特点,了解摄影作为一种视觉语言所具有的认识、教育与审美功能,激发学习摄影的兴趣,增强掌握摄影技能的动力。

　　在远古时代,人类曾用最原始的文字与图画来记录、描述人们日常生活所发生的一切,包括劳作、收获、天文、地理乃至战争、灾难,等等。

　　站在今天的这个角度去反观人类历史,我们不禁会发出这样的感慨:如果仅仅依赖文字与图画,显然是无法完整地记载如此丰富和精彩的人类文明史的。

　　摄影术诞生了,它的诞生为人类更加完整地、全面地、真实地反映自身的发展与进步,传承文明的成果,增进人类的相互沟通、理解,提供了一种崭新的工具、手段与方法,对人类的进步与发展产生了不可估量的作用。摄影自诞生之日起,就成为人类共同的视觉语言,成为人类共同的财富。

　　摄影术是光学、物理学、化学、机械与电子科学的共同产物,是人类智慧的结晶,更为可贵的是这一历史性的发明为今后的一系列人类文明成果的产生奠定了重要的基础。人们曾作过这样简单的类比,倘若没有摄影,便不会有今天的电影,没有电影便不会有今日的电视与摄录像,更不会有今天的数字摄影乃至虚拟的三维空间。

　　摄影,既能胜任人类对客观世界一切事物的最真实的记录,也能完成人类想象中最具创意的表现;既能颂扬人类崇高的精神世界,也能鞭挞世间的丑恶现象;既能揭示太空、天地的浩瀚与奥秘,也能刻画人类物质世界的真与美。

　　当我们进入数字时代、信息时代、读图时代的今天,我们会发现,摄影从来没有像今天这样受到人们的重视与喜爱;从来没有像今天这样渗透到我们工作、生活的方方面面;从来没有像今天这样在世界范围内具有一支如此庞大的摄影专业队伍与摄影爱好者群——他们在享受人类文明成果的同时,又在创造着更加美好、辉煌的人类精神文明与物质文明的新成就。

第一节　摄影的诞生

　　摄影的发明源于"小孔成像"这一物理现象。而在世界范围内,对于"小孔成像"这一物理现象记

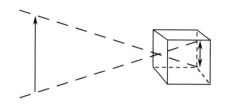

▲ 图 1-1　小孔成像原理示意图

载最早的是我国的《墨经》一书。

公元前三世纪,战国时期的著作《墨经》中有这样的记述:"景到,在午有端,与景长,说在端。""光之人煦若射,下者之人也高,高者之人也下。在远近端与于光,故景内库也。"文中大意是说影子倒过来是因为光线在小孔汇交成束而成的。由于人的足部挡住下面射来的光线,所以影子落在屏幕上部;从头部挡着上面射来的光线,所以影子落在屏幕下部(图 1-1)。

宋代科学家沈括在《梦溪笔谈》第三卷"阳燧"篇中写道,"若鸢飞空中,其影随鸢而移,或中间为窗隙所束,则影与鸢遂相违;鸢东则影西,鸢西则影东。又如隙中楼塔之影,中间为窗所束,亦皆倒垂"。以上两段论述不仅是对"小孔成像"的描述,同时也都揭示着透过小孔的影像均与实物颠倒。

在西方,有关"小孔成像"的记载最早见于 350 年古希腊哲学家亚里士多德的著作《质疑篇》中。1544 年荷兰医生兼数学家赖奈龙斯 · 格乌弗里斯所著《宇宙之光和空间几何学》一书中描绘了一幅借助"小孔成像"观察日蚀现象的图稿。16 世纪欧洲文艺复兴时期的巨匠列奥那多 · 达 · 芬奇,在其笔记中比较完整地记载着当时应用小孔成像描绘景物的过程。

1558 年,意大利科学家 G. 波尔塔(Giovanni Porta,1538—1558)在其《自然的魔术》中对利用暗箱作画作了如下描述:"把影像反射在放有纸张的画板上,用铅笔划出轮廓,再着色就成了一幅画。"详尽说明了应用"小孔成像"的原理制作暗箱并用于作画的过程。

▲ 图 1-2　透镜暗箱示意图

"小孔成像"暗箱虽然能够成像并可以在绘图领域应用,但它还不能解决影像清晰度和亮度之间的矛盾。也就是说"小孔成像"暗箱的"孔"只能像针孔般大小,其得出的像必定暗淡、模糊不清。若想为了增加亮度而扩大针孔,细节则会变得更加模糊。

为了解决这一矛盾,产生了透镜暗箱。最初的透镜暗箱是把双凸透镜镶在小孔上,因此,可以获得较亮、较清晰的影像。随后,通过一系列改进,使之成为便于携带的手提式暗箱。这类手提式暗箱的结构及原理已经十分接近现代照相机,可以说是现代照相机的雏形(图 1-2)。

如前所述,摄影必须把影像固定下来并且能永久保存,才达到其目的。尽管"小孔成像"暗箱使人们摄取外界影像成为可能,但这并不是摄影的全部,而当人类开始研究将暗箱摄取的影像完整地固定下来之时,才真正称得上摄影术研究的开始。

人们早就察觉到光对物质的作用,如皮肤在日光的长期照射之下会变黑、变红,衣服、纸张在日光的长期照射之下也会失去本来的颜色(褪色)。我国宋代文学家苏东坡所撰写的《物类相感志》中记述了将窗纸烘之字显的现象。

17 世纪末,一位名叫 T. 韦奇伍德(Thomas Wedgwood,1771—1805)的英国人将不透明的树叶、昆虫翅膀放在涂有硝酸银的皮革上,试图制作"阳光图片"(Sun-Picture)。他将皮革曝晒之后,拿开树叶时,皮革便出现了非常优美的白色图案。遗憾的是,当时的他并没有找到将这个优美图案固定下来(定影)的办法,致使受光后仍有感光能力的白色图案很快变黑了。但是,这一成果无疑预示了感光成像的可能性。

此后 20 年,德国人 N. 尼普斯(Nicephore Niepce,1765—1833)发现一种将线条画转印到石版上的转印法。他在石版上涂上自制的感光剂,再放上一张用蜡处理过的呈半透明状的原画,然后放在太阳底下曝晒,这就是用光化学方法来制版的"自动转印法"实验。他用银盐和碘加入溶解后的白蜡油涂在纸基上,用透镜暗箱反复进行固定影像的感光实验。经过 1816 年、1824 年、1826 年三个阶段的改进,他成功地用化学方法把影像加工成了铜版照片。

1826年，尼普斯把自己试制的感光材料，放进一个光学暗箱里，将镜头对准工作室的窗外，经过8小时曝光后，得到了世界上第一张照片"窗外景物"，尽管影像粗糙，但毕竟是世界上第一张由照相机（光学暗箱）拍摄，经定影保留下来的图像。他把这种方法称作"日光蚀刻法"（Heliongraphy）（图1-3、图1-4）。

法国画家、舞台设计师 L. 达盖尔（Louis Daguerre）着迷于摄影术的发明与研究，当他听到尼普斯的实验后，立刻写信给他，表示愿意同他合作，共同探索"日光蚀刻法"。

尼普斯逝世后，达盖尔继续着他的研究。一个偶然的机会，让达盖尔发现了使碘化银显出影像的方法。一天，达盖尔正在用一张装在暗箱里的铜版"拍照"，忽然天空乌云密布，光线暗了下来，他只好将这张感光不足的铜版存放在柜子里。三天后，他从柜子里取出铜版时，发现照片比过去更清晰了。经过实验证实，是水银的作用加强了影像的显现。于是，达盖尔又掌握了用水银蒸气与铜版上曝过光的碘化银进行化学反应的"显影方法"。

达盖尔为此专门设计了显影器，显影器上方有红色安全玻璃，以便随时观察显影效果，在显影器里放进水银，并在底部用酒精灯把水银加热到沸点，使受光部分与水银化合成汞合金，这种有光泽的汞合金，就成了影像中的明亮部分，未受光的碘化银部分，没有汞合金生成，而被达盖尔用硫化硫酸钠溶解掉。这样，未受光的碘化银从铜板上溶解掉了，也不再感光，形成了影像中的阴影和暗部。这种方法，大大缩短了感光时间，以前需要曝光几小时，而此时记录明亮光线下的景物只需20~30分钟，使摄影成为现实（图1-5）。

达盖尔认为自己的摄影方法与尼普斯当初采用的方法完全不同，故将自己发明的银版法命名为"达盖尔式摄影法"。1839年8月19日，法国科学院与艺术学院举行了一次特别会议，正式公布了"达盖尔摄影术"。这一天就是被世界公认的摄影术的诞生日。

▲ 图1-3　尼普斯　1826年使用过的照相机

▲ 图1-4　窗外景物　尼普斯摄

▲ 图1-5　达盖尔式照相机（复制品）

第二节　摄影的发展

正如人类历史就是一部不断发展、进步的文明史一样，摄影术的诞生，同时也标志着摄影术进入了一个不断发展、进步和不断成熟、完善的新时期。

一、卡罗式摄影法

在达盖尔研究银版法的同时，1834年英国人 F. 塔尔博特（Fox Talbot，1800—1877）也在开始着他的摄影实验。他在质地较好的纸上涂上盐水后再涂上硝酸银,然后在这张具有感光性能的纸上放上植物、羽毛等进行曝光并留下它们的图案,随之用碘化钾定影获得成功,并将其称为"卡罗式摄影法"(又称塔尔博特摄影法)。

　　1835 年,塔尔博特把碘化银涂在纸上,制成了世界上第一张相纸负片,并成功地感光成像,同时使用浓盐水解决了定影问题。该摄影法大大降低了摄影的成本,并使每张负片可以再用相纸印出无数张照片。可以说,"卡罗式摄影法"是今天由负片印放正像工艺的前身,他的发明为现代摄影中的负片工艺开创了新纪元。

二、火棉胶摄影法

　　塔尔博特创造出"卡罗式摄影法"后,人们进而试图找出一种既具有"达盖尔法"拍摄的照片那样清晰的影像,又兼有"卡罗式摄影法"那样价格相对低廉,能迅速印制出多张照片的新方法。

　　1851 年,另一项具有重要意义的发明出现在英国。当年 3 月出版的《英国化学》杂志发表了 F.S. 阿彻尔(Frederick Scott Archer)的"火棉胶摄影法"。所谓火棉胶是将火棉(硝酸纤维素)溶于 75% 的乙醚和 25% 的酒精混合液中的一种高黏性液体,干燥后坚硬且无色透明。阿彻尔将含有碘化银的火棉胶涂在玻璃片上并使其倾斜,让火棉胶均匀地扩散在玻璃片上,再浸入硝酸银溶液中以增强光敏性。

拍照时,必须在玻璃片湿的时候进行,火棉胶越干,感光度就越低。因此火棉胶摄影法要求火棉胶负片必须很快地制作并立即使用,故这种方法又被称作"湿版"摄影法。

　　"湿版"摄影法的显著特点便是光敏度高、感光快。加上用蛋清相纸可以印出无限量永久性的照片,且影像清晰、层次丰富、价格低廉,使得湿版法在 1851 年至 1870 年这 20 年中,成为了英美及欧洲大陆最主要的摄影方法,成为摄影发展史上一个重要的里程碑。因而,这一时期被人们称为"湿版时代"(图 1-6)。

▲ 图 1-6 "湿版"摄影法必须要使用暗房,为方便制作"火棉胶"底片,在室外拍摄时就要带上各种暗房设备和化学药品

三、干版和软片

　　1871 年 9 月,一位名叫 R.L. 马多克斯(Richard Leach Maddox)的英国医生,在《英国摄影》杂志上介绍了自己的研究成果:以糊状明胶为材料的溴化银乳剂,趁热涂在玻璃板上,干燥后不会像火棉胶那样发生结晶现象。用这种方法制作出来的干版拍照影像质量好,性能稳定,感光度强,一般在室外曝光只需 1/25 秒,且不一定要用三脚架,更不必带上那些暗室、帐篷、药剂等一大堆笨重的物品了。

　　这一强感光度干版的出现,不仅促使了新型手持照相机的发明,同时也催生出能够连续拍摄而不必来回更换干版的新型摄影材料的问世。

　　作为摄影发展史上不得不提的另一名重要人物是 G. 伊斯曼(George Eastman)。当时仅 24 岁的业余摄影爱好者伊斯曼,不过是美国一家银行的记账员,凭着自己的智慧,发明了一个干版涂布机,并于 1880 年创办了"伊斯曼干版公司"。经过几年的奋斗,于 1888 年 6 月成功地制造了第一架"柯

达"（Kodak）照相机，次年又生产出了成卷的软质胶片（图1-7）。"柯达"照相机体积小，便于携带，能拿在手中拍摄。软片胶卷是事先装在照相机里的，当摄影者全部拍完后，即可将照相机寄回柯达公司，由柯达公司将胶卷取出冲印成照片，再将新软片装入照相机，连同已冲印好的照片交还摄影者，且价格适中。1891年，伊斯曼公司又制造出了摄影者自己能装卸的胶卷。这一系列具有划时代意义的变革，使摄影具备了真正进入普及和实用时代的必备条件，即拥有了轻便、操作简易、价格低廉的照相机与感光片，摄影的影响及应用范围日益扩大，并被广泛运用于新闻传播、艺术创作、科研及日常生活的各个领域。

▲ 图1-7　1888年美国的 G. 伊斯曼针对大众消费研制出使用胶卷的"柯达一号相机"

随着时代的发展与科技的进步，摄影术集中地反映着物理学、化学、光学乃至数字技术最新成果及在该领域的实际应用。至20世纪70年代，彩色感光材料进入了成熟与普及的时期。先后还出现了红外黑白片、红外彩色片、多光谱片、X射线片、全息片、缩微片和印刷制版片等专用感光材料。与此同时，照相机的制造技术更是日趋成熟，不同类型、不同规格、不同用途的照相机以及种类繁多的辅助摄影器材相继问世。

四、数码摄影时代的到来

随着计算机及数字技术的飞速发展，日本索尼公司于1981年推出了一款"玛维卡"（Mavica）静态视频相机，采用模拟信号记录影像。1986年佳能公司推出38万像素的全数字静态照相机，到1989年富士公司与东芝公司联合推出40万像素的数码相机，期间不过短短的几年时光。直至进入21世纪，300万像素直至1000万以上像素的数字照相机相继问世，标志着数码相机、数码成像系统的发展进入了一个全盛时期。数码摄影的出现使传统意义上的摄影术面临着一场严峻的挑战，无论是从前期的拍摄还是后期的影像存储、处理、传播，都体现出一种革命性的变化。如今，数码相机、笔记本电脑、移动电话、卫星通讯的运用，能使地球上任何一个地方拍摄的数字图片在极短的时间内发回到本部，从拍照、传送到编辑部发稿的全过程，大约也只要几分钟。数字摄影的优越性是显而易见的，其强劲的发展势头令人瞩目。至于有人预言"未来人类的一切活动都会沿着数字的轨迹运转"，我们将拭目以待。

第三节　摄影的特点、功能及分类

一、摄影的特点

摄影术从它诞生之日起，就具有强大的生命力，通过不断的发展，无论在器材的种类、品质、精密程度，还是感光材料的科技含量、多样性、兼容性方面；无论是在其应用领域的拓展，还是从对于人类的文明进步所产生的积极作用来看，都达到了令人难以置信的地步。说它是纯粹的科技产物，但它所产生的社会价值、审美价值、史料价值，比肩者寡；说它是纯粹的艺术门类，但又少见能承载着如此高科技含量且应用领域如此广泛的品种。

如果把摄影从前期拍摄到后期制作，再到实际应用、产生价值当作一个过程，我们不难发现，摄影所用的器材包括照相机、感光材料、辅助器材等等不过是在这个过程中使用的必备工具。只有当它在摄影者的掌握、操作之下，生产出的产品——摄影作品(不论是新闻作品还是艺术作品)，才具备价值(或是新闻价值或是艺术价值、商业价值)。同时，这种产品必定是一种视觉产品或者说是一种信息产品。要么是向人们提供新闻和商业信息，要么是向人们提供视觉艺术的享受。

既然是一种视觉产品，必定是给人看的。从人的生理特性来看，人类与生俱来就有着一种向往一切美好事物的本能。虽然摄影术产生的初衷是"留影"，然而，随着时代的发展与社会的进步，随着人们对物质生活要求的不断提高，人们对精神生活的需求(包括感官的需求)也随之在提高。因而摄影所提供的视觉产品，不能仅仅只停留在"留影"的基础之上，它需要有强烈的视觉冲击力，能产生强烈的视觉美感以及健康向上的精神内涵，人们才会乐意接受它。这当然就包含着新闻摄影、纪实摄影、资料摄影、风光摄影、人像摄影、动物摄影、广告摄影等等。至于艺术摄影就更应具备这些品质了。进而言之，只有当人们乐意接受这种视觉产品之时，这种产品才会真正产生价值。如果提供的只是粗俗的、丑陋的，甚至是不堪入目的视觉产品，人们只会嗤之以鼻，不屑一顾直至拒绝接受，更谈不上产生什么价值。

二、摄影的功能

摄影艺术如同其他艺术一样，具有认识、教育与审美三方面的功能。

摄影的纪实性特征最为突出，摄影作品能够真实地、形象地再现社会生活，反映时代精神和刻画人物的思想感情，集中体现着摄影的认识功能。

举例来说，风光摄影能够帮助人们认识祖国的名山大川、名胜古迹及人文景观，民俗摄影能帮助人们了解不同民族、地区的风土人情，广告摄影能帮助人们提高对商品、产品的认知和了解。

摄影艺术同样具有教育功能，当然其教育功能是建立在其认识功能与审美功能之上的。好的摄影作品能激发人们对美好事物的期盼与憧憬，对丑恶事物的蔑视与批判，人们能从优秀的摄影作品中得到有益的启示和精神升华。

摄影艺术的审美功能更是显而易见的。"美"不是抽象的，"美"与"真"常常联系在一起。有人说，没有"真"便没有"美"。这一观点，虽不一定全面，但我们可以这样理解，"真"的不一定是"美"的，但"真"必定是"美"的基础。因此，摄影作品不单只是"写真"，还应能给人以美感，给人以审美愉悦。这就需要摄影作品能体现美的内容与美的形式，能够体现摄影者对生活的审美态度，能够揭示事物丰富的内涵。

从某种意义上讲，审美也是一种教育，即"寓教于乐"，使人们在审美的过程中受到潜移默化的教育。同时审美也有助于对认识的深化，一则优秀的摄影作品，不单能使我们从中得到美的享受，也有助于加深我们对作品中所表现内容的认识。

摄影的认识、教育、审美功能是相互联系、互为补充的。当然并不是所有作品都同时具备这三种功能，有的作品注重认识功能，有的作品突出教育功能，有的则是强调审美功能。如果兼具以上三种功能的作品必定是优秀的作品。

三、摄影的分类

摄影的分类是一个较为复杂的问题，特别是要对摄影的门类作一个科学而又符合现实情况的准确划分的确较难。比如，有人将摄影划分为新闻摄影与艺术摄影，前者强调纪实性、真实性；后者强调的是作品传达给观者的艺术感染力、艺术感受。前者强调的是新闻价值，后者强调的是艺术价值。然而，好的新闻作品本身可以具备很高的艺术价值，好的艺术作品也可以具有很强的纪实性，使得两者难以严格界定,况且还有许多边缘、新兴的摄影领域无法归入其中。

也有一种分类即将摄影划分为纪实摄影、艺术摄影、新闻摄影和实用摄影,这种分类包容量较大,但也有人质疑"纪实"与"新闻"之间固然有区别,但新闻不是以纪实为主要特征的吗?

还有将摄影分为艺术摄影、新闻及资料摄影的大一统划分方法,也有将摄影划分为人物摄影、动物摄影、静物摄影、体育摄影、建筑摄影、风光摄影、时尚摄影甚至更细的分类方法,可以说是各有侧重。

以上种种分类有的是运用逻辑思维的方法进行划分,有的是按体裁来划分,有的是按目的性分类,还有的则是按摄影的题材分类,各有其合理性和科学性。了解这些分类方法无疑有助于拓宽我们的视野,增加知识面,有助于我们探索各摄影门类不同的规律与特性。

必须指出的是,分类不是为了分家,摄影是科学、技术与艺术的结晶,是一个完整的体系,是其他形式无法替代且独具魅力的艺术门类,介绍分类的目的无非是引导我们注意与研究摄影这个大概念及其分类中共性与个性的关系,促使我们不断扩展摄影的应用领域与研究范围,从而从整体上推动摄影事业的不断发展。

出于对本教材具体教授对象及应用范围的考虑,从课程设置的实际情况,特别是从学生必须掌握的基本技能、技巧,着重培养学生的应用能力出发,本教材将从专题摄影切入,既了解各专题摄影之特征,掌握其要领,同时又能从中领悟摄影之共性,达到融会贯通之目的。

本章小结

了解过去是为了更好地掌握未来。通过了解摄影术从诞生之日到今天所走过的历程,让我们又一次重温了人类文化艺术与科学技术的发展史。我们感慨于先辈们为摄影术的发展所做出的一切努力,更被他们为人类留下如此丰富的文化遗产所折服。摄影是人类相互沟通的一种视觉语言,是我们认识世界、了解世界最快捷、最直观的工具,更是一种表现力极强的艺术形式。当我们充分了解其中的内涵之后,一定会增强学习摄影的积极性与主动性。

思考练习

1. 简述摄影术诞生的意义。
2. "小孔成像"的基本原理是什么?
3. "达盖尔摄影法"的基本原理是什么?
4. "湿版时代"对于摄影发展史的贡献是什么?
5. 何谓"干版",何谓"软片"? 对于摄影来说它们的出现意味着什么?
6. 摄影有何功能? 其社会价值是怎样得以体现的?

参考阅读书目

《摄影发展图史》,吴炜著,吉林摄影出版社出版

《实用摄影学》,徐希景著,中国摄影出版社出版

《摄影艺术概论》,夏放著,浙江摄影出版社出版

《摄影基础教程》,胡晶著,黑龙江美术出版社出版

第二章

摄影器材及操作要领

学习目标

　　熟悉和了解胶片照相机的种类,比如4×5大型相机、120中型相机、135小型相机,熟练掌握相机的结构、性能,以充分发挥各个功能之作用。除了能操作和使用照相机外,还须了解照相机必备的维护与保养知识。同时,对于照相机的辅助器材,如闪光灯、测光表、滤色镜等,也能熟练操作和使用。

　　从普遍意义上讲,照片的获得分前期拍摄与后期制作,而照相机则是拍摄阶段的主要器材。了解胶片照相机的种类,熟悉照相机的基本结构,熟练掌握照相机的使用方法及技巧,是进行摄影创作的先决条件,正所谓"工欲善其事,必先利其器。"

第一节　胶片照相机的种类

　　照相机的款式多样,性能各异,用途也不尽相同。为了区别这些照相机,可以按不同的构造和功能,分成以下几大类。当然,这几种分类方法严格地讲还不十分科学,因为有些多功能的照相机有跨类的情况。如有的照相机既能拍135胶卷,又能拍120胶卷,有的照相机既能拍卷片,又能拍页片,有的照相机既能自动操作,又能手动操作等。

一、按使用胶卷的型号分

1. 大型照相机
这种照相机多数使用单张胶片,拍摄画幅都在60 mm×90 mm以上,比如仙娜、星座、林哈夫及影楼使用的座机都属于这一类,还有拍摄大场面的摇头相机(图2-1、图2-2)。

2. 中型照相机
这种照相机使用120胶卷,拍摄画幅有60 mm×45 mm、60 mm×60 mm、60 mm×70 mm。这类相机有国产的海鸥4型、友谊牌,进口的有瑞典哈苏、德国罗莱弗莱等(图2-3)。

3. 小型照相机
这种照相机使用135胶卷,拍摄画幅有24 mm×36 mm、24 mm×18 mm,这类相机有国产的海鸥DF—1、珠红S—201、凤凰系列等。进口的有尼康、佳能、美能达、莱卡、康泰克斯等(图2-4)。

▲ 图 2-1　仙娜 P2 相机,使用 4×5 胶片,也可拍摄 120 的胶片和数码照片,但必须分别安装 120 的后背和数码后背

▲ 图 2-2　仙娜 P2 相机使用的片盒,挡板后面橙色部分为 4×5 胶片

▲ 图 2-3　哈苏 120 单反相机,使用 120 胶卷,可分别拍摄 60 mm×60 mm、60 mm×45 mm 画幅的底片

▲ 图 2-4　佳能 135 单反相机,使用 135 胶卷,可拍摄 36 mm×24 mm 画幅的底片

二、按照相机取景方式分

1. 平视取景照相机

这种照相机有金属机身和塑料机身之分,取景是通过机身旁边的一个窗口,透过窗口可直接观察、拍摄景物。有的取景窗可以通过棱镜折射同时测距离对焦,表现为虚实重影或裂像重合。平视取景相机国产居多,有拍 135 胶卷的,也有拍 120 胶卷的。这类相机体积小,携带方便,操作灵活,价格也较低。由于采用旁轴平视取景装置,适宜追随拍摄运动物体。不过,取景窗与拍摄镜头不在同轴线上,所以拍摄的画面有一定的视差,主要表现为横向视差。视差又随拍摄距离的远近有所不同,距离越近视差越严重。为了校正视差,有的相机在取景窗上设置了校正视差的标识。另外,这类相机镜头大部分是固定在相机上的,不能根据拍摄需要更换镜头。但也有些价格高的相机具有变焦功能,弥补了固定镜头的不足。

2. 反光式照相机

这种照相机有单镜头反光式和双镜头反光式,分别使用 135 胶卷和 120 胶卷,通常双镜头反光式只使用 120 胶卷,若装上 135 附件就可使用 135 胶卷。

(1) 单镜头反光式照相机。这种相机采用了复杂的棱镜和反光镜的光学系统,取景影像通过反光镜显示在机身上方的调焦屏上,摄影者可以直接利用镜头取景和调整焦距,而且能观察到景物的清晰程度。由于取景窗与镜头在同一中轴线上,所以拍摄的画面没有视差,更换不同的镜头后能拍摄不同效果的照片。如装上取景器,还可以离开视平线取景拍摄,十分灵活。它的不足表现在按动相机快门时,相机内部的反光镜头需反弹起来使胶卷感光,在曝光的瞬间,取景窗内看不见影像,这种现象在使用闪光灯时很难判断是否闪光,特别是追随拍摄运动物体时,看不到运动物体的瞬间效果。同时这种现象在某种程度上会产生一定的噪音和震动。

(2)双镜头反光式照相机。这种相机有上下两个镜头,上方镜头取景用,下方镜头拍照用,取景装置采用了反射镜,可直接通过磨砂玻璃观察被摄物体的清晰范围,这种取景装置使用特别灵活,既可平视取景,又可左右侧面取景,既可仰视取景,又可俯视取景。但因体积较大,显得笨重一些,一般不能更换镜头,存在一定的视差。这种视差表现为纵向的视差,为了校正视差,在相机的取景屏上设置了校正视差的标识。同时,这种视差与拍摄距离的远近有关,距离越近,视差越严重。

三、按照相机的曝光方式分

1. 手控曝光照相机
这种相机为金属材料制造,使用时完全靠手动操作控制。如国产的 135 海鸥 DF、120 海鸥 4 型等相机,进口的雅西卡 FX—3 型 135 单镜头反光相机、尼康 FM2 型 135 单镜头反光相机等。

2. 半自动控制曝光照相机
这种照相机可通过取景器内的指针或发光二极管显示,告诉摄影者应选取的光圈系数和快门速度。如国产的 135 凤凰 304A 型照相机,进口的尼康 FM—10 型照相机。

3. 自动快门曝光照相机
这种照相机也称光圈优选式,即摄影者确定某一级光圈,然后由相机自动调节快门速度。若以画面的景深为主,多采用这种模式。一般情况下如要得到大景深的照片用小光圈,需要小景深的照片用大光圈。如国产的 135 珠汇 H801 相机,进口的 135 尼康 F3 型单镜头反光照相机、120 勃朗尼卡 SQ—A 型单镜头反光照相机。

4. 自动光圈曝光照相机
这种照相机也称快门优选式,即摄影者先确定某一级快门,然后由照相机自动调节光圈大小。一般地说,被摄体如果是动体,要将它运动的某一瞬间作为静止的状态记录下来,就要选择较快的快门速度,要使被摄体具有动感,就要选择较慢的快门速度。如凤凰 JG301 型相机就属于这一类。

5. 程序式自动曝光照相机
这种照相机的快门速度与光圈大小一一对应,不能任意选择,不过,慢速度和大光圈搭配以适应低亮度的被摄体,快速度和小光圈搭配以适应高亮度的被摄体。摄影者只要调定好胶卷感光度,对准被摄体,即可拍照,不必考虑光圈与快门,就能使胶卷获得适当的曝光量。这类相机就是我们说的比较高档的"傻瓜"照相机。

6. 多功能自动曝光照相机
这种照相机有手控曝光、光圈自动曝光、快门自动曝光、程序自动曝光四种方式。如尼康系列中的 F4、佳能系列中的 EOS—5 等相机。

多功能自动曝光照相机,多采用了电子技术,使拍摄过程自动化。它除了四种自动曝光方式外,还能自动测光和显示,自动对焦,自动输片和倒片,自动闪光,自动记录拍摄数据等。

四、按照相机的用途分

1. 即影相机

也称一分钟相机。这种相机最具代表性的是波拉一次成像相机,它使用专用的波拉相片,每盒10张,拍摄后,相片从相机内自动输出,通过相片自带的药液使拍摄的影像显现出来,时间一分钟左右。这种相机可拍黑白照片,也能拍彩色照片,但照片的效果没有胶片放大的效果好,一是颗粒比较粗,二是保存性比较差,因此大多用来拍广告摄影的样片。如果是四个镜头的一次成像相机,还可以拍证件照。

2. 水下照相机

这种照相机是专为水下摄影制造的。相机放置在一个带有光学视窗的耐压箱中。这个箱子可作为相机的附属装置,但十分笨重。为了水下摄影需要,相机除了耐压外,还需防水,镜头要能控制水对光线的折射等,这种照相机更换镜头必须在陆地上操作。

3. 航空照相机

航空照相机首先要解决两个问题:一是防震,二是聚焦。因此,大多数航空照相机都是固定在飞行器上,焦点始终对在无穷远。胶卷通过杠杆卷片或电驱动卷片来实现,为了获得短的曝光时间以补偿相机振动及物体运动造成的不稳定,使用了一个扇形快门,它是一种焦平面快门,有一个带有开口的径向扇区的不透明轮在片门前高速旋转,以实现曝光,也可以使用数据压印方法来记录曝光时的各种数据。这些数据可以直接来自于航空器的导航系统。因此,这种航空摄影与摄影师坐在直升飞机上用陆地使用的相机航拍是有区别的。

4. 全景照相机

这种相机通过将一个普通镜头围绕它的后节点旋转,并使景物通过焦平面上同时移动的狭缝成像,可以获得水平140度、垂直50度的视角。焦平面狭缝的作用是对胶片顺序曝光,片门是曲面形状,其曲率中心位于镜头后节点,曝光时间由狭缝宽度控制。这种相机可拍摄60 mm × 120 mm、60 mm × 170 mm,甚至60 mm × 240 mm的画幅,但不足的是有明显的畸变。

除以上介绍的几种外,还有微型侦察照相机、翻拍照相机、显微照相机、全息照相机等。

第二节　胶片照相机的构造与使用

不同类型的照相机,其功能也各不相同,但是,它们的基本构造和使用方法是一致的。比如摄影镜头、光圈与快门、调焦与取景、输片与倒片、机身与后背等,下面分别加以介绍。

一、摄影镜头

摄影镜头就像人的眼睛一样,是观察和成像的关键部件,它能如实地把景物影像记录在胶片上。镜头同样有不同的种类和功能,构造分光学透镜组和调节控制装置,但大部分镜头都与相机配套使用,很少有通用镜头,如果卡口相同组合使用,成像质量不如原装镜头。假若尼康机身,配用图丽、腾龙或适马镜头,拍出来的效果不如尼康镜头。有关镜头的详细内容在第三章专题介绍。

二、光圈与快门

光圈与快门分别控制进光量和进光时间，两者配合形成不同的曝光组合。

1. 光圈的结构

光圈由多片金属叶片组成，按照一定的规律排列，安装在镜头透镜组的中间，可根据需要调节不同的光圈系数，形成不同的孔径。

2. 光圈的种类

光圈一般有固定式和可变式两种，固定式光圈只有一个光孔，是最简单的结构形式。可变式光圈又分调定光圈和跳动光圈两种，调定光圈调定后拍照时光孔固定不动，而跳动光圈在拍照开始快门尚未开启的瞬间，光圈孔又回到最大位置。跳动光圈用在单镜头反光照相机上和曝光表控制的自动光圈照相机上。

3. 光圈系数

镜头筒上标定的光圈孔径分别为 1.4、2.8、4、5.6、8、11、16、22 等，这一组数字被称为光圈系数。光圈系数的计算公式为，光圈的系数等于焦距与光孔直径之比，即：

$$光圈系数 = \frac{焦距}{光孔直径}$$

如一个镜头焦距为 50 mm，直径为 25 mm，其光圈系数为 50/25=2，可写成 1：2、f2、F2 等。一般两个相邻光圈系数的光通量相差两倍，也有相差 1/3 倍的，如 f4 比 f3.5 小 1/3 倍。数字的大小与光孔的大小成反比，数字越小，光孔越大，数字越大，光孔越小。

4. 光圈的作用

光圈除了调节进光照度外，还能控制景深，即光圈大景深小，光圈小景深大（图 2-5、图 2-6）。

5. 快门的结构

快门是照相机上控制进光时间的装置，一般是由金属片制作，也有的帘幕快门用胶质绸布制作，快门有开闭、调速、自拍、连闪机构。中心快门还装有控制镜头通光的光圈机构，帘幕快门没有控制光

▲ 图 2-5　拍摄时使用 f11 的光圈，画面上车灯留下的轨迹相对清晰　陈振刚摄

▲ 图 2-6　拍摄时使用 f5.6 的光圈，画面上车灯留下的轨迹相对模糊　陈振刚摄

圈机构。

6.快门的种类

快门分镜间快门、钢片快门、电子快门、程序快门。

（1）镜间快门。快门安装在镜头中间,简称镜间快门。快门叶片由薄金属片三片或五片组成,速度的快慢由弹簧的松紧来控制,弹簧绷得越紧,速度就越快,反之,速度就越慢。

（2）钢片快门。钢片快门打开和遮挡片窗的零件为两组前后排列的钢片。每组钢片各由若干片平直的小薄钢片相叠构成,这些小薄钢片在扛杆的控制下,既可迅速展开,又可彼此灵活地重叠在一起。一组钢片在展开以后,其相邻小薄钢片之间,始终仍有一部分彼此相重叠。因此,不会造成漏光。

（3）电子快门。电子快门用电子组件取代了机械部件对快门的控制,具有电子快门的照相机,一般都采用自动测光系统,测出的光量通过电子途径,自动调节快门速度,摄影者只要按动快门钮就可以得到合适的速度,曝光准确可靠。电子快门又分为电子中心快门、电子帘幕快门、全电子快门三种。

（4）程序快门。这种快门装置光圈与速度按一定的程序排列组合,将其储存在相机内部,当拍照测光时,照相机自身可根据测得的光线亮度自动给出一组曝光组合。即被摄体反光弱速度慢,光圈大,被摄体反光强速度快,光圈小。

（5）快门的速度。快门开启的时间是以秒为计算单位的。一般慢至 1 秒,快至 1/1 000 秒,有的慢至 4 秒、30 秒,有的快至 1/4 000 秒、1/8 000 秒,照相机构造越精密,快门装置越完备,快门级数也越多,能适应各种拍摄情况的需要。各级快门速度一般都标在镜头上,或者在机身的速度盘里。数字的大小与速度的快慢成反比,数字越小速度越快,数字越大速度越慢。

有的照相机有 1 秒以上的速度,如 2 秒、5 秒、10 秒,一般用红字表示。另有"B"、"T"为长时间曝光装置。如果用"B",按下快门钮,快门即开启,松手后快门即自行关闭。对准"T"按下快门钮,快门即开启,松手后快门也不关闭,再按一下快门钮,快门才关闭。不过现在很多相机都取消了"T"装置,而是通过"B"装置,用快门线来操作,另外,大多数相机还有快门延时装置,也叫自拍钮,延时时间为 12 秒。

（6）快门的作用。控制进光时间,不同快门速度用于不同亮度景物,高速快门能将运动体清晰地拍下来,慢速快门能将运动物体的动感拍下来(图 2-7、图 2-8)。

▲ 图 2-7　拍摄时使用 1/125 秒的快门速度,瀑布的流水连成一片,形成飞流直下的气势
陈振刚摄

▲ 图 2-8　拍摄时使用 1/8 秒的快门速度,瀑布的气势更为壮观,似乎听到了水的声音
陈振刚摄

三、调焦与取景

在拍摄过程中,少不了调焦和取景,不经调焦拍摄的照片很难保证照片清晰,没有取景装置也无法看清被拍摄物体。

1. 调焦的作用

摄影调焦主要是依靠镜头的伸缩来进行,常用镜头的焦距大多是固定的,其焦点位置即为无限远景物的成像位置。如果拍摄有限距离上的物体,拍摄距离较近,必须将镜头伸出到一定程度,才能在胶片上聚焦成清晰的影像。所以,调焦就是根据被摄体所处的位置调整距离标尺,使之形成清晰影像。一般焦点对哪里,哪里就清晰(图2-9、图2-10)。

▲ 图2-9 拍摄时使用f2.8的光圈,将焦点对在后面的亭子上,前面的路灯虚化 陈振刚摄

▲ 图2-10 拍摄时使用f2.8的光圈,将焦点对在前面的路灯上,后面的亭子虚化 陈振刚摄

2. 调焦距离

调焦的距离是通过镜头筒上的距离标尺指示的。距离标尺的单位分为公尺(m)和英尺(ft)两种,可以分别使用。此外,距离标尺指示一般从1公尺左右起始至无限远(∞)为止,凡是位于这个范围之内的景物,都可以通过调焦结成清晰影像。距离标尺可以查对调焦的清晰范围,而且可以通过距离标尺目测调焦,即将目测的距离直接对在标尺的某个位置,同样可以保证被摄体的清晰。不过,目前有些自动聚焦镜头和眼控聚焦相机没有距离标尺标识,操作起来更方便。

3. 调焦方法

调焦的方法根据调焦的机构不同而略有差异。一种是局部位移调焦,即调节摄影镜头中部分光学透镜的位置关系,从而改变摄影镜头的焦距。这种方式大都是变焦镜头及简单的相机镜头采用。另一种是整组位移调焦,即调焦过程中使整个光学系统前后运动,从而调节光学系统与胶片平面间的像距。如伸缩皮腔调焦、伸缩支架调焦、镜筒平移调焦、镜筒旋转伸缩调焦等。

4. 调焦的检验

为了检验调焦是否准确,每个照相机上都有某种调焦验证装置,如磨砂玻璃式、中央裂像式、中央微棱镜式、组合式、重影式等。

5. 取景的方法

摄影者观察被摄体和景物范围必须借助取景器,取景器分同轴取景和旁轴取景两种。

(1)同轴取景。同轴取景包括片窗磨砂玻璃取景、俯视磨砂玻璃取景、俯视放大取景、平视五棱镜取景等。单反式相机就属于这一类。

（2）旁轴取景。旁轴取景包括俯视双镜头反光取景、平视光学取景、万能平视光学取景等。

四、输片与倒片

凡是使用胶卷的照相机大部分都有输片与倒片的装置,大致有旋钮输片、快门连动输片、自动输片三种。

1. 旋钮输片

这种输片装置一般是通过相机后盖上的红窗来观察输片数字。每拍摄一张用旋钮卷动一次,如拍 120 胶卷,海鸥 203 型、4B 型、4C 型照相机就采用了这种输片方法。

2. 快门连动输片

输片装置与快门开闭装置相互连结,每拍一张,快门的弹簧即放松,只有过片后,快门弹簧才重新拉紧,可以作下一次拍摄。记数盘自动记录拍摄数字,不会出现重拍和漏拍的现象,使用操作方便,如拍 120 胶卷的海鸥 4A 型相机和德国罗莱弗莱相机,以及不同的 135 相机都采用了这种输片装置。

3. 自动输片

自动输片有两种,一种是微型电动马达输片,这种马达有的安装在相机内部,也有的独立成附件。电动马达可拍单张,即按一下快门钮过一张胶片,也可以连续拍摄,按下快门钮,不停地拍摄过片,每秒可拍两张。

4. 倒片装置

倒片装置只有 135 相机具备,如果是机械手动输片的相机,胶卷拍定后,将拍摄过的胶卷倒到暗盒中去,倒片时先要按下相机底部的倒片按钮将输片牙轮解脱,再转动倒片手轮或摇柄。

不过,有些自动输片的照相机,除了自动输片外,还有自动倒片。同时,需要手动倒片时,只要操作手动倒片钮即可倒片了,这样也可减少耗电量。

五、机身与后背

1. 机身

照相机的机身大部分是金属结构,而普及型的相机用塑料作机身的较多,机身的主要作用是将镜头暗箱、后背等主要部件紧密地连结成一个整体。有的照相机只有机身而无后背,安装胶卷只需打开后盖即可,也叫固定后背。

有的相机具有自动识别胶卷感光度的功能,当胶卷装入相机胶卷槽,槽内的两排金属触点与 DX 胶卷暗盒上的方格图形对应。暗盒上的白色方格是导电的,黑色方格是绝缘的,这样金属触点与胶卷暗盒接触,即自动感应识别到胶卷,这种功能也叫 "CAS" 系统。

2. 后背

所谓相机后背是指那种活动的能独立安装感光胶卷的装置。将它附加在机身上,其输片和记数装置可与机身部分的快门机械联动,一台照相机如果备有几个这样的后背,分装不同的胶卷,可随时调换后背,以拍不同画幅尺寸的底片。如国产的东风牌相机、瑞典的哈苏相机、日本的玛米亚相机。另外,有些拍页片的 4×5 相机更换 120 后背还可以拍摄 60 mm×60 mm、60 mm×70 mm、60 mm×90 mm、60 mm×120 mm 画幅的底片,如进口的仙娜座机、星座座机等。

第三节　照相机上常用的字母和符号

一、常用字母

A　　光圈优先式自动曝光标志，即自动快门挡，刻在快门时间刻度盘上。调至此挡后，只要再用手调节好所需光圈系数，照相机的电子快门便自动控制胶卷的曝光量，实现正确曝光。

AF　　自动调焦标志，刻在镜头筒上或刻在机身安装镜头的卡口接环旁。

AE　　侧重中央式全视场测光标志。刻在佳能新 F1 型照相机的侧重中央式全视场测光调焦屏上。

AS　　自动连续拍摄挡，刻在哈苏 500EL/M 型照相机机身右侧的拍摄选择钮上。

AV　　光圈系数标志，佳能 A—1 型照相机，当调至此挡时，显示窗内指示出光圈系数刻度盘，照相机具有光圈优先式自动曝光功能。

B　　慢速长时间快门标志，刻在快门时间调节钮或调节环上，调至此挡，按下快门开始曝光，手抬起曝光结束。

BC　　电池电压检验挡或电池电压检验按钮标志。

BTL　　镜头后测光标志。

BAT　　电池盒盒盖标志。

C　　关闭挡。刻在勃朗尼卡 ETRS 型照相机的手柄固定座上。

CF　　连接调焦装置。

CM　　连接自动卷片挡标志。刻在勃郎尼卡 SQ-AM 型照相机的电动卷片手柄上。

CRF　　联动测距取景器。

CTD　　镀膜标志。

D　　照相机记录日期功能的标志。

DD　　数字显示器中显示的光圈和快门值的数码资料。

DJ　　国产单镜头反光镜间快门照相机标志。

DVF　　直视取景器。

EC　　曝光补偿标志。

ED　　具有极低色散的光学玻璃标志。有些尼康相机镜头就采用此类材料制作。

EE　　电眼，自动测光照相机。

EF　　电子闪光灯标志。

ES　　电子快门标志。

EV　　曝光指数标志。

EPS　　电子程序快门标志。

EFC　　电子调焦系统标志。

F　　光圈系数标志。

FA　　半自动调焦标志。

FD　　自动光圈摄影镜头标志。佳能 FD 系列镜头属于这一类。

FES　　全电子快门标志。

H　　快速挡标志，刻在电动卷片器的调节钮上，表示快速卷片挡。

HFT　　多次镀膜标志。罗莱弗莱克斯照相机镜头运用了此种镀膜工艺。

1R 红外线标志。

L 锁紧挡标志。刻在按钮或调节钮等的锁紧钮旁。如哈苏相机、尼康相机。

LT 长时间曝光标志。如理光 XR-7 型相机的取景器。当快门时间为 2~16 秒各挡时,LT 灯发光。

M 手控挡标志。刻在曝光方式选择钮旁,当调到此挡时,即可手控进行曝光。

MC 多层镀膜标志,刻在摄影镜头前端。

MD 具有多种自动曝光功能的标志。

N 正常拍摄挡标志。

O 打开照相机的标志。

OFF 电源断开挡标志,刻在电源开关钮旁,当调至此挡时,电源断开,相机停止工作。

ON 电源接通标志,与断开挡相反。

P 程序式自动曝光挡标志,当将曝光类型选择钮或快门时间调节钮调至 P 挡时,相机即按预先存储的程序自动控制曝光。

PA 拍摄快速运动物体时选用的程序式自动曝光挡。

PC 闪光灯引线插座。

PT 国产平视取景镜间快门照相机。

R 红外线摄影调焦基线标志。

RB 旋转后背片盒标志。

S 快门优先式自动曝光标志,例如尼康系列照相机。也作为单独拍摄标志。

SC 镜头单层镀膜标志。

SE 中央点测光标志。

SLR 单镜头反光照相机的标志。

SR 单张重复挡,即曝光辅助动作重复预释放挡标志。

T 快门时间的 T 门挡标志,刻在快门时间调节钮或调节环上,为长时间曝光挡。按下快门开启,再次按下快门关闭。

TTL 通过镜头进行测光的标志。

TV 快门时间值标志。

WA 广角摄影镜头标志。

X 使用万次电子闪光时,可选用的闪光摄影挡,也有作为闪光同步标志。

二、常用符号

+O-:曝光显示信号。在取景器内,当"+"显示灯发光时,表示曝光过度,当"-"显示灯发光时,表示曝光不足;当"O"显示灯发光时,表示曝光正确。

▶O◀:快速调焦显示信号。在取景器内,当中间的绿灯发光时,表示已调焦准确;当左(或右)侧的红三角形灯发光时,表示调焦不准,应按该三角形尖部指引的方向转动摄影镜头的调焦环,直至绿灯亮为止。

+/-:曝光补偿信号。当摄影者采用曝光补偿摄影时,此灯即发光,会提醒摄影者在拍摄完毕,及时将曝光补偿调节钮复位到正常挡。

●(红点):分别刻在镜头座和摄影镜头的镜筒上,为摄影镜头的装卸定位标志。当装镜头时,必须先使两红点对齐后,才能将镜头后端插入镜头座中。

□:全自动摄影模式。选择此模式可拍摄到任何景物都比较清晰的画面。

🏃:人像拍摄模式。选择此模式工作,可拍摄出模糊背景突出人物的画面。

▲：风景拍摄模式。选择此模式，可拍摄出一望无际的风景或夕阳等画面，场面清晰深远。

♥：近距离摄影模式。选择此模式使镜头内调整为近摄微距状态，可拍摄花、草、虫、鱼等画面。

★：运动物体摄影模式。选择此模式可拍摄高速运动物体的动感画面。

▭：平均测光模式。此模式适合一般摄影环境使用，背光情况也一样适合。照相机会依据焦点而评估主体的位置，背景、前面光线、后面光线及其他因素，作出正确曝光估算。

▣：中央局部测光模式。此模式在取景器内中央约 9.5% 的范围测光。一般在主体与背景光差太大或突出主体时使用。

▣：中央重点测光模式。此模式偏重于测光器中中央小范围的测光。

⚡：使用万次电子闪光灯的符号。当需要使用闪光灯时，此符号显示，提醒摄影者用闪光灯。有时也作闪光插座标志。

◉：防红眼标志。使用闪光灯在黑暗中拍摄人像，人的眼球会出现红眼现象，为了防止红眼，使用此符号，正式拍照时闪光灯会预闪，让人眼瞳孔适应红光。

▰：眼控自动对焦设定符号。使用眼控自动对焦，只需注视，便可选择摄取对焦点。照相机能探测人眼移动及立刻感应出你注视哪一对焦点，之后对该点进行对焦。

▥：多重曝光符号。使用此符号，可在同一底片上实行二次以上的曝光。

▭：电池电量显示符号。此符号能显示电池使用过程中所剩的电量。

⟳：自动拍摄符号。使用时可完成自动拍照，延时时间为 12 秒。此符号也作为远距离遥控标记。

▤：连续拍摄符号。正常情况下都是拍单张，但有时为了拍摄高速运动物体的某一精彩瞬间，采用连续拍摄的办法。胶卷过片的速度为每秒 2.5 张。

♪：夜景摄影符号，夜间拍摄可得到正确曝光。

第四节　照相机的辅助器材

照相机常用的辅助器材包括：闪光灯、摄影灯、测光表、滤光镜、近摄皮腔、摄影台、柔光罩、反光板、脚架、快门线等。

一、闪光灯

▲ 图 2-11　尼康 SB-80DX 电子闪光灯，适合尼康系列的数码相机使用

闪光灯为瞬间照明。一般分为内藏式闪光灯，与相机连为一体的属于这一类。独立式闪光灯，这一类又有小型和大型之分，小型比较灵活，既可室内使用，也可室外使用，携带比较方便。而大型的主要供摄影室使用，其功率根据用途又分为好几种。

闪光灯是一种摄影专用的人工光源，它的特性是亮度极强，其色温为 5 400 K 以上，相当于太阳光的色温。另外闪光速度极短，闪光灯的发光持续时间在 1/300 秒至 1/5 000 秒以上。闪光灯的电源有交流电源或直流电源，有的闪光灯可使用交直两用电源。但大多数便携式闪光灯使用锰电池、碱性电池、镍镉电池、锂电池等直流电源。

有些新型的闪光灯的灯头部分可以转动，以便改变闪光光束的投射角度。还有一些现代的电子闪光灯具有预防红眼现象的频闪闪光功能及自动聚焦闪光照明功能，另有一种消除阴影的环

▲ 图2-12 尼康SB-29S电子闪光灯，适合拍摄小型的广告产品、静物等。它的最大优点是曝光均匀，并能消除阴影

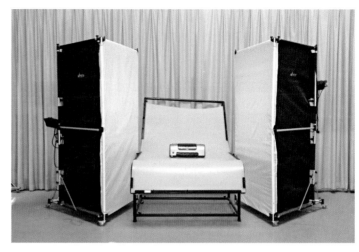

▲ 图2-13 大型带柔光罩的闪光灯，使用它拍摄人像、产品效果比较好。光线柔和、色温稳定

形闪光灯（图2-11、图2-12、图2-13）。

二、摄影灯

摄影灯为连续照明。一般分为白炽灯、碘钨灯、数码灯等。功率有固定输出和可调输出，还可根据需要在灯头前面加用有色滤色片，来任意改变光源的色彩。摄影灯可室内使用，也可室外使用（图2-14、图2-15）。

▲ 图2-14 专供拍摄人物肖像的摄影灯，它能使人物的眼神光形成钻石般的效果

▲ 图2-15 带反光罩的摄影灯，发射4 800 K的连续光，特别适合数码摄影，也称数码摄影灯

三、测光表

尽管大多数照相机都具备测光装置,但专业摄影师使用大型座机拍照时,仍借助测光表来决定曝光量。

测光表分为反射式测光表、入射式测光表、点测光表、闪光测光表四种。有的测光表具有多种测光功能,测光读数以液晶显示为主。使用测光表前需认真仔细阅读使用说明书,按步骤操作,一般测光方法有两种,一是测反射光,二是测入射光。

测反射光:测光表测量被摄体反射光亮度时,测光表的正面测光窗口对着被摄体。具体操作要视被摄对象而定。如果是拍摄比较开阔的风光照片可用机位法测光,如果是逆光下的人物可用近测法,如果在同一光照环境下可用代测法,用摄影者的手背代替。同时,也可用反射率为18%的标准灰卡纸作为被测对象,这种方法简便、准确。

测入射光:测光表置于被摄体的相同位置,测光表正面测光窗口对着照相机的方向不可对着光源,否则测光读数会产生误差。室内或室外测入射光有所不同。室内用自然光或灯光拍人物和静物,测光时一定要在被摄体的位置。室外拍人物或风光可在相机的位置测光,前提是被摄体和机位的光照完全相同,而且测光表与被摄体的朝向一致(图2-16)。

▲ 图2-16 世光牌测光表具有多种功能,既可测入射光,也可测反射光,既可测自然光,也可测人造光等

四、滤光镜

滤光镜又称滤色镜,是摄影不可缺少的辅助器材。滤光镜按其形状分有圆形和方形两种,圆形可按口径大小直接将滤光镜安装在镜头上,方形的要先在镜头上安装转接插槽,然后再将方形滤光镜装进插槽中。按材质分有色膜滤光镜、色玻璃滤光镜、玻璃夹膜滤光镜三种。按用途分有黑白摄影滤光镜、彩色摄影滤光镜两大类。按效果分有有色滤光镜和无色的特技镜。

摄影常用滤光镜有紫外线滤光镜、偏光镜、柔焦镜、中空镜、多影镜、星光镜(图2-17、图2-18)。

▲ 图2-17 圆形滤光镜,可根据相机的口径选择滤光镜的大小,也可根据用途选择不同颜色和不同效果的特技镜片

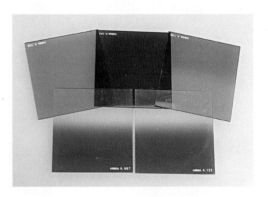

▲ 图2-18 方形滤光镜,使用时需在相机镜头前安装一个转换框,然后将滤光镜插在框上拍摄

五、近摄皮腔

有些诸如珠宝、首饰、硬币、邮票，小如蚂蚁的昆虫，用普通镜头很难拍出效果，用微距镜头或加用近摄镜片可起到放大被摄体的作用。同样，用近摄皮腔来拍摄效果更好。

皮腔是连接摄影镜头与照相机机身的能够折叠和伸缩的部分。一般由厚实、耐磨、耐折的软皮或纺织品制成，涂有黑漆，装在金属、硬质塑料框架上，外形似风琴的风腔，能够在滑动轨道上前后伸缩，用以进行对焦和近距离拍摄。其主要优点是可改变拍摄距离，使用起来比近摄接圈更为方便，放大倍率高于近摄接圈（图2-19）。

▲ 图 2-19　机身和镜头之间安装的黑色折叠物为近摄皮腔，使用它不仅能拍摄 1∶1 的小型物件，还能放大物体

六、摄影台

摄影台主要用来拍摄静物和广告产品，尺寸大小有 1.2 米宽、1 米宽、0.6 米宽等，应根据自己的用途来选择，也可以自制不同的大小和样式来使用。摄影台的台面是一块带坡度的有机玻璃，坡度可以调节，可以从上方打直射灯光，也可以从下方打透射灯光，摄影台装有万向轮，调整位移十分方便（图2-20）。

▲ 图 2-20　专供拍摄静物、产品的摄影台，可直接将被摄物放在台面上拍摄，也可以在台面上铺上衬布或衬纸拍摄

七、柔光罩

也叫无影罩，柔光罩的使用可使光线柔和，消除被摄体的投影和反光。柔光罩用透光的白布制作，有不同大小多种型号。一种将灯安装在柔光罩里面，光线透过罩子照亮被摄体。另一种是被摄体放在柔光罩里面，从外面布光（图2-21、图2-22）。

▲ 图 2-21　这种柔光罩也称无影罩，灯光透过无影罩，照亮被摄体，同样可以在罩子里面放衬布或衬纸

▲ 图 2-22　这种柔光罩发光灯具在罩子里面，一般为闪光灯用，所以也称闪光灯罩

八、反光板

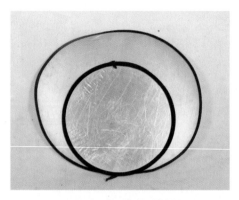

▲ 图 2-23　反光板可折叠装袋, 外拍携带十分方便, 除了金、银色外, 也有白色的

反光板一般为圆形, 大小各异, 分金、银两种颜色, 能折叠装袋。反光板的主要作用是将光线反射到被摄体的暗部, 作辅助光使用(图 2-23)。

九、脚架

脚架起稳定相机的作用。脚架有大型、中型、小型之分, 其中又有三脚架和独脚架。

大型脚架: 这种脚架有一根立柱, 底部有三个方向的滑轮, 上部有可供升降固定相机的支架。这种脚架主要用于摄影棚座机和中画幅相机使用(图 2-24)。

中型三脚架: 这种脚架可以伸缩, 展开有 2 米多高, 顶部有固定相机的云台。小型座机和中小画幅相机使用非常方便(图 2-25)。

小型三脚架: 这种脚架外形、构造与中型没有什么区别, 所不同的是尺寸小一些(图 2-26)。

独脚架: 这种脚架只有一只脚, 有大小之分, 顶端有云台固定相机, 外出拍摄十分灵活(图 2-27)。

▲ 图 2-24　大型脚架, 可同时安装固定两台不同型号的相机

▲ 图 2-25　中型三脚架, 适合不同画幅的相机, 稳定性比较好, 云台上有两个不同直径的螺帽, 可分别固定大型座机和小型相机

▲ 图 2-26　小型三脚架,外出携带比较
轻便,操作使用也比较灵活

▲ 图 2-27　独脚架,悬挂在图中大型
脚架上,可伸缩,也有云台,小巧实用

十、快门线

　　快门线有长有短,最长的 10 米左右,最短的 10 厘米左右,都是用来间接启动相机快门的,作用是远距离操作和防止相机震动。除此之外还有一种特长的气动快门线,用来自拍和拍摄不易接近的被摄体。最为先进的是电子遥控快门装置,摄影者在有效范围内用遥控器来启动相机快门(图 2-28)。

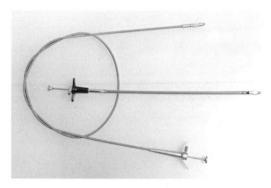

▲ 图 2-28　快门线,通过快门线触发快门,不仅能防止相机震动,还能锁定快门,达到长时间曝光

第五节　照相机的维护与保养

　　正确使用、维护照相机,可延长照相机的使用寿命,保证照片的拍摄效果。平时拍照和保存时应注意以下几点:

　　(1) 照相机是一部精密的设备,要注意防震动、防潮湿、防高温、防风尘、防磁场、防有害气体。

　　(2) 操作照相机或使用推拉、旋转变焦距镜头时,用力不宜过猛,特别是在遇到阻力时,以免损坏机件。

（3）使用机械式镜间快门照相机时，应先调好快门速度，然后再上快门弦，反之，若经常先上弦，后调快门时间，则容易损坏快门。使用自拍装置也应注意先后顺序，先上紧快门弦再上自拍弦。

（4）使用没有反光镜的橡胶帘幕快门时，应避免使阳光直射摄影镜头，也不要将焦点调至无限远。以免由于聚焦作用，强烈的光点会烧坏帘幕。

（5）相机用完后，应及时按下自拍释放钮和快门按钮，将快门速度拨到 B 门上，以免控制快门的弹簧长时间受力而损伤。

（6）有测光系统和电子快门、程序快门的照相机更应注意远离磁场和强电场。否则会使快门，电子系统磁化失灵。

▲ 图2-29　干燥箱，这种存放摄影器材的容器需要用变色硅胶来吸潮，一旦硅胶变色，得用微波炉去潮后再使用

▲ 图2-30　电子干燥箱，这种干燥箱有不同的大小尺寸，需通电使用，温度可自动显示或调节

（7）使用自动曝光的照相机时，一旦装好胶卷，应立即根据所用胶卷的感光度值，调节好相机上的胶卷感光度，因胶卷的感光度是自动曝光中的一个参数，否则就不能正确曝光。

（8）使用具有"CAS"自动感应系统的照相机，最好同时使用具有 DX 暗码的感光胶卷，以便相机自动识码，调定胶卷感光度。

（9）使用电子照相机时，对于照相机所需要的电源、电池、电压等一定要认真核对使之相符。否则照相机就不能正常工作。照相机用完后要及时关掉电源，长时间不用时要将电池取出。防止电池氧化漏液，腐蚀相机或造成电源短路。

（10）若无特殊需要，一般不要用电动卷片器进行快速连续摄影，以免影响照相机的寿命。此外在寒冷和干燥天气下进行快速度连续拍摄或快速倒片，容易使胶卷产生静电。

（11）外出摄影时，应将照相机装在皮套内，并将背带挂在脖子上，以防摔落。

（12）存放照相机时，照相机与皮套分开保存，因皮套易吸潮。有条件最好把相机放在有干燥剂的容器内，或者放置在电子干燥箱里（图2-29、图2-30）。

（13）存放中的照相机应每隔一段时间，取出并反复运转几次，以防机构的运动部位失灵以及电容器等电子元件老化，尤其是内装闪光灯的照相机。

（14）冬季拍摄时，应注意照相机的保温，特别是电子快门相机和电池，以免照相机不能正常拍摄。

（15）从寒冷室外进入温暖室内时，不应急忙取出照相机，以免镜头及机身上凝结水珠。

总之，使用照相机之前一定要详细阅读该相机的使用说明书。因为不同厂家生产的照相机，其构造、性能都不一样，就是同一厂家的同一系列的照相机，其功能也有较大差异。因此，正确操作使用照相机不仅能延长相机的使用寿命，而且还能充分发挥照相机的功能和作用。

本章小结

对于学习摄影的人来讲,首先要熟悉了解胶片照相机,因为数码相机是在胶片相机的基础上发展起来的。数码相机保留了胶片相机的结构、功能,或者说是胶片相机改装成了数码相机。数码相机除使用 CCD 取代胶片外,其他部分与胶片相机基本相同。比如光圈、快门、调焦、曝光、字母、符号、感光度等装置的使用都与胶片相机一致。包括辅助器材的使用,胶片相机与数码相机都可以通用,比如三脚架、闪光灯、快门线、滤色镜等。因此,懂得了胶片相机的结构、性能,就为学习数码摄影,使用数码相机打下了基础。

思考练习

1. 照相机有哪几种分类方法?

2. 照相机的构造分为哪几个部分?

3. 光圈系数有几种表示,在摄影中起什么作用?

4. 快门速度有几种表示,在摄影中起什么作用?

5. 使用照相机时如何调焦和取景?

6. 输片和倒片装置有几种? 操作时要注意哪些事项?

7. 照相机上常用的字母有哪些,各自起什么作用?

8. 照相机上常用的符号有哪些,各自起什么作用?

9. 为什么使用照相机之前要仔细阅读说明书?

10. 照相机的辅助器材包括哪些? 怎样使用?

实训项目

1. 徒手操作照相机,包括安装电池、胶卷;持握相机的姿势,包括平拍、俯拍、仰拍。

2. 熟悉照相机的构造和各开关、按钮、符号的操作方法及其作用。

3. 训练左右手在使用照相机时的分工,即左手负责哪几个部位,右手负责哪几个部位。

4. 通过触摸式的方法确定所需要的某一级光圈。

5. 通过触摸式的方法确定所需要的某一级快门速度。

6. 通过触摸式的方法调节所需要的某一个拍摄模式。

7. 通过目测方式估计调焦距离,然后运用对焦装置检查目测的准确性。

8. 通过上专题摄影网,了解照相机的种类,比较各自的结构、性能与使用方法。

第三章

摄影镜头与景深

学习目标

　　对摄影镜头的种类、特性、功能要作较全面的了解,通过标准、广角、长焦、变焦等镜头的使用,来认识镜头口径大小对通光量的影响及焦距长短与视角、景深之间的关系。了解与掌握景深形成的原理及与焦深、弥散圈之间相互制约、相互影响的关系,并能将所掌握的镜头、景深及焦距方面的知识应用到实际拍摄之中。

　　镜头是照相机的关键部分,没有它就无法成像。因此,有人把镜头称为照相机的眼睛,镜头与人的眼睛极为相似,比如瞳孔与光圈、视点与焦点等。

　　镜头与机身一样,同样有简单普通和复杂高档之分。但是,不管是普通的还是高档的,其基本构造和原理是相同的,只是性能和用途各异。

　　"景深"一般是指聚焦点前后清晰的范围,而镜头焦距的长短、拍摄时聚焦点的位置、所使用光圈的大小以及摄影物距的远近等都对景深的大小产生直接的影响,了解这几者之间的内在联系和变化的规律,尤为重要。

第一节　摄影镜头的构造与性能

　　摄影镜头由光学透镜和机械元件组成,现代的摄影镜头还运用了电子技术。光学透镜包括:单片透镜、胶合透镜、反光镜等。机械元件包括:镜筒、光圈调节环、变焦环、调焦环等。

一、镜头的组成

　　镜头由不同的单片透镜组成不同的透镜组,通常以空气面来划分,如一个镜头由四个单镜片组成,其中有两片胶合在一起,这个镜头就称为四片三组。

1. 透镜的种类

　　单片透镜又分为两类。一类是凸透镜,包括对称式的双凸透镜、非对称式的双凸透镜、平凸透镜、凸凹透镜;另一类是凹透镜,包括对称式的双凹透镜、非对称式的双凹透镜、平凹透镜、凹凸透镜。

凸透镜与凹透镜的区别：凸部大于凹部的为凸凹透镜，凹部大于凸部的为凹凸透镜。镜头由不同的凹凸透镜组成后，通过调焦，在底片上结成清晰的影像。

2. 透镜的汇聚与发散

　　凸透镜有汇聚光线的作用，凹透镜有发散光线的作用，两者组合在一起成为复式透镜。

3. 透镜的焦距

　　凸透镜汇聚光线后，会在某个位置形成清晰的小光点，这个小光点至透镜中线的位置称为焦距。这里焦距的长短又随凸透镜凸度的大小而变化，凸度大焦距短，凸度小焦距长。

二、镜头的焦点与焦距

　　前面介绍凸透镜时简要地说明了焦点与焦距。不过，不同镜头的焦距是不一样的，当我们用某个镜头对无限远的物体聚焦时，该物体投射到镜头的光线可以认为是平行的，这种平行光线透过镜头汇聚在主轴上的点，称为焦点。从焦点至镜头中心的距离称为焦距。定焦距镜头的焦距只有一个，而变焦距镜头的焦距可以任意调节，随着所摄影景象的变化而变化，远景大场面焦距短，近景特写焦距长。图 3-1 至图 3-13 为不同焦距拍摄的画面。

▲ 图 3-1　18 mm

▲ 图 3-2　28 mm

▲ 图 3-3　35 mm

▲ 图 3-4　50 mm

▲ 图 3-5　70 mm

▲ 图 3-6　100 mm

▲ 图 3-7　150 mm

▲ 图 3-8　200 mm

▲ 图 3-9　300 mm

▲ 图 3-10　400 mm

▲ 图 3-11　600 mm

▲ 图 3-12　1 000 mm

▶ 图 3-13　2 000 mm

三、有效口径与相对口径

有效口径是指镜头的焦距与直径的比数。如镜头直径是 25 mm，镜头焦距是 50 mm，它们之比叫该镜头的有效口径。

其计算公式为：n=f/d

式中，n—光圈系数，f—焦距，d—镜头口径直径。

有效口径 =50/25=2，可写成 1：2，或 f2。

有效口径是这个镜头的最大口径，或者说是最大光圈。

相对口径是相对有效口径而言，即同一镜头比有效口径小的光圈就是相对口径。

如 f2 是有效口径，比它小的 f2.8~f22 都是相对口径，或者说最大光圈以外的光圈是相对口径。

根据以上分析，我们可得出如下结论：

镜头口径 f 值表示口径大小，f 值小口径大，f 值大口径小。数值大小与口径大小成反比。

镜头口径大直径大，口径小直径小。口径大小与直径大小成正比。

直径大通光量多，直径小通光量小。直径大小与通光量多少成正比。

第二节　摄影镜头的种类与使用

摄影镜头发展到今天究竟有多少种，谁也没有精确地统计过。可以说有多少厂家就有多少品牌，不同的品牌又有不同的系列，真正仔细划分，估计超过了一千种。对于镜头品种的分类大多以厂家名称为主，如尼康、佳能、美能达、奥林巴斯、康泰克斯、海鸥、凤凰等，有的根据镜头焦距的长短分为标准、长焦、短焦等，有的根据镜头的功效分为常用镜头、特殊镜头，还有的根据镜头的光学原理分为直速式、反射式等。下面，综合以上的几种分类方法对摄影镜头作个粗略介绍。

一、标准镜头

所谓标准是相对人眼看到景物的范围、大小、远近而言，也就是说这种镜头拍摄的画面效果与人眼看到的效果是一致的。从摄影的角度讲，标准镜头的拍摄画面的对角线长度相当于镜头焦距的长度，水平视角范围与人眼正常视力范围相同。但不同照相机的标准镜头焦距有所差异，135 相机镜头焦距在 50~55 mm，120 相机镜头焦距在 75~80 mm，4×5 相机镜头焦距在 90~105 mm，以上三种都分别称为相机的标准镜头，其视角都在 45°~55° 之间。之所以同是标准镜头，焦距有长短，是因为与它们拍摄的底片画幅尺寸大小有关。

标准镜头的主要特点包括：

（1）拍摄画面质量好，包括清晰度和色彩还原好，反差适中等。

（2）适合在比较暗的光线下使用，这与它口径大、通光量大有直接关系。

（3）正常反映景物的透视关系，没有夸张变形，也没有压缩减弱。

（4）正因为它没有物体变形，特别适合拍摄接片，拍摄的画面拼接部位十分吻合。

（5）兼容了广角与长焦拍摄的景深效果。比如远距离小光圈拍摄景深大，近距离大光圈景深小。

（6）不适合近距离拍摄人物特写，但装上近摄镜片或安装在近摄皮腔上拍摄小件物体十分方便。

二、长焦距镜头

大于标准镜头焦距的镜头我们统称为长焦距镜头。镜头视角随着焦距的增加而不断变小。

长焦距镜头又可分为以下类型：

（1）焦距在 100 mm 左右，视角在 25° 左右，被称为普通长焦距镜头。

（2）焦距在 500 mm 左右，视角在 5° 左右，被称为中长焦距镜头。

（3）焦距在 1 000 mm 左右，视角在 2.5° 左右，被称为超长焦距镜头。

（4）焦距在 2 000 mm 左右，视角在 1.2° 左右，被称为巨型超长焦距镜头。

长焦距镜头的主要特点包括：

（1）适合远距离拍摄，能抓拍到人物或动物的生动表情和动态。

（2）由于它视角小，能避开杂乱物体，集中突出表现主体。

（3）能使前后景物视觉距离缩短，起到压缩空间的作用。

（4）对于某些危险场面，摄影者很难近距离拍摄，比如火灾、水灾、爆炸、猛兽以及迎面而来的高速运动物体等，用长焦距镜头拍摄真实、自然。

（5）远距离拍摄人物特写、昆虫动态，没有夸张变形。

（6）有利于表现风光摄影的大气透视、虚实变化，如日出、日落、早晚薄雾等。

三、短焦距镜头

小于标准镜头焦距的镜头我们统称为短焦距镜头,其特点是夸张、变形、改变景物的透视关系。

短焦距镜头又可分为以下类型:

(1) 镜头焦距在 35 mm 左右,视角在 60° 左右称为小广角镜头。

(2) 镜头焦距在 28 mm 左右,视角在 80° 左右称为中广角镜头。

(3) 镜头焦距在 20 mm 左右,视角在 120° 左右称为大广角镜头。

(4) 镜头焦距在 15 mm 左右,视角在 135° 左右称为超广角镜头。

(5) 镜头焦距在 7 mm 左右,视角在 180° 左右称为鱼眼镜头。

短焦距镜头的主要特点包括:

(1) 增加景深范围,使画面景深范围扩大,前后景物清晰度提高。

(2) 表现空间透视,使画面景物辽阔、深远,有强烈的纵深感。

(3) 扩展狭小空间,使画面空间变大,特别是在狭小范围所表现出的效果,形成视觉扩张。

(4) 艺术夸张畸变,使画面景物近大远小,使景物比例结构变形,产生某种特殊的艺术效果。

(5) 合理恰当地应用短焦距镜头的效果,切不可使景物形象歪曲,尤其是拍摄新闻报道题材的照片。

(6) 短焦距镜头不适合近距离拍摄肖像、特写,它会使人物失真变形。

四、变焦距镜头

变焦距镜头可以连续改变焦距和视角,获得不同于定焦距镜头拍摄的效果。从变焦的范围来看又分为小变焦、中变焦、大变焦,变焦倍率从 2~7 倍不等,但变焦倍率大,成像质量相应会有所下降。尽管变焦镜头有某些不足,但仍很受摄影者的欢迎,因为它的优点也很多。

变焦距镜头又可以分为以下类型:

(1) 小变焦镜头。常用的有 15~30 mm、20~40 mm 等。

(2) 中变焦镜头。常用的有 35~70 mm、50~105 mm 等。

(3) 大变焦镜头。常用的有 28~200 mm、50~300 mm 等。

变焦镜头的主要特点包括:

(1) 变焦范围可根据个人需要选择,而且变焦操作十分方便灵活,有的变焦镜头包括了广角、中焦、长焦,起到了一个镜头多种用途的作用。

(2) 拍摄时在变焦的过程中按动快门,可以表现运动体在画面上的速度感,也有称"爆炸效果"。

(3) 运用变焦功能对同一物体改变不同的焦距段拍摄,可获得多次曝光的特殊效果。

(4) 特别适合拍摄同一场景不同景别的画面,创造系列的动画效果。

(5) 在使用过程中注意先变焦,再调焦,这样能保证清晰度。

(6) 使用闪光灯时,注意光角与视角匹配。

五、专用镜头

除了以上介绍的四种镜头外,还有一些专用镜头,像微距镜头、柔焦镜头、增距镜头、校正透视镜头、偷拍镜头等。

1. 微距镜头

它可以很近距离拍摄,把所摄影像放大到 1∶1 或 1∶2 左右。常用的微距镜头焦距在 50 mm、

60 mm、80 mm、100 mm 等,也有一些镜头兼有微距摄影功能。

2. 柔焦镜头

这种镜头能使所拍摄影像变化,还能调节不同柔化效果进行拍摄。主要用来拍摄人像,也有用来拍摄风光的。不过柔化效果也可以用清晰的底片进行后期制作。

3. 增距镜头

这种镜头不能单独使用,它被安装在相机机身与镜头之间,起到增加镜头焦距的作用,常用的有2 倍增距镜头,镜头上标有"2χ",也有"3χ"的。如果是 28~80 mm 镜头,加上"2χ",镜头焦距就变为56~160 mm 了。注意加用增距镜时要与镜头聚焦功能相符,若镜头具有手动聚焦和自动聚焦两种功能的,使用手动聚焦的增距镜,镜头上自动聚焦的功能就不能发挥作用。如果使用增距镜后,相机无内测光装置的,还得相应增加曝光量。

4. 校正透视镜头

在有限的距离拍摄高大物体,会形成透视变形,即上小下大。比如使用它拍摄建筑物,就可以校正变形了。这种镜头的焦距一般在 28 mm 左右。

5. 偷拍镜头

在镜头的剖面安装了一块反光镜头,通过镜头侧面取景,从外表看与普通镜头差不多。这种镜头适合抓拍,尤其是拍摄人物,被摄者不易察觉,其表情、动作生动自然。但是,这种镜头必须安装在摄影镜头前面使用,装上偷拍镜头可拍摄机位左右、上下的景物。

图 3-14 至图 3-19 为不同种类的镜头。

▲ 图 3-14　35~70 mm 的变焦镜头

▲ 图 3-15　60 mm 的微距镜头

▲ 图 3-16　18~35 mm 的变焦镜头

▲ 图 3-17　80~300 mm 的变焦镜头

▲ 图 3-18　28~200 mm 的变焦镜头

▲ 图 3-19　广角镜头

六、摄影镜头的保养护理

镜头使用保护不当,会直接影响画面质量,因此,必须懂得保养、护理常识。

(1) 买镜头的同时配备一个与镜头口径大小相同的 UV 镜,不仅可以过滤紫外线,而且可以保护镜头透镜表层,阻挡灰尘等有害物的侵蚀。

(2) 镜头的遮光罩和镜头盖在某种程度上也起了保护镜头的作用。遮光罩可以遮挡杂光、直射光,还可以避免不小心发生的碰撞,起缓冲作用,特别是镜头前方的物体。拍摄间隙要盖上镜头盖,尤其是在有灰尘、风沙的环境里。

(3) 擦拭镜头必须用镜头纸,不得用其他纸张代替,同时还要注意使用方法,将镜头纸卷成圆筒,从中间断开,用断开的那一头,从镜头中心点向周边推扫,切不可将镜头纸揉成一团擦拭。擦之前要用皮气球吹掉镜头表面灰尘。

(4) 如果镜头表面有油脂或指纹,无法用气球和镜头纸清除时,可用棉球沾上镜头清洁水擦净,操作时,清洁水不要用得太多,擦拭动作要轻。

(5) 镜头要防潮湿,雾天、雨天外出拍摄要防浸湿,在温差大的环境要防水汽,如从寒冷的室外进入有暖气的室内,或从温度高的室外进入溶洞、防空洞等环境,都会因为温差使镜头表面形成雾状水汽。每当这时都要采取防护措施,比如把相机放在摄影包里,或放在衣兜里,或者等相机镜头适应了温度,水汽消失后再拍摄。

(6) 要防止高温,切不可让照相机曝晒或接近高温,如炉灶、暖气管等。

(7) 要防碰撞、摔、震,不要将相机镜头放在自行车后或颠簸的车箱地板上,拍照时要将相机背带挂在脖子上,存放相机时如果是长焦距镜头,一定要将镜头取下来与机身分离存放。

(8) 要防有害气体对镜头的腐蚀,如化学药品,衣柜、衣橱里的樟脑丸,卫生球散发的气体,对镜头都会有影响。

(9) 存放相机镜头的环境一定要干燥,一般将其密封在装有干燥剂的袋中,最好是放在塑料干燥箱或者电子干燥柜中。

(10) 相机镜头长期不使用时,可将镜头光圈开到最大或者最小。

第三节　景深的原理及影响景深的因素

人眼看景物,视点落在哪里,哪里清晰。这一点与镜头聚焦十分相似,聚焦点对哪里,哪里清晰。人眼之所以能看到一定清晰范围的景物,是因为人眼有快速调节功能,把瞬间看清的景物记忆在脑子里。镜头之所以能拍到一定清晰范围的景物,是因为镜头可以通过调节光圈的大小,得到不同清晰范围的景物。所以,摄影把现实中三度空间的景物反映到二度空间的照片上来时,仍有三度空间的效果,使有些照片看上去远近景物都很清晰,显得特别深远;有些照片看上去只是局部清晰,其他地方模糊。这种现象就是景深在照片上的反映,清晰范围大的叫景深大,清晰范围小的叫景深小。景深的大小为什么跟光圈的大小有直接关系,景深又受哪些因素的影响,如何运用景深,下面将分别加以介绍。

一、景深

设定镜头的某一级光圈,以甲作为聚焦点,甲的景物反映到照片上是清楚的,同时甲的前方至乙也有一段清晰范围叫前景深,甲的后方至丙也有一段清晰范围叫后景深,前景深加后景深叫全景深。

因此,我们称聚焦点前后的清晰范围叫景深(图3-20)。

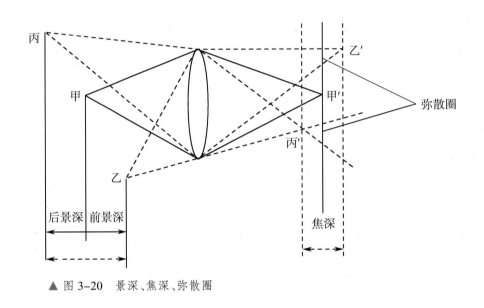

▲ 图3-20 景深、焦深、弥散圈

二、焦深

景深反映到焦平面上,清晰的像点也将形成前后一定范围的深度,这个深度叫焦深,也有称为像深的。即图示中丙′—乙′之间的距离叫焦深。

三、弥散圈

景深是被摄景物的清晰范围,焦深是焦平面影像的清晰范围,两者相互依存。景深与焦深的大小关键在于弥散圈。或者说弥散圈决定景深与焦深的大小。

镜头聚焦后,被摄景物透过镜头在焦平面上结成清晰的小光点。这个小亮点实际上是一个极细小的圆圈。这种小圆圈叫做弥散圈。弥散圈的大小决定影像的清晰度,焦点上的景物的弥散圈小,远离焦点的景物弥散圈大。所以,弥散圈就是聚焦景物后焦点在焦平面上的大小。弥散圈的大小有一个通用标准,观察距离为25 cm,弥散圈的直径不超过镜头焦距的千分之一。

用 250 mm 的镜头为例,弥散圈直径为 250 mm/1 000=1/4 mm。用这种镜头拍摄的底片放大成 8×10 寸的照片,距离 25 厘米处观察,照片的影像是清晰的,符合弥散圈的标准。以 250 mm 镜头的例子作为标准,镜头焦距的长短为观察照片的明视距离,弥散圈直径的标准为千分之一。可见镜头焦距的长短不同,对弥散圈直径的要求也不同。这里我们不难得出这样一个结论:镜头焦距长,弥散直径大,反之,直径小。弥散圈的大小决定景深的大小,景深的大小又受镜头焦距的长短、光圈大小、摄影物距远近的影响。

四、镜头焦距对景深的影响

如果分别用尼柯 50 mm、f1.4 摄影镜头和尼柯 105 mm、f2.5 摄影镜头,同样用 f11 的光圈聚焦点 5 m 拍摄同一景物,通过景深表可测得:

50 mm 镜头最近清晰点为 3.01 m,最远清晰点为 15.6 m,景深范围为 15.6 m-3.01 m=12.59 m。

105 mm 镜头最近清晰点为 4.32 m,最远清晰点 5.95 m,景深范围为 5.95 m-4.32 m=1.63 m。

由此可见,以不同焦距的镜头,使用同一光圈,同一聚焦点,镜头焦距短的要比镜头焦距长的景深范围大得多(图 3-21、图 3-22)。

▲ 图 3-21　长焦距镜头拍摄,景深小　陈振刚摄

▲ 图 3-22　短焦距镜头拍摄,景深大　陈振刚摄

五、光圈大小对景深的影响

如果同样用 50 mm 的摄影镜头,分别用 f2.8 和 f8 聚焦点为 5 m 来拍摄,其结果两者的景深范围就有很大差别。

f2.8 光圈的景深只有 6.03 m-4.27 m=1.96 m。

f8 光圈的景深却有 9.85 m-3.37 m=6.48 m。

两者景深比较:f8 光圈的景深比 f2.8 光圈的景深要大 4.52 m(6.48 m-1.96 m=4.52 m)(图 3-23、图 3-24)。

▲ 图 3–23　小光圈拍摄,景深大　陈振刚摄

▲ 图 3–24　大光圈拍摄,景深小　陈振刚摄

六、摄影物距远近对景深的影响

如果同样用 50 mm 的摄影镜头用 f5.6 的光圈分别将焦点对在 1 m 和 5 m 处拍摄,其结果两者景深范围表现为前者小,后者大。

即:摄距为 1 m 的景物其景深范围为 1.07 m–0.943 m=0.752 m。

摄距为 5 m 的景物其景深范围为 7.62 m–3.73 m=3.79 m。

两者景深比较:聚焦 5 m 处的景深比聚焦 1 m 处的景深大 3.038 m(3.79 m–0.752 m=3.038 m)(图 3–25、图 3–26)。

▲ 图 3-25　摄影距离近,景深小　陈振刚摄

▲ 图 3-26　摄影距离远,景深大　陈振刚摄

由此对影响景深的因素分析比较,不难得出如下结论:

(1) 镜头焦距长景深短,镜头焦距短景深长。焦距的长短与景深的大小成反比。

(2) 光圈大景深小,光圈小景深大。光圈的大小与景深的大小成反比。

(3) 摄距远景深大,摄距近景深小。摄距的远近与景深的大小与正比。

七、景深表及其使用方法

常规情况下,只有将照片洗印出来才能辨别画面的清晰范围。但是如果相机具有景深预测装置,操作使用它也能通过取景屏大致辨别在某种条件下拍摄的清晰范围。不过,通过景深表来查阅清晰范围更为方便。

1. 景深表的类型

目前景深表分为三种类型，分别根据不同类型相机而设计。

（1）表格式景深表，用在固定镜头的相机使用。

（2）转环式景深表，将景深表列在相机的机身上，有内外两种环，用在双镜头的 120 型相机上。

（3）自动式景深表，景深表的调焦距离刻在镜头筒上，分别有两行对焦距离，一行为英尺，一行为公尺，另外有一组固定对应的光圈系数，如"22、16、11…11、16、22"，另外还有一行为可调节的光圈系数。

2. 景深表的应用

以自动景深为例，有以下三种使用方法。即确定景深范围，确定光圈查景深，确定距离查景深。

（1）确定景深范围。将景深表的距离标志对在预先确定的景深范围中间，然后看这两个数字所对应的光圈系数。也就是说使用这个光圈系数才能获得预先确定的景深范围。

例如：要使拍摄景物前后 1.8 m 至 5 m 范围内都清晰，只要把距离标志对在 1.8 m 至 5 m 中间，便可查到光圈系数 f11，也就是说使用 f11 就能将这一段距离的景物全部拍摄清晰。

（2）确定光圈查景深。将景深表上最近清晰点对在所用的光圈系数一端，然后查看另一端对应的光圈系数所指示的距离标尺，在这段距离范围之内就是所需要的景深。

例如：用光圈 f16，所需要的最近清晰点仍是 1.8 m，将距离标尺 1.8 m 对在左边的 f16，则对应右边的 f16 指的是 10 m，从 1.8 m 至 10 m 就是使用 f16 的景深范围。

（3）确定距离查景深。将拍摄距离的某一个数字对在景深表的标志上，然后查看使用的某一级光圈系数所对应的距离，即最近清晰点和最远清晰点，这时可查到某一级光圈拍摄某个距离的景物时的景深范围。

例如：拍摄景物的距离为 4 m，用 f8 的光圈，在 f8 两端对应所指示的距离刻度分别是 2 m 和 4.8 m，即从 5 m 到 4.8 m 都是清晰的，实际景深范围为 2.8 m（4.8 m−2 m=2.8 m）。

不过，正如前面介绍的一样，镜头焦距不同，镜头口径不同，使用同一光圈系数，对焦同一距离的物体，其景深范围也是不同的。

第四节　超焦距及其用法

超焦距实际上是一个景深的运用问题，它与焦距是两个不同的概念。

一、超焦距的含义

当相机镜头的摄影物距调在无限远的位置上时，远处景物呈现清晰影像，同时近处某景物的影像也是清晰的，这个近处某景物就称为最近清晰点。从这一点到相机的距离叫做超焦点距离，简称"超焦距"。

二、超焦距的计算方法

超焦距的大小有个计算方式，同样依据光圈系数和镜头焦距获得，其公式为：

$$超焦距 = \frac{镜头焦距 \times 1\,000}{f\,系数}$$

例如：有一镜头焦距 75 mm，即 0.075 公尺，用 f8 光圈拍摄，问这时的超焦距是多少公尺？

将已知焦距和光圈系数代入公式：

$$超焦距 = \frac{0.075 \times 1\,000}{8} = 9.38\ 公尺$$

由此得到，调焦指示对准无限远时，则从无限远到离镜头 9.38 公尺处的景物都是清晰的。也就是说用这个镜头，使用 f8 的光圈，它的超焦距为 9.38 公尺。

三、超焦距的用法

使用超焦距的目的在于扩大景深范围，特别是在表现那些有纵深感的大场面，运动的物体，或者很难定点聚焦的对象等时。为了扩大景深范围，就要学会使用超焦距，超焦距的使用方法有两种，一是先定光圈，再求景深；二是先定景深，再求光圈。

1. 先定光圈

将距离标尺上无穷远"∞"的符号对在已选定的光圈级数上，再看另一端所对应的光圈级数所指的距离数，从这个距离到无限远都是清晰的景深范围。

2. 先定景深

将最近清晰点的两倍距离对在景深表的标志上，然后查看无穷远"∞"所对的光圈系数，这个光圈就能将选定的景深拍摄清楚。

四、使用超焦距应考虑的因素

1. 镜头焦距不同超焦距大小不同。即镜头焦距越长，超焦距越大，镜头焦距越短，超焦距越小。
2. 光圈系数不同，超焦距大小不同。即光圈越大超焦距越大，光圈越小超焦距越小。
3. 当拍摄画面包括近处的景物，也包括有无穷远"∞"的景物时，使用超焦距才能达到理想效果。
4. 如果拍摄时需要远处的景物清楚或没有近处的景物，只需用小光圈或对焦无穷远"∞"就行了。

本章小结

把摄影镜头与摄影景深放在一起来写是因为镜头与景深有着密切的联系。它们不仅相互制约、相互影响，而且可改变和创造拍摄效果。最典型的是影响景深的三个因素，包括镜头焦距的长短、光圈的大小、摄距的远近。任意改变其中某一个因素，摄影画面的清晰度都会发生变化。所以，学会使用不同镜头、恰当运用景深十分重要。另外，学生不仅要熟练使用手中的镜头，还要登录摄影网站查阅不同品牌、种类的镜头，比较它们之间的结构、性能与功能。

思考练习

1. 简述摄影镜头的构造。
2. 标准镜头与人眼有哪些相似之处？
3. 短焦距镜头与长焦距镜头从成像大小、景深大小方面有什么区别？
4. 镜头镀膜后有什么作用？如何鉴别？
5. 镜头使用、保养中应注意哪几个方面？

6. 说明景深的原理及实用价值。

7. 景深与焦深有什么区别？

8. 影响景深的因素包括哪三点,分别举例说明。

9. 什么是超焦点距离,运用超焦距有何意义？

10. 超焦距的应用要考虑哪些因素？

实训项目

1. 用标准镜头、广角镜头、长焦镜头分别各拍同样的 2 张人像和风景,要求同一距离、同一光圈,最后用照片比较其视角与清晰度。

2. 用变焦镜头拍摄静止物体和运动物体,要求在推拉变焦过程中拍摄,然后通过两者的照片比较画面效果。

3. 使用相机镜头上的自动景深表,练习操作三种查找景深的方法。

4. 用大光圈 f2.8 和小光圈 f22 拍同一组景物,观察比较其清晰范围。

5. 运用超焦距分别拍摄有远近景物的大景深照片和有运动物的照片。

6. 用两个不同焦距的镜头 f8 光圈拍摄,然后分别聚焦最近清晰点重新拍摄,看超焦距的画面效果。

7. 通过上摄影网,了解摄影镜头的种类,比较各自的结构、性能与使用方法。

第四章
感光胶卷与照片放大

学习目标

　　了解胶卷的几种分类方法及黑白胶卷与彩色胶卷的特性,并通过对不同感光度胶卷的试拍,比较各自的反差、清晰度等指标。掌握在不同色温条件下进行拍摄,及通过滤镜来校正现场色温的方法。

　　照片的放大分黑白与彩色两种,其使用的药液、相纸、工序、设备都有所不同。除常规放大外,掌握几种放大技巧,如剪裁、加光、减光、柔光、虚光放大及加网放大、彩底放大、无底放大。掌握加色法放大与减色法放大的方法,通过实践来掌握校正偏色的几个基本原则。

　　感光胶卷是感光材料中的一种,就感光胶卷而言,主要有黑白感光胶卷和彩色感光胶卷。负片和反转片拍摄冲洗后,分别变成负像和正像的底片,要获得照片必须通过冲印或放大工艺来完成。下面分别介绍胶卷的种类、胶卷的性能以及黑白照片和彩色照片的放大设备、程序、方法和技巧。

第一节　胶卷的种类

　　胶卷有几种分类方法,有的从胶卷拍摄的画幅尺寸分,有的是按胶卷的感色性分,有的是按胶卷的感光度分,有的则是按胶卷的拍摄色温分。

一、按胶片的画幅尺寸分

1. 135 胶卷

　　这种胶卷又称电影胶片,因为 36 mm 的电影胶片与 135 胶卷画幅尺寸相同。一卷 135 胶卷能拍摄 36 mm × 24 mm 画幅 36 张,也有一卷拍摄同样画幅 24 张或 20 张的,只是胶卷的长短有区别。

2. 120 胶卷

　　这种胶卷有一层保护纸衬托在胶片背面,起到过片和记数作用,一个 0.8 米长的 120 胶卷可拍摄 60 mm × 60 mm 画幅 12 张,如果换成专用后背,可分别拍摄 60 mm × 45 mm、60 mm × 70 mm、60 mm × 90 mm、60 mm × 120 mm 画幅。

　　目前,以使用 135 和 120 胶卷较为普遍,也有不少专业人士使用 4 × 5 胶片。

二、按用途分

1. 负片
这种胶卷拍摄出来的效果与实际景物相反。黑白负片冲洗出来底片黑白与景物相反,彩色负片冲洗出来底片原色变成了补色。

2. 正片
这种胶卷一般只用来复制拷贝用,很少用来直接拍摄。它所得到的明暗和色彩与原景物一致。

3. 反转片
这种胶卷为彩色的,拍摄冲洗后,可得到与原景物色彩相同的影像,其最大优点是没有色彩损失,色彩还原好。

三、按感光度分

1. 特慢片
胶卷的感光度在GB8°左右为特慢片,这种胶卷不能拍照,主要用于拷贝,可在红灯下操作。

2. 慢速片
胶卷的感光度在GB17°左右为慢速片,这种胶卷曝光时间较长,底片颗粒比较细。

3. 中速片
胶卷的感光度在GB21°左右为中速片,这种胶卷是最常用的一种,它不仅感光度适中,而且底片颗粒细,适合拍不同的题材。

4. 高速片
胶卷的感光度在GB24°左右为高速片,这种胶卷适合在弱光下拍摄,也适合拍高速运动的物体,但底片颗粒比较粗。

5. 特快片
胶卷的感光度在GB34°左右为特快片,这种胶卷感光能力强,同样适合弱光下拍摄,高速运动的物体也能拍到清晰画面。

人们常把GB21°的胶卷称为中速胶卷,大于GB21°的叫高速胶卷,小于GB21°的叫低速胶卷。

四、按感色性分

这里所说的感色性,是指胶卷对光谱色的敏感或者迟钝程度,这种感色性又与胶卷生产工艺有关。比如红、橙、黄、绿、青、蓝、紫七种色光,胶卷对所有的色光都感受称为全色片,对紫、蓝光和部分绿、黄光感受称为分色片,对蓝、紫光感受,其他色光迟钝的叫色盲片。有趣的是胶卷对色彩的明暗感受与人眼是相反的,胶卷对于蓝、紫光感受敏感,而且觉得它亮,而人眼对蓝、紫光感受迟钝,而且觉得它暗。胶卷对红、橙感受迟钝,觉得它暗,但人眼对红、橙光感受敏感,觉得它亮。这就是蓝、紫色胶卷拍摄出来后比实际夸张的原因。

1. 全色片
这种感光胶卷对一般景物的明暗、色彩都能如实记录反映,适合拍色彩和层次丰富的景物。目前,大多数摄影者都使用这种胶卷。

2. 分色片
这种感光胶卷如用来拍摄风景和人物基本上都能如实地记录,但它对红色感受迟钝,所以它不适合拍大面积带有红、橙色的物体。

3. 色盲片

这种胶卷很少用来拍摄,因为它只感受蓝、紫光线,如果用它拍摄彩色景物,其影像反差特别强。所以只适合拍黑白文字、图表或拷贝复制使用。由于它对红光迟钝,可以在较暗的红灯光下操作。

五、按色温分

色温是度量色质的计量单位,写作 K。我们说中午阳光下色温高,早、晚色温低,不同的灯光色温也有差别。因此,胶卷厂家生产适合不同色温拍摄的彩色胶卷。

1. 日光型胶卷

它对色温的要求为 5 400 K,适合在中午前后的阳光和电子闪光灯下拍摄,其色彩与实际景物基本相似。

2. 灯光型胶卷

它对色温的要求为 3 200 K,凡色温在这个范围左右的灯光都可使用,其色彩还原较好。

3. 灯、日光型胶卷

它对色温的要求为 4 300 K,这种胶卷采用了折中的色温,灯光、日光通用,但其效果不如专用色温片好,好在负片可在后期校正色彩。

既然胶卷对色温有要求,就必须按要求去拍摄,如一定要用灯光片在日光下拍,或者日光片在灯光下拍摄(追求特殊效果除外),就要加提高色温或降低色温的滤色片。

第二节　胶卷的性能

胶卷的性能主要包括感光度、反差、宽容度、颗粒度、解像力、感光性等。

一、感光度

胶卷对光线的敏感程度叫感光度,也有的解释为胶卷接受光线照射时的反应能力。反应能力越强,感光度就越高;反应能力越弱,感光度就越低。这种反应能力的强弱需要用不同的数字和符号表示,我们称之为胶卷感光度标定。目前,胶卷感光度的标定有四种,分别是 GB(中国标准)、DIN(德国标准)、ASA(美国标准)、ISO(国际标准)。胶卷感光度的换算可根据感光度对照表查对。

GB 制和 DIN 的数值表示是相同的,如 GB21°=21DIN,GB24°=24DIN,两者数字每相差 3°,感光度相差 1 级,依次类推。

ASA 制和 ISO 制的数值表示是相同的,如 ASA100=ISO100,ASA200=ISO200。数值相差 1 倍,感光度相差 1 级,依次类推。

不同数值的换算规律是:

GB21°、21DIN 与 ASA100、ISO100 相等。

GB24°、24DIN 与 ASA200、ISO200 相等。

见表 4-1。

表 4-1　感光度对照表

GB	DIN	ASA	ISO	GB	DIN	ASA	ISO
9°	9	6	6	21°	21	100	100
12°	12	12	12	24°	24	200	200
15°	15	25	25	27°	27	400	400
18°	18	50	50	30°	30	800	800

根据以上规律依次类推,可找出任意一个数值所相对应的等量感光度。目前,胶卷感光度的标定无外乎以上四种,有的用 GB21°/ASA100,或 GB21°/100,有的用 ASA100/21°,或 ASA100/21DIN,大部分都用 ISO100/21° 数值符号表示。

二、反差

反差通常指明、暗对比关系,被摄景物或画面影像中,明暗部分的亮度差别叫反差。

摄影上反差可分为三种表示形式,景物反差、底片反差、画面反差,三者相互联系影响。景物明暗反差大,拍出来的底片密度反差大,制作出来的照片画面影调反差也大,反之,反差都小。除此以外,底片的密度反差还受到不同胶卷的感光度、拍摄曝光量的控制及后期冲洗质量的影响。

另外,摄影中还有一种衡量底片质量的标准叫反差系数,即影像反差与景物反差的比值,其公式是:

$$反差系数 r = 影像反差 / 景物反差$$

如果反差系数为 1,说明胶卷准确地记录了景物反差,这是最佳效果,如果 r 大于或小于景物反差,就说明影像反差大或小。

三、宽容度

我们拍摄的景物影调层次丰富,亮部、暗部都有不同的级差,如果胶卷能正确记录景物亮度的变化,叫宽容度好。反之,如果不能正确按比例记录,则说明胶卷宽容度差。当然,宽容度有个变化幅度,不同的胶卷对宽容度的要求也不一样。

通常,感光度高的胶卷比感光度低的胶卷宽容度大,黑白胶卷比彩色胶卷宽容度大,彩色负片比彩色反转片宽容度大。

（1）高速全色片的宽容度为 1：100~1：130 左右。

（2）中速全色片的宽容度为 1：50~1：120 左右。

（3）彩色负片的宽容度为 1：16~1：30 左右。

（4）彩色反转片的宽容度只有 1：15 左右。

为了正确记录景物影像的层次质感,除了选择不同胶卷外,拍摄曝光是否准确,冲洗显影是否正确也会影响胶卷的宽容度,尤其是显影时间和温度,时间长,温度高,底片密度大,降低影像层次。

四、颗粒度

底片影像由无数个银盐颗粒形成,颗粒粗,影像模糊,颗粒细,影像清晰,这种颗粒的粗细,叫颗粒度。银盐颗粒的粗细可用放大镜观察底片,还可以将底片放大成照片观察,同一底片放大不同尺寸,颗粒度的感光不一样,照片小颗粒细,照片大颗粒粗。

决定胶卷颗粒首先是胶卷乳剂,感光度高颗粒粗,感光度低颗粒细;其次是曝光量的多少,曝光过度颗粒粗,曝光正常颗粒正常。同一底片不同密度,密度大颗粒粗,密度小颗粒细。

五、分辨率

胶卷对景物细部的辨别能力叫分辨率,我们经常见到有些底片放大很多倍时,细部相当清晰,而有些底片虽然放大倍率不高,细部却达不到清晰度。这种清晰度的表现与胶卷的分辨率有直接关系。

检验胶卷的分辨率有两种方法,一种是不同胶卷拍摄同样线条的清晰度,另一种是利用仪器测定,用同一感光度的不同牌号胶卷,黑白或彩色均可,测定胶卷在一毫米内能分辨多少线条,多的分辨率好,少的分辨率差。胶卷的分辨率与胶卷的感光度高低成反比。中速感光胶卷每毫米的分辨率为80条线左右。

胶卷本身的分辨率高低取决于感光乳剂中银盐颗粒的粗细和乳剂膜的厚度,颗粒粗,乳剂膜厚,分辨率低,反之分辨率高。除此以外,摄影镜头的分辨力也很关键,优质镜头与普通镜头拍摄的效果相差甚远。但也不排除摄影曝光、胶卷冲洗以及聚焦是否准确对分辨率的影响。

六、感光性

前面我们在胶卷分类中谈到了色盲片、分色片、全色片的感光范围以及用途。这些胶卷各自对光线的敏感程度不同,是因为乳剂中卤化银种类的附加的增感染料不同而形成的。因此,把胶卷对各种颜色光的敏感程度和范围称为感色性。

胶卷感色性的测定方法:把光谱划分为若干小段,让胶卷在这些小段中各自曝光、冲洗,然后测量密度。密度大感色性好,密度小感色性差。总的来讲,胶卷感光高的感色性好,感光度低的感色性差。

七、清晰度

照片的清晰度取决于底片的清晰度,底片的清晰度取决于银盐颗粒,颗粒愈细,清晰度越高。判定清晰度的方法是画面上景物边缘轮廓是否清晰,另一种方法是将鉴别率板拍摄成底片,然后在显微镜下观察清晰程度。因此,我们把胶卷记录景物不同密度相邻细部之间的明锐度叫清晰度。同样,底片的清晰度还与摄影的曝光量、冲洗显影、镜头的质量有直接关系。

八、灰雾度

冲洗出来的胶卷未曝光的部分,从理论上讲应该是透明的,但由于银盐颗粒性能不稳定,使本应透明的部分呈现出淡淡的灰色,这种灰色被称为灰雾,灰色重叫灰雾度大,灰色轻叫灰雾度小。灰雾密度在 0.3 以下,对摄影及照片制作效果没有影响。

感光度高的胶卷灰雾度相对要大一些,过期胶卷灰雾度大,保存环境温度过高的胶卷灰雾度大,冲洗显影过度的胶卷灰雾度大。

可见这里列举的几种有关胶卷的性能指标,它们之间相互联系、相互制约,其中一个指标改变,其他指标都会相应受到影响。

九、胶卷的选用

在了解了胶卷的种类、构造、性能后，就可以根据需要选择使用胶卷了。

胶卷有国产的，像申光牌、乐凯牌、公元牌，以前国产胶卷比较多，后来有的厂家停止生产，目前，仅剩下三家，乐凯牌的产量居多。有进口的，像柯达牌、富士牌、柯尼卡牌、伊尔福牌。怎样选购要看各自拍摄题材的要求，比如说哪一个牌号胶卷好，要看各自的拍摄习惯和爱好，有的说国产的好，主要是因为价格便宜，性价比高，有的说进口的好，是因为它的各项指标都比较好，还有的说富士胶卷拍风光好，柯达胶卷拍人像好，应该说十全十美的胶卷是没有的，因评定胶卷的指标是多方面的，所以我们应该按照自己的要求，各取所需（图 4-1 至图 4-4）。

▲ 图 4-1　135 柯达胶卷

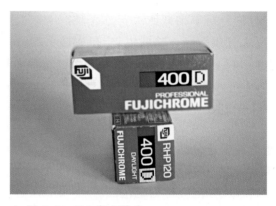

▲ 图 4-2　120 富士胶卷

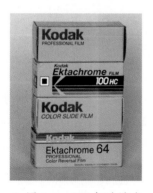

▲ 图 4-3　120 柯达胶卷

▲ 图 4-4　135 富士胶卷暗盒

一般选购胶卷要注意以下几个方面：

1. 胶卷的有效期限

各种胶卷出厂都有使用有效期限，大都标明在包装盒上，购买时要注意，不要选购那种快过期或已经过期了的胶卷。因接近过期和已经过期的胶卷各种性能指标都会下降。

2. 胶卷的感光速度

通常情况购买 ASA100/21° 的胶卷较多，这种中速感光胶卷对普通题材拍摄都比较合适，像人物、风光等。但是在光线比较暗的环境拍摄或者拍摄体育项目、舞台表演等，就得购买高速感光胶卷。如要翻拍、拷贝、制作幻灯片、拍摄广告产品，或者照片要高倍放大，最好选购感光度低的胶卷。

3. 胶卷的型号

这里所说的型号是指胶卷专业型和业余型的区分,凡胶卷包装盒上标明"Professional"为专业型,没有此标明的为业余型,市面上业余型居多。专业型与业余型不仅仅是价格上的区别,更主要是专业型胶卷颗粒度比较细,各项性能指标都比较好。因此,广泛被专业摄影者采用,也有不少业余摄影者购买专业胶卷,这是拍摄题材的专业需要,比如拍广告制版、拍风光做画册等。当然,拍的内容如果不作为专业用途,业余型胶卷就可以了。

4. 胶卷的曝光时间

为了满足摄影者长时间曝光或短时间曝光的需要,厂家又生产推出了"S"型快速拍摄胶卷和"L"型慢速拍摄胶卷。一般很少有人注意这方面的选择,大都用快门速度的方法来操作。

正常情况下,胶卷随时拍摄随时购买,不要一次性买过多的胶卷造成积压。

胶卷的使用要注意以下事项:

(1)胶卷的装卸要避开强烈的阳光,特别是使用带保护纸的胶卷。

(2)胶卷拍摄完后,要及时冲洗,胶卷长时间与空气接触或拍摄后拖延冲洗,都会使胶卷感光度下降或潜影减退。

(3)手动过片的相机,过片和倒片动作要轻,以免产生静电和划痕。

(4)胶卷要防止受潮和高温,要避免有害气体和放射性物质接触。

(5)彩色胶卷,特别是彩色反转片,感光度高的胶卷,暂时不用放入冰箱冷藏,使用前要从冰箱取出回温,一般回温时间为四个小时左右,以避免冷热温差使胶片形成水珠。

(6)胶卷应在最佳有效期使用,刚出厂和接近过期时间的胶卷拍摄的效果都不大理想。最理想的效果是有效期中间那一段时间,比如有效期为 20 个月,在第 8~10 个月使用最好。

(7)若一定要使用过期胶卷,可以增加曝光量的方法弥补,过期半年增加一级,过期一年增加二级。

第三节　黑白照片的常规放大

放大照片的方法是将不同大小的底片根据需要放大制作成大于底片几倍、几十倍,甚至上百倍的大照片。放大照片的原理就是影调和色彩的还原过程。黑白底片制作黑白照片就是将底片上的黑白灰变成白黑灰影调,彩色负片就是将底片上的黄、品红、青变成蓝、绿、红,彩色反转片是将片子上的色彩重现。本节将介绍黑白照片常规放大的操作。

一、放大设备与材料

放大照片比印制照片要复杂得多,就设备来讲要有放大机、放大镜头、定时器、放大尺板、放大相纸、聚焦仪等。

1. 放大机的种类

放大机分国产、进口两大类,其构造、功能、型号、价格差别较大,但结构基本相同。

(1)集光式放大机。这种放大机适合放高清晰度的照片,而且反差较大。

(2)集散式放大机。这种放大机放制的照片反差较低,不足之处是容易表现出底片的缺陷。

(3)散光式放大机。这种放大机放制的照片反差较低,而且能弥补底片的缺陷(图 4-5、图 4-6)。

2. 放大镜头的种类

放大镜头有不同的焦距,不同的焦距适合不同的底片放大。正常情况下,镜头焦距应等于底片对

▲ 图 4-5　黑白放大机

▲ 图 4-6　放大机的局部

角线的长度。

（1）50 mm 放大镜头适合 24 mm × 36 mm 底片。

（2）75 mm 放大镜头适合 45 mm × 60 mm 底片。

（3）90 mm 放大镜头适合 60 mm × 60 mm 底片。

（4）105 mm 放大镜头适合 60 mm × 90 mm 底片。

（5）160 mm 放大镜头适合 90 mm × 120 mm 底片。

焦距短的镜头不适合放大底片，原因是涵盖不够；焦距长的镜头不适合放小底片，原因是倍率出现了问题。

3. 定时器

放大照片最好有一个定时器计时曝光（图 4-7）。

4. 放大尺板

除了放巨幅照片以外，24 寸以下的照片均需要放大尺板，它不仅可压住相纸的四边，使之不卷曲，还可放制留有白边的照片。

5. 放大相纸

放大相纸比印相纸从感光角度讲要快 10 倍，也就是说两者的感光能力是 10∶1 的关系，除此之外放大纸的尺寸比印相纸大得多，最大的有 1.1 米宽，30 米长。其他方面与印相纸一样，如光面、绒面、绸面、涂塑等（图 4-8）。

现在国外有一种可变反差相纸，既可放大照片，也可印照片。但价格昂贵。

6. 冲洗药液

放大照片用的显影液、停显液、定影液与印制照片用的完全一样。只是特殊需要加工时要配制其他药液，如高反差配方、低反差配方，各种调色配方如棕色、蓝色等。

▲ 图 4-7　定时器

▲ 图 4-8　黑白放大纸

7. 聚焦仪

有时为了调焦更精确,需要使用聚焦仪,它有点像放大镜的功能,能将细部放大,使观察更清楚,调焦更准确。

二、放大机的构造与使用步骤

1. 构造

放大机有灯室、电源线、集光镜或磨砂玻璃、底片夹、皮腔、放大镜头、红色滤镜片、放大尺板、呈影板、支架及调节升降和调节清晰度的旋钮等。

2. 使用步骤

(1) 作好放大前的准备工作,如准备好药水盘、洗相夹、定时钟、安全灯、相纸等(图4-9、图4-10)。

▲ 图4-9 定时钟

▲ 图4-10 暗房灯

(2) 做好底片与底片夹的清洁,将底片药面朝下放在底片夹的中间,然后将底片夹插入放大机。

(3) 装上放大镜头,将光圈开到最大。

(4) 根据放大照片的画幅尺寸调整好放大尺板的大小。

(5) 关闭暗室照明灯(后续步骤在暗红色的灯光下操作)。

(6) 用放大机支架杆上的旋钮,通过升或降将影像调整成与放大尺板大小相同的画幅。

(7) 调节投射在放大尺板上影像的清晰度,这个步骤也叫调焦,为了调焦准确,保证照片的清晰,一定要开大光圈调焦。大幅照片可借助聚焦仪调焦。

(8) 缩小光圈,一般在f8~f11,光圈太大或太小都不合适。

(9) 挡上放大镜头下的红色滤片,不要有白光照射在放大尺板上。

(10) 试样,这里的试样与印照片的试样目的相同。将裁好的试条相纸用遮挡的方法逐级用不同曝光时间曝光,显影后在试条照片上确定一个标准曝光时间作正式放大,这种试样的方法也叫"梯级曝光"。另一种试样的方法是将裁好的试条相纸放在画面的主体部位,分别用不同曝光时间试放2~3张试条,显、定影后确定其中一张标准曝光时间。

(11) 正式放大。将裁好的相纸药面朝上放入放大尺板,并压住相纸四边。然后按试样的操作方法进行。

(12) 确定曝光时间。按试样在定时器上设定标准曝光时间,拨开镜头下的红色滤片。

(13) 通过定时器上的曝光按钮对相纸曝光,注意正式曝光时不要改变试样中确定的画幅尺寸、光圈、相纸等,因为这些条件都会影响曝光和照片效果。

（14）对曝过光并形成潜影的相纸进行显影，药温控制在 20℃ 左右，因放大后的相纸画幅较大，要用洗相夹来回翻动，使之显影均匀，前面 30 秒显影相纸药面朝下，然后药面朝上，观察显影效果，直至满意为止。一般在暗室观察照片要比明室观察照片，影调要深一些才行，或者直接在显影过程中对照标准试条的深浅来比较，直至与试条相同结束显影。

（15）停显。与印制照片部分相同。

（16）定影。大照片定影过程中尤其要翻动，至少要定时翻动，一般 2 分钟翻动一次，15 分钟的定影时间要翻动 7~8 次。

后续的水洗，上光和晾干与印制照片相同，所不同的是调节照片的反差。原则上反差适中的底片用 2 号或 3 号放大纸，反差大的底片适用 1 号放大纸，反差小的底片适用 4 号放大纸。另外还可选用不同的显影配方来调节照片反差。D—72 为中性显影配方，如果显影出来的照片反差偏大可选用软性显影配方，反之显影出来的照片反差偏小可选用硬性显影配方。图 4-11 至图 4-17 为放大冲洗过程模拟图，图 4-18、图 4-19 为梯级曝光试样放大的照片。

▲ 图 4-11　暗房照片显影模拟示范 1

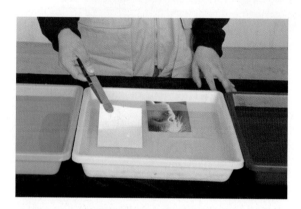

▲ 图 4-12　暗房照片显影模拟示范 2

▲ 图 4-13　暗房照片显影模拟示范 3

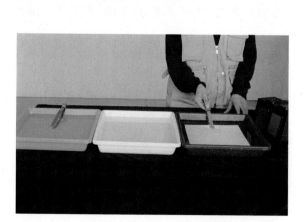

▲ 图 4-14　暗房照片显影模拟示范 4

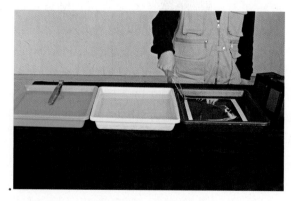

▲ 图 4-15　暗房照片显影模拟示范 5

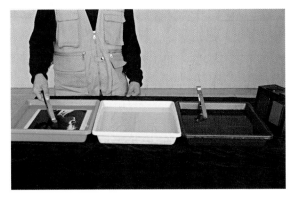

▲ 图 4-16 暗房照片显影模拟示范 6

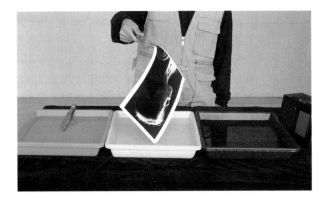

▲ 图 4-17 暗房照片显影模拟示范 7

▲ 图 4-18 梯级曝光样片

▲ 图 4-19 正式放大照片

三、显影液的配方

D—72药液是黑白相纸显影的首选配方,其配方有套药和试剂两种。

（1）套药。套药一般为粉剂,分别为袋装或盒装,其容量有250毫升、500毫升、1 000毫升及3.8公升等,按药品配制使用说明将其中A、B两种药粉按先后顺序溶解稀释为规定的容量即可使用。

（2）试剂。试剂与冲洗黑白胶卷的试剂相同,一定要化学试剂,配制时同样注意控制水质、水温、水量、溶解次序及搅动速度等。

① D—72显影配方

水50℃左右（±2℃）	750毫升	米吐尔	3.1克
无水亚硫酸钠	45克	几奴尼	12克
无水碳酸钠	67.5克	溴化钾	1.9克
加水至	1 000毫升		

② 硬性显影配方

温水50℃左右（±2℃）	750毫升	米吐尔	1克
无水亚硫酸钠	70克	几奴尼	15克
无水碳酸钠	100克	溴化钾	4克
加水至	1 000毫升		

显影时,用原液1份加1份清水稀释使用,药温控制在20℃左右（±2℃）,显影时间为2~3分钟。

③ 软性显影液配方

温水50℃左右（±2℃）	750毫升	米吐尔	4克
无水亚硫酸钠	40克	几奴尼	3克
无水碳酸钠	45克	溴化钾	1.3克
加水至	1 000毫升		

显影时,用原液1份加清水3份冲淡,药温控制在20℃左右（±2℃）,显影时间为2~3分钟。

配制好的药液为储备液或原液,使用时1∶2稀释,药温控制在20℃左右,显影时间为1~2分钟,以照片显现影像效果为准。

也有人用D—72显影配方按1∶5稀释后冲洗胶卷显影用,如果对照片清晰度要求不高可以考虑采用此法,可以肯定将D—72配方与D—76配方冲洗出来的黑白胶卷进行比较,前者冲的底片颗粒粗得多,放出来的照片清晰度也不如D—76配方冲洗的底片。因此我们不提倡用D—72配方冲洗胶卷。

另外市面上有一种国产的盒装通用显影药,按说明配制以1∶2稀释冲洗黑白照片（图4-20）。

▲ 图4-20　黑白固体套药

四、定影液的配方

定影液的配方很多,常用的有四种,依次为酸性定影液、坚膜定影液、快速定影液、普通定影液。一般冲洗胶卷和冲洗相片的定影液是通用的。

1. F—24酸性定影液配方

温水（50℃左右）	750毫升	硫代硫酸钠	240克

无水亚硫酸钠	10 克		亚硫酸氢钠	25 克
加水至	1 000 毫升			

这种定影液既可用于冲洗黑白胶卷定影,药温 8~20℃时定影时间 15 分钟。也可用于冲洗黑白相片定影,药温 20℃时定影时间 10 分钟。

2.F—5 酸性坚膜定影液配方

温水(60℃左右)	700 毫升		硫代硫酸钠	240 克
无水亚硫酸钠	15 克		乙酸(28%)	45 毫升
硼酸	7.5 克		硫酸铝钾	15 克
加水至	1 000 毫升			

这种定影液同样适用于胶卷和相片,胶卷定影时间为 10~20 分钟,相片定影时间 10 分钟左右。

第四节　黑白照片的特技放大

我们要学会常规放大,也要掌握几种放大技巧。比如加网放大、遮挡放大、虚光放大、无底放大、彩底放大、巨幅放大,等等。

一、加网放大

加网放大有两种方法,一种是将不同的网纹拍成底片,可是阴网,也可是阳网;另一种方法是将纱布或纱网直接铺在放大纸上。前者是网纱底片与人像底片叠加在一块放入底片夹放大,后者是将实物叠加在放大纸上放大。加网放大既可放人像也可放风光(图 4-21、图 4-22)。

▲ 图 4-21　加纱布放大

▲ 图 4-22　加纱网放大

二、遮挡放大

遮挡放大可达到两个目的,一个是加光,一个是减光。加光和减光可用手做成各种形状,曝光同时在放大镜投射下的影像画面上进行加光或减光,也可用自制的不同工具来加光或减光,如将棉花缠在细铁丝的一头,或将黑卡纸剪成不同形状或在卡纸中间挖个不同形状的洞。但不管是用哪种方法、何种工具,加光或减光时都要上下移动或左右晃动遮挡物,以便画面影调自然过渡和衔接。图 4–23、图 4–24 为遮挡前后的照片,图 4–25 至图 4–28 为通过遮挡放大的不同影调的照片。

▲ 图 4–23 遮挡前

▲ 图 4–24 遮挡后

▲ 图 4–25 原始照片

▲ 图 4–26 浅调照片

▲ 图 4–27 深调照片

▲ 图 4–28 中间调照片

三、白化放大

白化放大是用黑色卡纸挖一个与主体相似的洞，放大曝光时挡住照片的四周，洗出来的照片主体影调正常，四周白化（图4-29、图4-30）。

▲ 图4-29　白化前

▲ 图4-30　白化后

四、无底放大

无底放大分实物放大和相纸底放大，其效果差别较大。

1. 实物放大

可将树叶、羽毛等实物夹在底片夹中放大，得到一种实物效果的照片。或将实物放在相纸上曝光，得到一张剪影效果的照片（图4-31）。

2. 相纸底片放大

将放大纸剪成120底或其他相机用的画幅大小，试作底片拍摄（曝光量要试拍确定），正常冲洗，用这种相纸底片放大，就可得到一张你所需要的照片。不过由于相纸纸基较厚，放大时要加大曝光量（图4-32）。

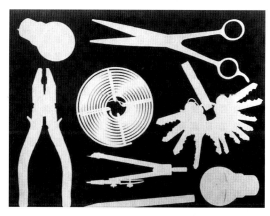

▲ 图4-31　实物剪影照片

▲ 图4-32　相纸底片放大的照片

五、彩底放大

▲ 图 4-33 彩色底片放大的照片

因彩色底片片基为橙红色，黑白相纸对这种底片感受迟钝，所以一般常规放大黑白照片，反差偏小，照片灰雾较大。为了使彩底放黑白照片达到满意效果有以下几种方法：

调节相纸。用反差比较大的放大纸放大提高照片反差。

调节药水配方。使用反差大的药水配方提高照片反差。

改变放大机投射光源。将青蓝色滤色片加入滤色片抽屉，或用彩色放大机放大，通过校色旋钮调出青蓝色光，减弱橙红色的成分，提高照片反差（图 4-33）。

用全色黑白胶卷翻拍或拷贝彩色底片，再用黑白正片翻拍或拷贝复制成黑白负片，最后用这张负片放黑白照片。彩色反转片也可用此方法。

六、巨幅照片放大

一般超过 24 寸的照片，我们称为巨幅照片。放大的方法是：可提高放大机的高度使影像投射到地面的大呈影板上，或将放大机头旋转，将影像投射到墙面，如相纸不够大可作拼接，但要求最后显影均匀，否则拼接出来的照片整体效果影调不协调。

第五节　彩色照片的印制与放大

彩色照片的印放与黑白照片的印放有很多相似之处，只是使用设备材料有所不同。

一、彩色照片印制放大的设备与材料

目前有些专业的冲印店用电脑数码冲印放大彩色照片，但由于价格太贵，有些质量还没跟上，加之照片的保存性较差，使用面不大。传统的印放技术仍占主导地位。

1.彩色印相机

彩色印相机在光源和负片之间装有滤色片的窗口，印相机上面有一层透明玻璃，磨砂玻璃装在滤色片和光源之间，一只暗绿色的灯泡作为照明光源，一只白色的灯泡作为放大光源，另外还安装有曝光定时装置等，除了印相机可印制彩色照片外，也可用彩色放大机的投射光源，按照黑白照片投射光印制的方法印彩色照片，既可印单张底片，也可将一卷底片印在一张大相纸上，正式印制前除了试曝光量外，还要校正偏色。

2.彩色放大机

彩色放大机与黑白放大机一样，有国产的，也有进口的，有大型的，也有中型的，小型的。主要区别是放大灯泡的色温和滤色片装置，如果在黑白放大机上有滤色片抽屉装置，同样可放彩色照片（图 4-34、图 4-35）。

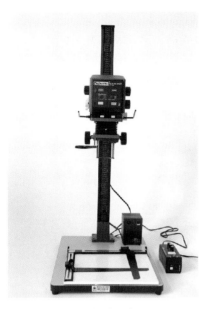

▲ 图 4–34　彩色放大机

▲ 图 4–35　彩色放大机的局部

3. 色彩分析仪

供校正偏色用，使用分析仪可按它提供的数据校正偏色，有经验的放大师一般不用分析仪，因为有时按它提供的数据并不能得到满意效果，所以它提供的数据只能供参考。

4. 滤色片

彩色放大机有黄、品红、青三种，0~130 密度的滤色旋钮，可根据需要调整不同密度进行校色。有时密度调到最大还不够用，就要加滤色片。如果用黑白放大机放彩色照片就需要用这种单张滤色片校色。

滤色片有两种，一种是三原色红、绿、蓝，另一种是三补色黄、品红、青，三种不同密度 11 种标号，如 05、10、20、30、40、50、60、70、80、90、100。使用时可根据自己的需要组合，如要一个 150 的密度可用 80+70 来获得。

5. 定时器

曝光定时器对彩色照片的放大十分重要，有时相差 0.1 秒都会对照片有影响。因此，试样确定的曝光时间不要轻易改变。

6. 稳压器

由于电压会有变动，必须用稳压器来控制，否则同样会影响照片的色彩。

7. 钠光灯

冲洗彩色照片时，经常在暗室寻找有关的用具和材料，微弱的橙黄色钠光灯起到了照明作用，这种光要远离彩纸 1 米以外。

8. 温度计

温度计一定要灵敏精确，温度误差也会影响色彩。

9. 彩色相纸

国产的彩色相纸只有保定生产的乐凯纸，广州生产的六棱纸，进口的有柯达、富士、柯尼卡等，也有中外合资在国内生产的。

彩色相纸有不同尺寸。如 8×10 寸、10×12 寸、16×20 寸、20×24 寸等，另外有不同规格的彩色扩印卷筒纸，如 3R、4R、5R、6R、8R、10R 等。还有适用 EP—2 套药的慢纸，适用 RA—4 套药的快纸。放大纸和扩印纸还可作为印相纸用。

10. 彩色药液

现在彩色照片冲洗很少用试剂配制,大部分都是使用浓缩液体套药,有不同牌子和容量,按配制说明书稀释即可,其配方有两种,一种是 EP—2 慢药,另一种是 RA—4 快药,而慢药逐步趋于淘汰,现在冲洗都采用高温快速的 RA—4 套药。

二、彩色照片的冲洗工艺

1. EP—2 冲洗工艺(盆显和深箱)

彩显	32.8℃±0.3	3 分 30 秒
停显	30–34℃	1 分
水洗	30–34℃	1 分
漂定	30–34℃	1 分 30 秒
水洗	30–34℃	3 分 30 秒
干燥	＜90℃	

如果使用机器冲洗总时间为 8 分 30 秒(省掉了中间滴水的时间)。

2. RA—4 冲洗工艺(盆显或深箱)

彩显	38.5℃±5℃	60 秒
漂定	38.5℃±5℃	1 分 30 秒
水洗或稳定	38.5℃±5℃	1 分 30 秒
干燥	＜90℃	

如果使用机器冲洗只要 3 分钟(省掉了中间滴水的时间)。

三、彩色照片的放大方法

1. 加色法放大

这种方法放大用的是红、绿、蓝三张三原色滤色片,对同一底片进行三次曝光,分别将黄、品红、青的三色影像叠加在一张相纸上就得到了一张彩色照片。

如果没有现存的红、绿、蓝滤色片,可用等密度的黄、品红、青分别相加获得,如红＝黄＋品红,绿＝黄＋青,蓝＝品红＋青。

具体操作步骤与黑白放大的梯级曝光方法基本相同。底片朝下放入调片夹,调好放大尺寸,开大光圈调焦,缩小光圈曝光等。

将用红、绿、蓝分级曝光得到的青、品红、黄三张试条确定正式放大的曝光时间,并记录下来。如果叠加曝光放大的照片稍有偏色,可用该偏色的补色校正,再试放,满意后正式放大(图 4-36 至图 4-40)。

▲ 图 4-36　用红色片分级曝光获得的样片

2. 减色法放大

这种方法放大用黄、品红、青三种滤色片来校正照片偏色。原则上不同时使用三种滤色片,同时使用的结果是增加曝光时间和增加照片的灰雾,照片偏某一种颜色只使用其中的两种滤色片。

照片偏什么颜色就加这种颜色的滤色片,照片偏什么颜色就减去这种颜色的补色滤色片,这就是减色法。

▲ 图 4-37 用绿色片分级曝光获得的样片

▲ 图 4-38 用蓝色片分级曝光获得的样片

▲ 图 4-39 加色法放大的照片局部

▲ 图 4-40 加色法放大的照片

四、校正的基本规律

1.偏什么色加该色的滤色片

偏色	黄	品红	青	蓝	绿	红
加滤片	黄	品红	青	品红＋青	黄＋青	黄＋品红

2.偏什么色减去该色的补色滤色片

偏色	黄	品红	青	蓝	绿	红
减去滤色片	品红＋青	青＋黄	黄＋品红	黄	品红	青

五、校色的鉴别方法

在没加滤色片的曝光试条上鉴别偏色程度与校正偏色后试条上鉴别偏色程度的方法是一样的。

1.照片经显影、停显、漂定、水洗后,一定要干燥后方能鉴别偏色。

2.在正常色温下鉴别,在暗室灯光下鉴别误差太大。

3.牢牢抓住第一印象,看久了照片色彩,眼睛会有适应力。

4.观察照片的消色部分,如黑、白、灰部分有什么颜色就是偏什么颜色。

5.人物照片以肤色为主鉴别其偏色。

6.以主要景物色彩还原鉴别偏色程度。

7. 考虑创作意图时,会有意偏某种色。

六、鉴别偏色程度与曝光的调整

1. 鉴别偏色程度

(1) 稍有偏色,加 5 个密度滤色片。

(2) 轻度偏色,加 10 个密度滤色片。

(3) 明显偏色,加 25 个密度滤色片。

(4) 重偏色,加 50 个密度滤色片。

(5) 严重偏色,加 100 个密度滤色片。

2. 曝光量的调整

(1) 黄色滤色片每增加 10,曝光量增加 3%。

(2) 品红色滤色片每增加 10,曝光量增加 7%。

(3) 青色滤色片每增加 10,曝光量增加 10%。

例如不加滤色片曝光正常时间为 5 秒,但照片偏红,需增加黄 60、品红 40。

增加后的曝光时间为:$5+6\times0.03+4\times0.07=5.46$ 秒

反过来减少 10 个密度,曝光时间也相应减少。

七、数据记录

滤色片:如黄 40、品 50、青 0。

光圈、曝光时间、放大尺寸:f11、5.46 秒、8 寸(如图 4-41 为用减色法放大的照片,图 4-42、图 4-43、图 4-44 为乐凯彩色放大纸制作的不同色调的照片)。

▲ 图 4-41 减色法放大　▲ 图 4-42 暖色调　▲ 图 4-43 中间色调　▲ 图 4-44 冷色调

本章小结

　　目前有相当一部分摄影者坚持使用胶片摄影,理由是胶片的分辨率、清晰度及色彩的还原效果等都比较好,而且可以通过底片扫描制作数码照片。胶卷分为黑白、彩色两大类,黑白胶卷和彩色胶卷各有其优势,除成色原理有所不同外,它们的构造及性能基本相同,学生要根据自己的创作意图选用感光胶卷。摄影作品的后期制作要在摄影暗房完成,而照片的放大制作又分常规放大和特技放大。学生应对摄影的后期制作有所了解,有条件更应该亲手实践。

思考练习

1. 简述黑白胶卷的特性及相互之间的关系。

2. 胶卷的感光度如何标识,怎样换算?

3. 为什么胶卷拍摄后要及时冲洗?

4. 放大机有哪三种,各自有何异同?

5. 为什么要开大光圈调焦,缩小光圈曝光?

6. 黑白与彩色放大有哪些区别?

7. 鉴别彩色照片有哪几种方法?

8. 常用的特技放大有几种?

实训项目

1. 用 ASA 的黑白负片,分别用 f2.8、f8、f22 的光圈,拍摄两组风光、两组人物,冲出底片用幻灯机放映,比较其清晰度和底片影像颗粒。

2. 用 ASA200 的柯达彩色负片分别在不同色温下拍摄后冲洗成照片,比较相互之间色彩的还原情况。

3. 用不同曝光量拍一组彩色反转片的风光或人物,最后比较曝光量对反转片色彩的影响。

4. 用常规放大方法制作黑白风光和人物照片各一张。

5. 用常规放大方法制作彩色风光和人物照片各一张。

6. 用特技放大的方法制作一组黑白照片。

第五章
数码摄影与后期处理

学习目标

　　通过本章的学习，了解数码相机的结构、性能和分类。掌握数码相机及其附件的使用与维护，重点掌握拍摄模式的设定与运用、分辨率的设定与运用、白平衡的设定与运用、感光度的设定与运用、测光与曝光的设定与运用等。熟悉数码图像刻录、打印、冲印、扫描等技术，掌握一个以上的数码图像处理软件，重点掌握 Photoshop 软件的应用和四种以上常用特技效果的制作，包括仿画效果、浮雕效果、线描效果、色调分离效果等。

　　数码相机成像的核心部分是 CCD（电荷耦合器），不管是哪个品牌、哪个型号的数码相机，其成像部分是相同的，只是 CCD 的像素大小不同。熟悉使用数码相机是学好数码摄影的前提。除此之外，数码摄影的后期制作也十分重要，包括数码图像的存储、输出，数码图像的处理等。

第一节　数码相机

一、数码相机的分类

　　早期的数码摄影只是局限于实验室的研发，真正推向市场还不到 20 年的时间。十几年来，数码科技发展迅猛，仅数码相机的机型就达到了二百多种。按其品牌来分，有多少生产厂家就有多少种；按价格分有高、中、低档；按体积分有大型、中型、小型；按用途分有普及型、提高型、专用型；除此之外还有些非民用相机，包括防水数码相机、X 光数码相机、3D 数码相机、红外数码相机等。下面就数码相机的结构、性能及成像质量作个简要分类。

1. 普及型数码相机

　　这类相机款式多样、造型各异、色彩纷呈，小巧轻便，自动化程度高是它的最大特点，适合大多数业余摄影爱好者和家庭使用。这类相机的镜头是固定的，通过 LCD 取景，CCD 的像素已经达到 800 万像素以上，具有多种模式和功能，完全可以满足普通的风光、人像、旅游等摄影的需要（图 5-1）。

▲ 图 5-1　佳能 860IS 数码相机，具有 800 万像素，15 倍变焦，操控十分简单，特别适合家庭使用

2. 135 单反数码相机

这类相机与 135 单反胶片相机的造型基本相似,而且保留了胶片相机的基本结构,使用起来更加方便。135 单反数码相机的分辨率在 600~1 600 万像素以上,其模式和功能大大超过普及型 135 数码相机,专业的 135 单反数码相机仅机身就万元以上,所以这类相机适合有经济实力的或专业摄影工作者使用,比如影楼婚纱摄影、广告产品摄影、新闻报道摄影等。另外,135 数码相机除了配有专用的数码镜头外,还可以使用胶片相机的镜头,也就是说只要镜头卡口相同就能通用(图 5-2)。

3. 120 单反数码相机

这类相机的 CCD 分为两种,一种是面型 CCD,在瞬间完成曝光,既可拍静物,也可拍动体,分辨率在 2 000 万像素左右;另一种是线型 CCD,采用逐行扫描的成像方式,其曝光时间为几十秒至几分钟,所以只能拍静止的物体,但它的分辨率可达到 9 000 万像素,适合放大巨幅图片。因此,备受商业广告摄影者的青睐(图 5-3)。

▲ 图 5-2 尼康 D200 单反数码相机,可以更换镜头,超过 1 000 万像素,在原有 D100 的基础上有些改进

▲ 图 5-3 丽图 120 单反数码相机,CF 插口,可配 20G、30G 数码片盒,系列后背最低 1 700 万像素,最高 5 600 万像素

4. 兼容型数码相机

这类相机是在原有胶片相机的基础上,将原有的胶片后背更换成数码后背,达到一机两用的目的。比如哈苏 120 单反胶片相机,仙娜 4×5 胶片相机等,一些相机厂家为它们量身定做了数码后背,后背安装十分简便,哈苏 120 单反相机直接安装数码后背,仙娜 4×5 相机,需先装一个转接板,数码后背安装在转接板上(图 5-4 至图 5-7)。

▲ 图 5-4 左边为胶片后背,右边为数码后背

▲ 图 5-5 安装在哈苏 503CX 机身上的数码后背,实现了一机两用

▲ 图 5-6 图下方为转接板,可将其安装在 4×5 的座机上,图上方左边为对焦取景器,右边为数码后背

▲ 图 5-7 安装在仙娜 P2 相机上的数码后背,同样实现了一机两用

二、数码相机的主要技术指标

1. 技术指标

数码相机的技术指标大部分与胶片相机相同,如测光装置、曝光方式、曝光补偿、光圈系数、快门速度、取景装置、对焦模式、延时自拍、镜头焦距、感光度调定等。除此以外,数码相机的技术指标还有 CCD 面积、分辨率、色深度、数码变焦、白平衡设定、存储格式、存储容量、显示屏幕、信号传输等。

2. 附加功能

不少数码相机的生产厂家为了拓展销售市场,提高自身产品的竞争力,在相机原有功能的基础上,附加了一些功能,比如录音功能、摄像功能、全景功能、MP3 播放功能,还有防水功能等,这样迎合了一部分赶时髦的消费者。事实上功能越多,价格越高,而且使用中一个功能出故障,整部相机瘫痪,因此只是用于拍照的话,附加功能不要太多。

3. 存储格式

数码相机保存图像的文件格式有两种,一种是 JPEG 压缩格式,因为它经过了压缩,图像质量会受到影响,另一种是 RAW 无损格式,图像质量品质优良。不过,普及型数码相机只有 JPEG 格式,高档专业数码相机具有两种格式。

4. 图像传感器

目前市面上销售的数码相机图像传感器有两种,一种是光敏图像传感器,也称电荷耦合器件,英文缩写为 CCD。CCD 由一系列传感器组成,每次按行读取单个传感器上的值,读取值的时候每行数据值用传送带的方式移送到输出行。经过转换处理后变成数字信号。另一种是图像传感器芯片,也称金属氧化物半导体,英文缩写为 CMOS。CMOS 可以一次并行读出所有传感器的值,而且无需相机提供额外电路的情况下允许处理这些信号值。CMOS 比 CCD 价格便宜,耗能少并且速度快,多用于专业数码相机。

5. 变焦倍数

变焦分为光学变焦与数码变焦。光学变焦是指摄影镜头最短焦距与最长焦距变焦范围。比如 20~120 mm 的变焦镜头,它从最短 20 变到最长 120 为 6 倍,变焦可将景物影像推远或拉近,适应不同景别的拍摄。数码变焦是通过软件放大图像,即截取图像的中央部分放大后达到长焦镜头拍摄的效果。虽然局部放大了,但图像的清晰度下降了。所以,一般不要用数码变焦拍照,回放拍摄过的图像可以用数码变焦来观看。我们经常碰到有的商家宣传某种相机有 12 倍的变焦,其实这个 12 倍是光学变焦倍数加数码变焦倍数的总和。购买数码相机首先考虑光学变焦,其次是数码变焦。

三、数码相机的附件

传统胶片相机的附件完全适用于数码相机,就数码相机的附件来讲主要有存储卡、读卡器、数码伴侣等。

1. 存储卡

数码相机有不同的品牌和型号,分别使用不同规格的存储卡来记录数码影像,有的数码相机可以同时使用两个规格的存储卡。存储卡不仅可以记录静态影像,还可以记录动态影像和声音。目前市场上较为流行的存储卡有 CF 卡、SD 卡、SM 卡、MMC 卡、MS 卡等。

存储卡的存储量分为 8 MB、16 MB、32 MB、64 MB、128 MB、256 MB、512 MB、1 G、2 G、4 G、8 G 等多种,从现在的发展趋势来看存储卡的型号在不断更新(CF 卡已经有 Ⅱ 型的),存储量也在不断增加(图 5–8)。

▲ 图 5–8 常用的两款存储卡,大的为 CF 卡,小的为 SD 卡,现在 16 GB 已经问世

2. 读卡器

数码相机拍摄的影像要传输到电脑上有两个途径,一是直接将数码相机与电脑连接传输,二是使用读卡器将存储卡的影像传输到电脑上。读卡器又分内置读卡器和外置读卡器,内置读卡器装在电脑上,只要将存储卡插在电脑的相应插槽上,就可读取卡中的影像。外置读卡器刚问世时为单一读卡,即一种读卡器读一种卡,现在有了四合一、六合一读卡器,也叫多功能读卡器(图 5–9)。

3. 数码伴侣

数码伴侣是多种类型读卡器和电池组成的数码存储装置,有不同的品牌、型号和规格,其存储量有 20 GB、40 GB、80 GB、100 GB、120 GB 等,使用者可根据自己的需要选购。数码伴侣从根本上解决了摄影者存储卡不够容量的问题。数码伴侣的体积只有香烟盒大小,携带十分方便。有的数码伴侣的读卡功能达到 12 合 1,几乎市面上所有的存储卡都可以读取,大部分数码伴侣都内置有彩色液晶显示屏。这样,使用者可随时在数码伴侣上欣赏数码照片,有的还具有 MP3、播放影视音视频的功能。相信不久的将来,数码伴侣的功能会更多、更好(图 5–10)。

▲ 图 5-9 这种读卡器可识读几种款式的存储卡,故称多功能读卡器

▲ 图 5-10 这种数码伴侣不仅可以大容量地存储图片,还能听音乐、看视频等

第二节 数码摄影的特性与相机的使用

一、数码摄影的特性

数码摄影与胶片摄影一样,都有自身的长处和不足,相信随着科技的发展,数码摄影将会更加完善。就目前来看数码摄影有如下优点和不足。

1. 数码摄影的优点

(1)有利环保。有人说数码摄影是绿色摄影,理由是免去了胶片,无需用化学药水处理,减少了对环境的污染。虽然也有少量数码冲印,但大量的图像采用刻录光盘和打印的方法存储或欣赏。

(2)直观显示。胶片摄影要等冲洗出来后才能看到效果,而数码摄影当场就可通过相机显示屏查看,不满意的随即删除重来。

(3)存储便利。数码摄影采用存储卡记录图像,按快门的同时被摄体的影像就存储到卡里了,存储卡还可以反复使用,降低了拍摄成本。

(4)多种输出。胶片摄影在没有描扫仪以前主要用于制作照片、幻灯片,数码摄影图片不仅可制作照片、幻灯片,还可以制作光盘,转存到数码伴侣上,或者通过电脑、电视、投影仪观看等。

(5)随意编辑。数码影像可以在电脑上通过软件进行剪裁、合成及特殊效果的处理,这些工作摄影者可全程参与操控,体会其中再创作的乐趣,所以有人说拍摄是数码摄影的开始也有一定的道理。

(6)记录信息。用数码相机拍照时相机型号、快门与光圈组合,感光度、测光数据、曝光数据、镜头焦距、拍摄时间等,这些信息可通过相机配送的软件查看,大大方便了影像的存档记录。

(7)便于保存。胶片摄影的底片、照片随着保存条件和时间的推移,影像会起化学反应,诸如发霉、退色等。而数码影像由数据组成,不存在以上问题。

(8)传输快捷。数码图像还可以通过网络远距离快速传输,特别是新闻摄影记者,几乎可同步传输新闻现场的图像,充分体现新闻的时效性。

2. 数码摄影的不足

(1)兼容性差。每个厂商不同品牌的数码相机附件是不能通用的,包括电池、充电器,甚至视频线都是专用。如果有些附件能统一标准,哪怕是充电器这一项统一起来也可节省资源,为环保做点贡献。

(2)画质较差。尽管现在专业数码相机达到了 1 000 万 ~2 000 万像素,但与等价的胶片相机比较,清晰度和色彩还原还是较差。

(3)成像太慢。这里所说的慢是相对胶片相机而言,胶片相机不管将快门速度设定在哪一挡,按下快门即完成曝光。而数码相机按下快门后还有一个生成影像的过程,尤其快速抓拍,或者设置在高分辨率挡时,连拍很难快速响应。

(4)贬值太快。数码相机品种繁多,日新月异,价格变化快,很多摄影发烧友抱怨,刚花一笔大价钱买的一款数码相机,没有多久就大幅降价了,降价停产的同时新款出世,手头的相机又落伍了。

(5)取景不便。大部分通过 LCD 显示屏取景的数码相机户外拍摄取景构图时不方便,主要原因是户外的光线超过了显示屏的亮度,很难看清画面影像。而且显示屏取景特别耗电。

目前,数码摄影虽然有些不足,但是,随着科技的发展,相信这些不足会逐步改善和克服。

二、数码相机的使用

传统胶片相机的操作使用方法完全适用于数码相机,比如不同字母和图形表示的拍摄模式与胶片相机是一致的,所不同的是有些功能设置需要通过相机的液晶显示屏操作菜单按钮来完成。下面就功能的设置来介绍数码相机的使用,与传统相机相同的部分参考第二章与第三章。

1. 阅读相机使用说明书

使用数码相机之前一定要认真仔细阅读相机的使用说明书,可以毫不夸张地说,对于初学摄影者来说,相机使用说明书是最好的启蒙老师。一般数码相机的使用说明书包括以下内容。

尼康系列相机的说明书包括相机概述、相机知识入门、开始步骤、摄影常识、基本浏览、选择拍摄模式、影像品质和影像尺寸、感光度设定、白平衡调定、影像调节、对焦设定、曝光控制、闪光拍摄、自拍模式等。菜单指南有使用相机菜单、浏览菜单、拍摄菜单、用户设定菜单等。有与电脑连线、电视机连线、打印机连线等的说明,还有相机的保养常识。

索尼系列相机的说明书包括拍好照片的基本技巧,各部件功能介绍。功能设定有焦点设定、曝光设定、色彩设定、闪光灯模式、连拍模式。功能表的使用有拍摄功能表、观看功能表。有与电脑、电视、打印机等的连接使用说明,还包括相机维护、故障排除,使用相机的注意事项等。

总之,数码相机的结构性能不同、档次不同,使用说明书介绍的内容有所不同,但说明书的框架、模式基本一致。

2. 数码相机的按钮操作

有些数码相机的设计生产厂商为使拍摄者操作方便,将常用的摄影功能设置为自动拍摄,并用字母和图形来标识,没有摄影基础的初学者,也能通过调定操作按钮,完成标识所设置的拍摄效果。如A 为光圈优先自动曝光,S 为快门优先自动曝光,P 为程序自动曝光,M 为手动曝光等。模式还有人物摄影、风景摄影、微距摄影、动体摄影、夜景摄影、连续摄影、延时摄影。其他功能有自动聚焦、手动聚焦、光学变焦、数码变焦、闪光开 / 关、图像回放 / 删除,摄像功能、录音功能等。

3. 数码相机的菜单操作

有些不常用的摄影功能,数码相机设计生产厂商将其设置成内置软件菜单命令,摄影者可通过选择键在显示屏上翻页显示,从而选定你所需要的摄影功能。比如白平衡设定、感光度设定、存储模式设定、分辨率设定等。

三、数码照相机的维护

胶片相机的维护注意事项完全适用于数码相机。下面在胶片相机维护的基础上补充几点数码相机的维护知识。

1. 存储卡的维护

数码相机的存储卡单独保存时要装在专用的塑料保护卡盒中。安装存储卡时要看清正反面并关掉相机的电源，从相机里取出存储卡同样要关掉电源，带电操作会造成数据的丢失。使用读卡器、数码伴侣、电脑等转移存储图像时，中途不得取出存储卡。不得挤压、碰撞存储卡，存放有图像资料的存储卡要防磁场、防高温。格式化存储卡时一定要检查里面是否有需要保留的图像资料，否则格式化后卡里的资料即被删除。

2. LCD 显示屏的维护

数码相机的显示屏出厂时贴有一层保护膜，用久了难免有磨损划伤，可定期更换保护膜，专业的数码相机显示屏配有透明的塑料盖，为防止丢失可仿照镜头盖，把它拴在机身上，即使脱落也不会丢失。清洁显示屏时可用清洁剂或镜头纸。

3. 电池的维护

数码相机使用的可充电电池大致有三种类型，分别是镍—氢电池、镍—镉电池、锂离子电池。新电池都要充好电再使用，充电又分慢充和快充，新电池首次充电应采用慢充的方法，不同类型的电池慢充和快充的时间有所不同，注意查阅该电池的使用说明。为了延长电池的使用寿命，后续充电应等电量用完或放电后再充，充电时间不足和过长时间充电对电池都有损坏。使用 5 号可充电池时，不可将新、旧电池混用，否则，新电池消耗更快。相机长时间不用，电池应取出单独存放。

4. 图像传感器的维护

前面介绍过 CCD 和 CMOS 两种传感器，固定镜头的传感器在相机内部，基本成封闭状态，单反镜头的相机因经常更换镜头，难免有灰尘进到内部，细小的灰尘附着在传感器上，图像上就有黑点出现。因此，单反镜头的相机要尽量避免频繁更换镜头，或者更换前将相机镜头表面的灰尘清除掉，机身镜头接口朝下操作。

5. 数码相机的整体维护

长时间不使用数码相机要定期拿出来拍几张，哪怕是空拍也行，这样做可避免相机长期不用电子元件等老化，经常通电运作保持相机良好的工作状态。当然，有条件最好将相机存放在电子干燥箱里。

第三节　数码图像的欣赏与输出

拍摄数码图像的最终目的无非是欣赏、存档、印刷、参展、出售等。欣赏可分为输出前欣赏和输出后欣赏，输出又分数字输出和图片输出，归纳起来欣赏与输出有以下几种途径：通过相机、电脑、电视机来欣赏拍摄的图像，利用刻录机刻录数据影像光盘。采用数码冲印机和打印机输出图像，打印又分喷墨、激光、热升华三种。另外还有一种输出是将传统的底片、照片通过扫描复制成数码文件，再进行数码工艺制作成图像。

一、用数码相机欣赏

不同种类的数码相机都具有回放搜索功能，既可检索前面拍摄的内容，又可欣赏其中的图像，如果你的相机 LCD 显示屏不够大可用数码变焦功能来放大所拍摄的图像,欣赏局部效果。不过,用 LCD 显示屏欣赏图像特别耗电,尤其在户外,不能及时充电的情况下要注意,除非有足够的备用电池。

二、用电脑显示屏欣赏

数码相机都配有专用的驱动软件。先在电脑上安装驱动软件,再用相机附带的 USB 插头连线将相机与电脑接上,同时打开相机电源和电脑,用驱动软件将相机内的数据图像下载到电脑中,并标注一个文件名,打开文件就可以逐一欣赏了,电脑显示屏再现图像清晰、大小适中,不像数码相机显示屏太小,看久了眼睛疲劳。下载后的图像除了可随时欣赏外,还可以在电脑上进行编辑、剪裁、合成等处理,然后欣赏处理后的图像。

三、用电视机屏幕欣赏

现在大多数电视机与数码相机连接都可显示相机里的图像。方法很简单,将相机提供的视频线连接上相机和电视机的端口,先打开电视机,把 TV 转换成 AV,然后打开相机电源播放,电视屏幕即显示所拍图像。不过图像会有一定颗粒。

四、刻录光盘

将数码相机拍摄的图像刻录成数据光盘,是数码图像输出的方法之一。大量的图像存在电脑里一是占用空间,二是有可能受病毒的侵害。将拍摄的图像分类编辑刻录成光盘备用,是数码图像保存、管理的有效方法。目前光盘刻录分两种方式,一是用电脑安装的刻录软件刻录,二是用外接刻录机与电脑连接刻录,同时要安装刻录机的驱动程序。光盘刻录的步骤如下:

1. 把要刻录的图像下载到电脑并注明文件名,比如人物或风光等。
2. 将待刻录的 CD 盘装入电脑,用刻录机刻录。
3. 打开刻录软件界面,点击“数据光盘”,再点击“添加”。
4. 打开“选择文件”,再打开“位置”,点击要刻录的文件名。
5. 点击“新增”,需要刻录的文件名在“新建”栏中显示。
6. 点击“下一步”,再点击“刻录”,进入“刻录进度”显示。
7. 刻录完成后,检查刻录是否成功。然后将光盘的图像内容、时间等数据用油性笔写在光盘或光盘盒上。

五、数码冲印照片

数码冲印也叫数码彩色扩印。数码彩色扩印机分为两类,一类是数码扩印机,根据扩印的照片尺寸大小及其功能分为不同价格档次,高档的进口彩扩机价格近百万元,低档的国产彩扩机价格只有十万元左右。另一类是传统的胶片冲印机改造后加一个数码底片夹,配一台电脑就可进行数码冲印了,大大地降低了成本。

彩色数码扩印机的构造分为电脑处理部分、数码曝光部分及走纸、冲洗传动部分等。客户只要提供存储卡、U 盘、光盘等,就能按要求制作照片。另外还有一种便捷的数码冲印方式,即网上冲印。客户将数码文件通过网络发送到冲印店,冲印店按客户要求将冲印好的照片邮寄或送到客户家中。不过,双方要事先约定好付款方式。

六、喷墨打印数码照片

喷墨打印机的工作原理是将微小的墨滴喷射到纸上产生图像。墨水通常用加热或振动方式驱动。目前,许多喷墨打印机使用的墨滴已经非常细小,以至于可以被认为是连续色调打印。通常普及型的打印机为四色,即黑色、黄色、品红色、青色,专业型的打印机在原有四色的基础上加了淡品红色和淡青色。有的更专业的打印机在六色的基础上加了淡绿色、淡橙色成为八色。彩色墨盒颜色越多,打印照片的层次越丰富,色彩还原效果越好。

喷墨打印的彩色照片另一个技术指标为分辨率,正常打印照片的分辨率在 750 dpi 以上,有的高达 4 800 dpi × 2 400 dpi,这表示打印机的水平方向可达到 4 800 dpi 的分辨率,分辨率越高彩色照片的质量越高,其次是彩色喷墨打印纸,通常情况下应使用品牌照片级打印纸,虽然兼容的打印纸可以替代,并降低成本,但其照片质量明显逊色于专用打印纸。

七、激光打印数码照片

激光打印机的工作原理是利用激光将电荷沿打印光鼓放置,使其精确聚焦。彩色墨粉被拉入光鼓的带电区域,然后加热元件将色粉熔合到纸的表面。彩色激光打印机的价格每台都超过万元,虽然打印的精度高、速度快,但打印的成本高,很少家庭购买。不过黑白激光打印机打印黑白照片,成本低于彩色激光打印,它对打印的纸张没有特殊要求,既可使用照片纸,也可使用普通的打印纸,打印速度快、影调细腻。

八、热升华打印数码照片

热升华彩色打印机的工作原理是使用可以加热装有固态墨水的色带的打印头生成有色染料气体,该气体转印到特殊类型的纸上形成彩色图像。染料的色彩强度由打印头的加热级别控制。打印的照片效果边缘柔和、自然过渡、色调平滑连续。目前,有些打印机厂家为小型家用数码相机配套生产的类似的热升华打印机有与数码相机相连的接口,或者存储卡槽,可打印 6 英寸的数码照片。成本高于市场上同尺寸的照片,打印机的价格与照相机价格相近,一般都在 2 000 元左右。

数码照片的打印除了上面谈到的三种打印机外,还有染料热转印打印机和喷蜡打印机等,用于商业广告宣传的大幅画面,均采用喷绘仪。

九、扫描仪的分类与使用

扫描仪的工作原理,即通过同步移动的反光镜将影像反射到 CCD 的感光元件上,使之成为图片的模拟信号,转换成数字信号后输入电脑,是一个光电转换的过程。随后,通过电脑完成对数码影像的处理。

1. 扫描仪的类型
扫描仪可以将照片、透明胶片、设计图纸、文字资料等转换成可电脑识别的数字信息。根据用途的不同可以分为以下几种类型。

（1）滚筒扫描仪
滚筒扫描仪的扫描头是固定的,被扫描的原件固定在滚筒外圆周上,随着滚筒的旋转,扫描头对原件进行逐行平行扫描,其光电倍增管完成影像信息的采集。滚筒扫描仪的特点是速度快、面积大、精度高、价格贵,适合扫描业务量大的印刷行业和电分公司使用。

（2）平板扫描仪

平板扫描仪扫描头移动,被扫描的原件固定,扫描的幅面分 A3、A4 等大小。主要用于扫描照片和图片、书稿、图表等。有些多功能的扫描仪还可以扫描幻灯片、底片等,但具有兼容性的扫描仪价格要贵得多,不过家庭、个人使用一般 A4 幅面的平板扫描仪就能满足需要了。

（3）胶片扫描仪

胶片扫描仪是专门用来扫描底片、幻灯片的,适合专业摄影人士和档案馆复制转换数码文档使用。有的胶片扫描仪还配售有影像处理软件,比如清除灰尘、划痕、校正偏色等。但它不能扫描照片、图片之类的非透射平面原件。因此,用它扫描的底片、幻灯片精度非常高,能精确地还原底稿的色彩、层次等。

2. 扫描仪的使用

使用扫描仪之前要仔细阅读使用说明书,然后按步骤逐项操作。

（1）连接扫描仪与电脑,接通电源。

（2）安装扫描仪驱动程序。

（3）设定扫描分辨率。

（4）设定缩放倍率。

（5）设定图像类型。

（6）设定输出尺寸。

（7）设定影调与色彩。

（8）安放扫描原件,启动扫描程序。

（9）预扫描后,调整扫描参数。

（10）正式扫描,存储扫描文件。

3. 使用扫描仪的注意事项

（1）为保证扫描效果,必须选用影调、色彩、清晰度好的扫描原件。

（2）随时清除工作台面的灰尘、杂质,特别是扫描仪的反光镜要保持干净。

（3）扫描仪启动后要预热 5~10 分钟,目的是等光源色温达到稳定值。

（4）扫描仪在工作过程中不得移动,要保持平稳,防止振动。

第四节　数码图像的后期处理

传统胶片摄影的后期制作都是通过手工在摄影暗房操作的。现在数码摄影的后期制作是通用图片处理软件来完成的,故人们称数码的后期制作为数码暗房处理。

一、常用图像处理软件

图片处理软件根据用途不同有很多种。一般电子商场都有出售,也可以在网上下载。同时,数码相机生产厂家也会随机配送相关的软件,可供图片浏览、图片编辑、图片处理等。而常用的图片处理软件有以下几种。

1. Photoshop 软件

Adobe 软件公司开发的 Photoshop 软件 1990 年推出以来,不断更新升级,版本从最初的 1.0 发展到今天的 9.0,是世界上公认的最专业,最强大的图像处理软件之一。因此,被专业的平面设计师、摄影师、印刷出版行业采用。使用者可借助 Photoshop 软件的功能,在电脑上随心所欲地操作,可以毫不夸张地说,凡是传统暗房可以制作的摄影画面效果,Photoshop 都能做到,甚至有过而无不及。因此,进行数码图片的后期制作 Photoshop 软件应为摄影者的首选。

2. Live Picture 软件

该软件是一个非常适用的图像处理软件,不仅能处理大数码图片,而且速度相当快,与 Photoshop 相比要快好几倍。Live Picture 软件处理图像的方法采用了 Fits 技术,以屏幕解析度的图像为处理目标,它不像其他软件直接在原件上工作,而是先将指令储存在一个算术功能表上,然后把二者应用到原有的高解析度图像上。由于 Fits 是以数学原理记录每次修改的信息,所以它能重复操作。

3. ACDSee 软件

这是一个以图像管理为主要功能的软件,它能对大批量的原始图像进行快速浏览、查找和管理、优化。还可以从数码相机和数码伴侣上高效获取图片,并进行快捷查找和预览。ACDSee 软件除了图像管理功能外,还具有基本的图像处理功能,比如亮度、色彩、对比度调整,图像剪裁和旋转等。同时,它还具有多媒体播放功能,比如自动播放数码图片,连续播放动画和伴音的幻灯片等。还有另一个独特功能是可以对图像进行批量格式转换和压缩等。

4. Album Builder 软件

这也是一个对数码图片进行分类管理,快速地浏览和查看的软件。还可以用它制作数码影集相册,并为其备份保存。能根据不同主题分类制作影集保存,比如风景、人物、花卉、动物等。在自由设定主题的同时,还可设定拍摄数据,记录拍摄经过、体会、日期等文字信息。特别是可以用不同的特殊效果进行浏览、播放。

5. Powerpoint 软件

这个软件主要用于幻灯演示文稿的制作和播放,适合教学课件、会议资料等专题的制作和演示。特点是可以音画合成,而且操作简单。它能将数码影像、文字信息、伴音编辑合成为连续播放的幻灯片。

二、数码图像的处理

前期拍摄的数码影像,会因为创作的需要进行一些技术方面的处理,这种处理又分普通处理和特技处理。普通处理包括画面剪裁、调整反差、调整色彩、校正透视、提高锐度、图片合成、置换背景等。特技处理包括线描效果、浮雕效果、版画效果、油画效果、水彩效果、木刻效果等。

1. 平铺处理(图 5-11)

▲ 图 5-11　摄影:陈振刚　制作:陈布瑾

▲ 图 5-11-1 复制图层,选择和画面对比鲜明的色彩作为背景色

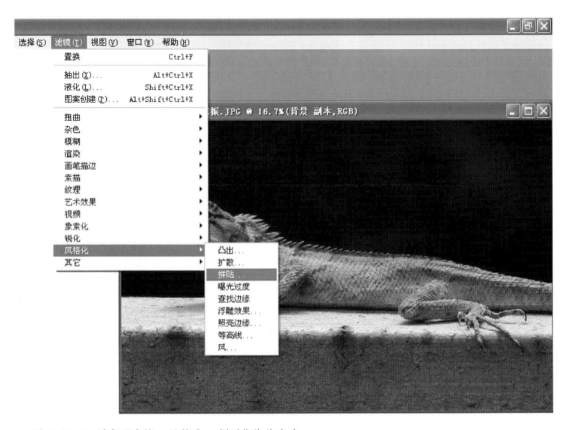

▲ 图 5-11-2 选择"滤镜—风格化—拼贴"菜单命令

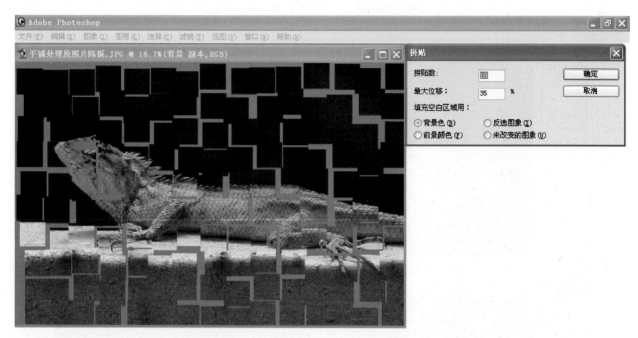

▲ 图 5-11-3　输入适当的系数(如图),得到最终效果

2. 美白处理(图 5-12)

▲ 图 5-12　摄影:陈振刚　制作:陈布瑾

▲ 图 5-12-1 复制背景层,新建空白图层,设置颜色,用画笔填涂除眉、眼、唇在内的面部

▲ 图 5-12-2 建立选区,回到背景层,复制选区到新图层

▲ 图 5-12-3 高斯模糊后,合并经模糊的图层和背景复制层

▲ 图 5-12-4　复制图层，按 Ctrl+Alt+ ~ 调出高光选区，填充白色，然后适当地降低图层的不透明度

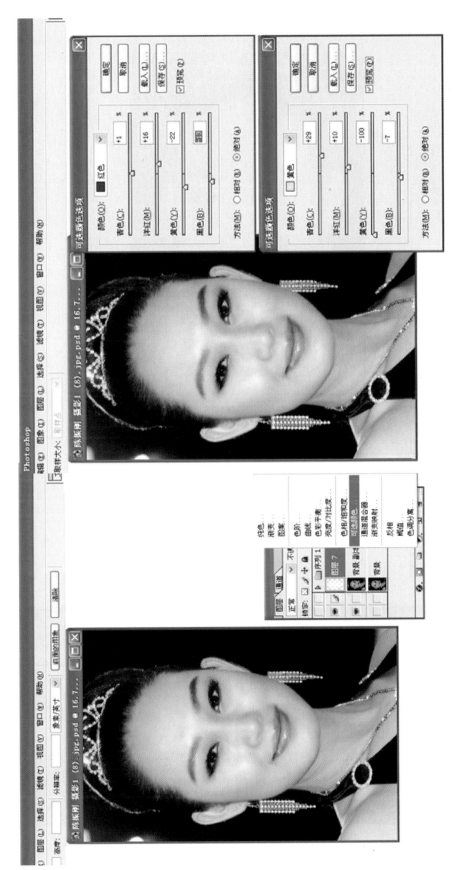

▲ 图 5-12-5　创建可选颜色调整图层，把红色调大一点，黄色减淡一点

▲ 图 5-12-6　新建空白层,按 Ctrl+Alt+Shift+E
盖印图层,适当地锐化一下,然后把锐化后的
图层复制一层,图层混合模式改为"柔光",
图层不透明度改为:30%,完成最终效果

3. 旋涡处理(图 5-13)

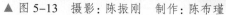

▲ 图 5-13　摄影:陈振刚　制作:陈布瑾

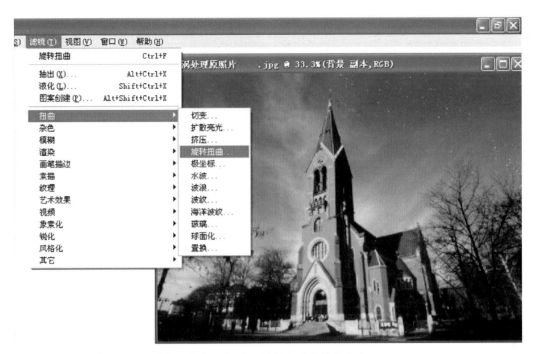

▲ 图 5-13-1 复制图层,选择"滤镜—扭曲—旋转扭曲"菜单命令

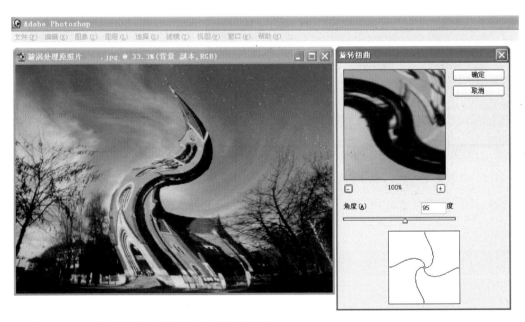

▲ 图 5-13-2 设置参数如图所示,完成最终效果

4. 反差处理(图 5-14)

▲ 图 5-14　摄影：陈振刚　制作：陈布瑾

▲ 图 5-14-1　复制图层,选择"图像—调整—亮度 / 对比度"菜单命令,设置参数如图所示,完成最终效果

5. 窗帘处理(图 5-15)

▲ 图 5-15　摄影：陈振刚　制作：陈布瑾

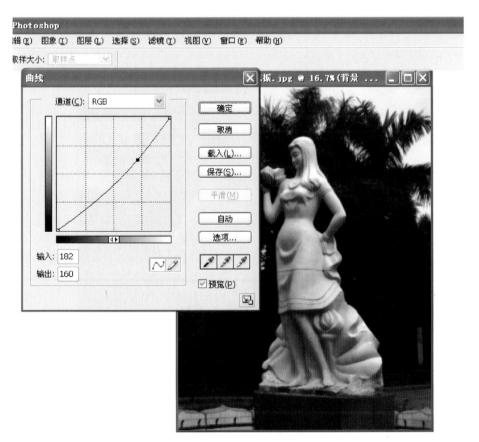

▲ 图 5-15-1　复制图层,选择"图像—调整—曲线"菜单命令,对色调和明暗进行微调如图所示,强调朴实厚重的效果

▲ 图 5-15-2　选择"滤镜—模糊—高斯模糊"菜单命令,设置参数如图所示

▲ 图 5-15-3　新建图层,选择如图区域填充黑色

▲ 图 5-15-4　建立快速蒙板，利用"渐变工具"做出渐变的透明效果

▲ 图 5-15-5　复制图层，移动排列，链接所有渐变效果图层，选择"图层——
　　分布链接的——垂直居中"菜单命令，平均分布各图层

▲ 图 5-15-6　合并所有渐变图层,选择"滤镜—模糊—高斯模糊"菜单命令,
设置参数如图所示,复制渐变图层,加深色彩达到强调的效果

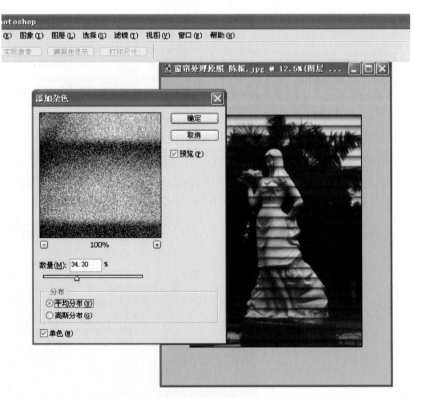

▲ 图 5-15-7　新建图层,盖印可见层"Ctrl+Alt+ Shift+E",选择"滤镜—杂色—
添加杂色"菜单命令,设置参数如图所示,使各图层有机地融合,完成最终
效果

6. 合成处理（图 5-16）

▲ 图 5-16　摄影：陈振刚　　制作：陈布瑾

▲ 图 5-16-1　新建文件,修改画布宽度为两张原片宽度之和("图像—画布大小")

▲ 图 5-16-2　分别把两张原片置入新建的文件中

▲ 图5-16-3　改变其中一张图片的透明度,移动图片,使图中的景物与另一张图片中的重合

▲ 图5-16-4　得到如图效果,再还原图片的透明度,合并图层,完成最终效果

7. 剪裁处理(图 5-17)

▲ 图 5-17 摄影：陈振刚 制作：陈布瑾

▲ 图 5-17-1 运用"裁切工具"，重新调整边框，起到强调重点的效果

8. 黑白处理(图5-18)

▲ 图5-18　摄影：陈振刚　制作：陈布瑾

▲ 图5-18-1　复制图层,选择"图像—调整—去色"菜单命令,使色彩图片变成黑白,强调图片的艺术感

9. 棕色处理（图5-19）

▲ 图5-19　摄影：陈振刚　制作：陈布瑾

▲ 图5-19-1　复制图层，选择"图像—调整—色相/饱和度"菜单命令

▲ 图5-19-2　勾选"着色",调整参数如图,得到柔和统一的整体效果

10. 镜像处理(图5-20)

▲ 图5-20　摄影:陈振刚　制作:陈布瑾

▲ 图 5-20-1　复制图层,运用"矩形选框工具"选择适合垂直翻转的部分,复制该部分图像到新建文件

▲ 图 5-20-2　在新文件,选择"图像—旋转画布—水平翻转"菜单命令,使图片在水平方向镜像

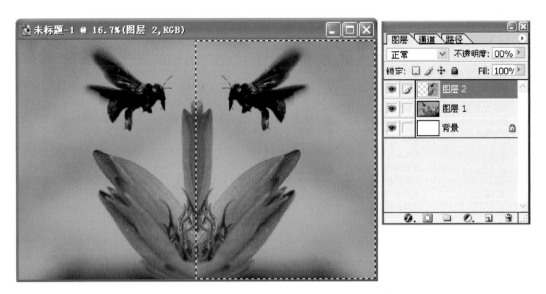

▲ 图 5-20-3 复制图像,在原文件中粘贴,得到奇妙的镜像效果

11. 色调分离处理(图 5-21)

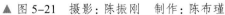

▲ 图 5-21 摄影:陈振刚 制作:陈布瑾

▲ 图 5-21-1　复制图像,选择"图像—调整—色调分离"菜单命令

▲ 图 5-21-2　设置适合参数如图所示,达到最终效果

12. 浮雕处理（图 5-22）

▲ 图 5-22　摄影：陈振刚　制作：陈布瑾

▲ 图 5-22-1　复制图像，选择"图像—调整—去色"菜单命令

▲ 图 5-22-2　选择"滤镜—风格化—浮雕效果"菜单命令

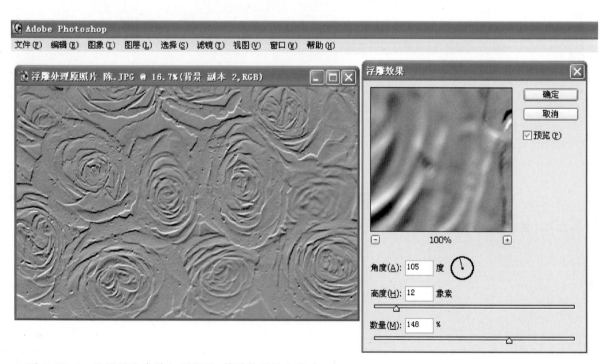

▲ 图 5-22-3　设置适当参数如图所示,得到较强的立体感

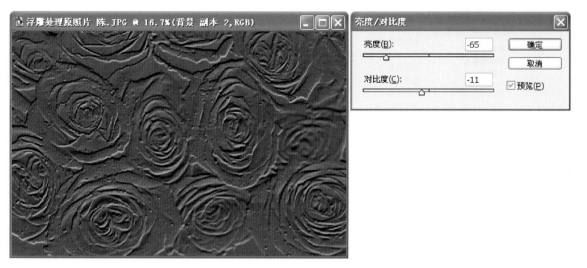

▲ 图 5-22-4 选择"图像—调整—亮度 / 对比度"菜单命令,调整到适合参数如图所示,强调图片的肌理效果

13. 底片处理(图 5-23)

▲ 图 5-23 摄影:陈振刚 制作:陈布瑾

▲ 图 5-23-1　选择"图像—调整—反相"菜单命令，实现照片的底片效果

14. 马赛克处理（图 5-24）

▲ 图 5-24　摄影：陈振刚　制作：陈布瑾

▲ 图 5-24-1 复制图层, 选择"滤镜—像素化—马赛克"菜单命令, 设置参数如图所示

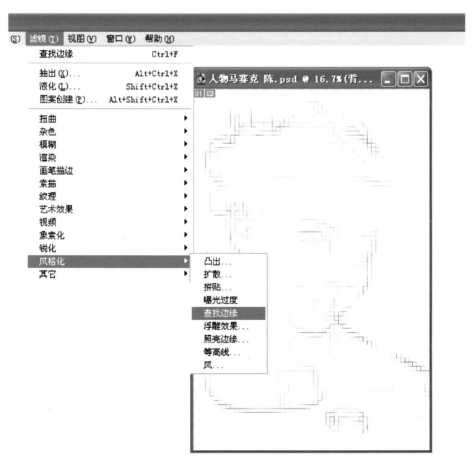

▲ 图 5-24-2 复制图层, 选择"滤镜—风格化—查找边缘"菜单命令

▲ 图 5-24-3　重做"查找边缘",加强效果

▲ 图 5-24-4　设置图层模式为"叠加",形成整体马赛克和局部强调线条
　　相结合的复杂效果

15. 波纹处理（图5-25）

▲ 图5-25　摄影：陈振刚　制作：陈布瑾

▲ 图5-25-1　复制图层,选择"滤镜—扭曲—水波"菜单命令

▲ 图 5-25-2　设置适合参数如图所示,形成如图所示水面起伏的效果

▲ 图 5-25-3　选择"图像—调整—曲线"菜单命令,加强图片的明暗色调对比

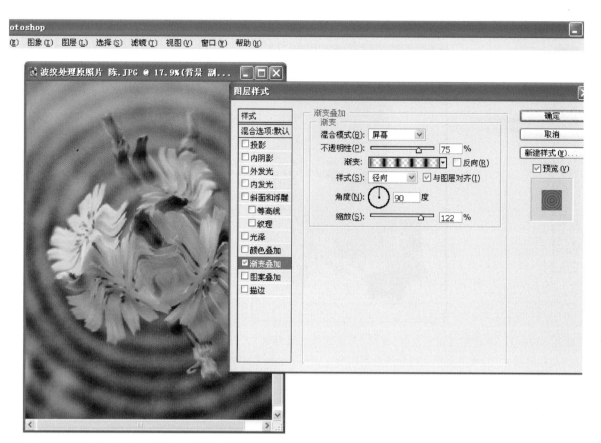

▲ 图 5-25-4 在图层样式里,选择"渐变叠加"菜单命令,设置参数如图所示,得到如水波涟漪的最终效果

16. 玻璃效果处理(图 5-26)

▲ 图 5-26 摄影:陈振刚 制作:陈布瑾

▲ 图 5-26-1　新建图层填充白色,使用"历史记录艺术画笔"工具,涂抹出图像,样式"绷紧中",先用直径较大的获得大形,再用直径小的获得局部的细节,得到如图所示的效果

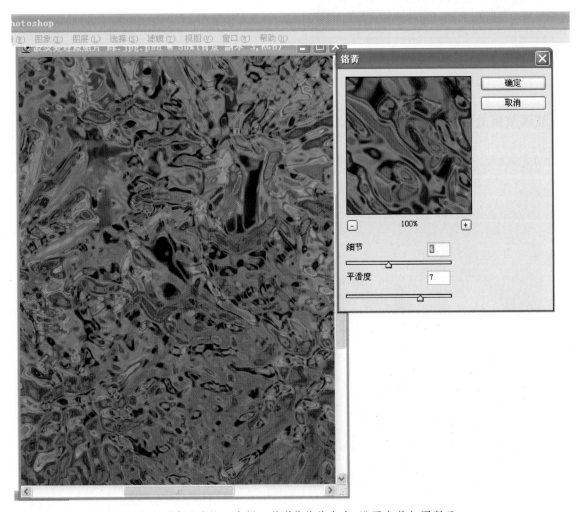

▲ 图 5-26-2　复制该图层,选择"滤镜—素描—铬黄"菜单命令,设置参数如图所示

▲ 图 5-26-3 设置图层混合模式为"叠加"

▲ 图 5-26-4 新建图层,盖印可见层"Ctrl+Alt+Shift+E",选择"图像—调整—曲
线"菜单命令,对色调和明暗进行微调如图所示,完成最终效果

17. 同构处理(图 5-27)

▲ 图 5-27　摄影：陈振刚　制作：陈布瑾

▲ 图 5-27-1　复制图层,选择"图像—画布大小"菜单命令,增大图片的幅面以适合复杂的效果

▲ 图 5-27-2　选择"矩形选框工具"菜单命令，选取完整的形态，并复制到新图层

▲ 图 5-27-3　选择"变换工具"菜单命令，压缩新建图层的宽度

▲ 图 5-27-4 使用同样的方式,增加图层,强调出水鸟的头部、整体和尾部三个层次

▲ 图 5-27-5 使用同样的方式,完成右边水鸟的构成处理

▲ 图 5-27-6 适当增加前后水面的宽度,直到达到最终效果

18. 网纹处理(图 5-28)

▲ 图 5-28　摄影：陈振刚　制作：陈布瑾

▲ 图 5-28-1　选择"矩形选框工具"菜单命令,选
　　取完整的形态,并复制到新图层

▲ 图 5-28-2　在新图层选择"滤镜—纹理—拼缀图"菜单命令

▲ 图 5-28-3　设置适合参数如图所示,形成有凹凸的立体感

▲ 图 5-28-4　由于获取的图像小,效果不明显,所以使用"变换工具",把制作的凹凸效果放大覆盖全部图片

▲ 图 5-28-5　设置图层混合模式为"正片叠底",并修改透明度如图所示,获得叠加的效果

▲ 图 5-28-6　回到"背景副本"图层,用"钢笔工具"描出动物的外形,并双击路径使之得以保存,把路径变为选区

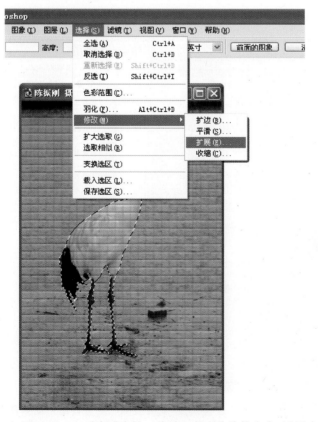

▲ 图 5-28-7　选择"选择—修改—扩展"菜单命令,设置参数 1 像素

▲ 图 5-28-8　选择"选择—羽化"菜单命令,设置参数如图所示,并复制图像到新图层

▲ 图 5-28-9　把勾勒动物外形的图层移到最上方,形成动物在笼外的自然效果

19. 重叠处理(图 5-29)

▲ 图 5-29　摄影：陈振刚　制作：陈布瑾

▲ 图 5-29-1　用"钢笔工具"分别描出动物的外形,并双击路径使之得以保存,把路径变为选区

▲ 图5-29-2　新建文件,把两个外形分别粘贴进来,并使用"变换工具"使
两个外形大小一致

▲ 图5-29-3　改变二者的透明度,移动其中一个图像,使其一条腿与另一个
图像的腿重合,并用橡皮擦掉多余的图像

▲ 图 5-29-4　适当调整二者的透明度,再新建图层,填充黑白的渐变效果即可

20. 旋风处理(图 5-30)

▲ 图 5-30　摄影:陈振刚　制作:陈布瑾

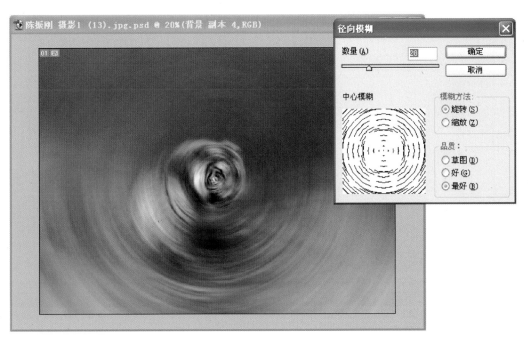

▲ 图 5-30-1 裁切图片,一定要使虎头位于画面的正中心。复制图层,选择"滤镜—模糊—径向模糊"菜单命令,设置参数如图所示,得到动感效果

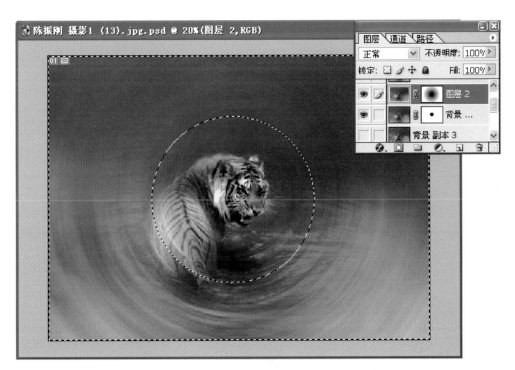

▲ 图 5-30-2 复制图层,第一层选择较大"椭圆选框",反选后建立蒙板,利用"渐变工具"做出渐变的透明效果

▲ 图 5-30-3 第二层选择较小"椭圆选框",羽化 10 像素,反选后建立蒙板如图所示,并降低图层透明度

▲ 图 5-30-4 结合背景层,实现如真空镜拍摄的特殊效果

21. 放射处理(图 5-31)

▲ 图 5-31　摄影：陈振刚　制作：陈布瑾

▲ 图 5-31-1　裁切图片,一定要使虎头位于画面的正中心。复制图层,选择"滤镜—模糊—径向模糊",设置参数如图所示,得到动感效果

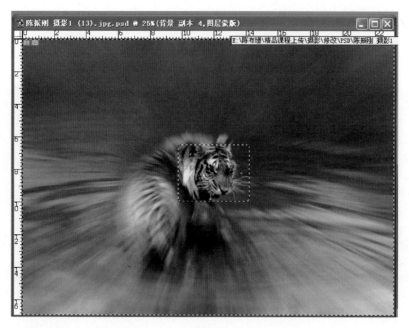

▲ 图5-31-2 复制图层,第二层选择较小"矩形选框",反选后建立蒙板
　　如图所示

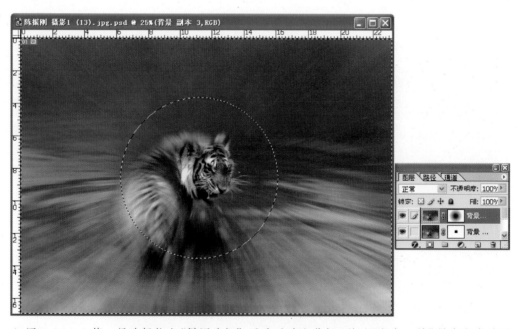

▲ 图5-31-3 第一层选择较大"椭圆选框",反选后建立蒙板,利用"渐变工具"做出渐变的透
　　明效果,强调出老虎的威武和凶猛

22. 油画处理(图 5-32)

▲ 图 5-32　摄影：陈振刚　制作：陈布瑾

▲ 图 5-32-1　复制图层，选择"图像—调整—曲线"菜单命令，设置参数如图所示

▲ 图 5-32-2 复制图层,选择"滤镜—艺术效果—海绵"菜单命令,设置参数如图所示

▲ 图 5-32-3 用魔术棒工具选取左图天空部分,填充为较浅的蓝灰色即可实现最终效果如右图所示

23. 色调处理1(图5-33)

▲ 图5-33　摄影：陈振刚　制作：陈布瑾

▲ 图5-33-1　选择"矩形选框工具"菜单命令,选中中间图片部分,选择"选
择—反选"菜单命令,将边缘填充白色

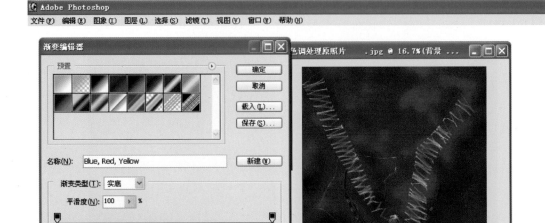

▲ 图 5-33-2　选择"图像—调整—映射渐变"菜单命令,调整颜色如图所示,得到鲜明的色彩效果

24. 色调处理 2(图 5-34)

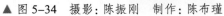

▲ 图 5-34　摄影:陈振刚　制作:陈布瑾

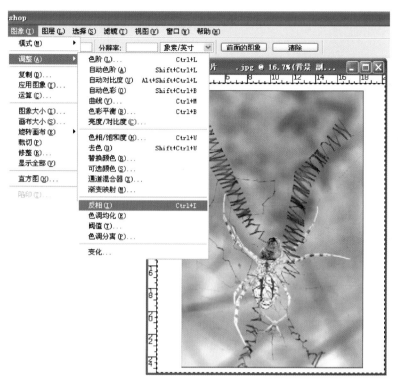

▲ 图 5-34-1　选择"图像—调整—反相"菜单命令,得到如图效果

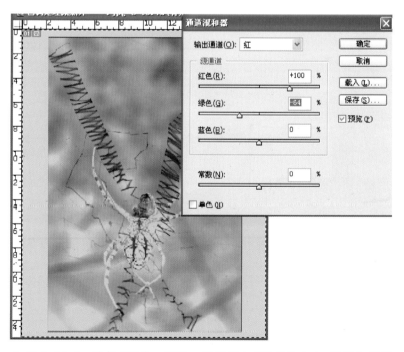

▲ 图 5-34-2　选择"图像—调整—通道混合器"菜单命令,得到如图所示效果

25. 色调处理 3(图 5-35)

▲ 图 5-35　摄影：陈振刚　制作：陈布瑾

▲ 图 5-35-1　复制图层,选择"图像—调整—亮度 / 对比度"菜单命令,设置参
数如图所示

▲ 图 5-35-2　选择"图像—调整—色彩／饱和度"菜单命令,设置参数如图所示

▲ 图 5-35-3　选择"图像—调整—通道混合器"菜单命令,设置参数如图所示,完成效果

26. 色调处理 4(图 5-36)

▲ 图 5-36 摄影:陈振刚   制作:陈布瑾

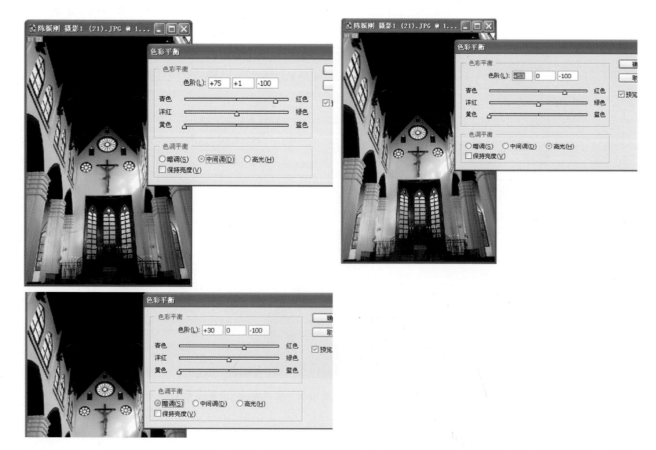

▲ 图 5-36-1   复制图层,选择"图像—调整—色彩平衡"菜单命令,分别调节暗调、中间调、高光参数如图所示,增加黄色和红色的参数,营造教堂金碧辉煌的效果

本章小结

　　现代的数码摄影是在传统的胶片摄影的基础上发展起来的,有了胶片摄影的基础,再学数码摄影就容易多了。从前期的拍摄来看,首先要学会比较手中的数码相机与胶片相机有哪些相同和不同之处,灵活运用不同的拍摄模式,学会手动和自动模式、测光与曝光、感光度、白平衡、分辨率等的设定与运用。同时,还要掌握后期的处理技术,比如数码图像刻录、打印、冲印、扫描等技能,特别是数码图像的编辑和特技处理。这就需要学生在老师的指导下,通过编辑软件创作出有新意的艺术图片。

思考练习

　　1. 数码相机的分类方法和各自的构造、性能是什么?

　　2. 怎样使用和维护数码相机及其附件?

　　3. 举例说明数码相机的拍摄技巧。

　　4. 什么是白平衡,实践中如何灵活应用?

　　5. 打印机分为几种类型,各自的功能特性如何?

　　6. 扫描仪分为几种类型,各自的功能特性如何?

　　7. 常用图像处理软件有哪几种,各自有哪些用途?

实训项目

　　1. 操作数码相机,并能准确说出各部件开关、按钮的功能和作用。

　　2. 分别使用不同的模式功能、白平衡设定、感光度设定、分辨率设定拍摄四组数码影像,分析比较各自的差别。

　　3. 将拍摄的素材整理分类,使用视频线通过电视屏幕在班上交流讲评。

　　4. 分别将摄影图片、幻灯片扫描成电子文件,并加以编辑、艺术处理。

　　5. 独立操作打印一张 A4 数码照片作业。

　　6. 独立操作冲印四张 4R 数码照片作业。

　　7. 独立操作把所有的作业刻录成一张光盘。

　　8. 独立操作在电脑上应用软件制作一张特技效果的数码图片。

第六章

摄影曝光与用光技巧

学习目标

　　通过定点、定时进行对比拍摄,在实践中掌握各种曝光模式与曝光补偿技巧。掌握自然光、人造光、混合光的拍摄要领,合理地选择曝光时间和光圈组合进行拍摄,以获得最佳成像效果是本章的学习目标。

　　光线是摄影艺术创作的基础,摄影是依赖于光线而存在的。

　　光与摄影有着密切的关系。从技术方面来看,各种被摄景物之所以能够由客观环境中的形象,转化成为照片上的可视影像,是通过镜头和感光元件经曝光而产生光化反应所取得的。准确曝光,是决定影像质量的关键。光是现场摄影必不可少的重要条件,是塑造被摄对象形象的重要手段。摄影用光有赖于曝光技术,也就是有赖于正确和巧妙地控制曝光。

第一节　曝光模式与曝光技巧

一、曝光

　　我们手中的照相机所面对着的自然界,是一个五彩缤纷、层次丰富、光线变化无穷的世界。摄影的目的就是要用感光胶片记录现实生活中富于变化的各类事物。这一切取决于使感光胶片或数码相机里的感光元件达到正确曝光。曝光不正确的底片或数据是不可能获得良好艺术效果的。

1.曝光的定义

　　当光线由镜头会聚成像落到感光片上之后,感光乳剂层中的银盐就会因光化作用而产生潜影,看不见的潜影经过显影剂等化学药品的处理,即可变为可见影像。这就是传统胶卷摄影里的曝光过程及其结果。

　　在今天以无底片、免冲洗、直接打印输出的数码感光元件、数据记忆棒为载体的数码相机的大众消费下,曝光的定义,如果予以科学地解释的话,即是:光线的强度乘以光线所作用的时间。定义中的"光线的强度",是指胶卷或数码相机里的感光元件受光线照射的强度,即照度(以 I 代表照度,单位是勒克司)。定义中的"光线所作用的时间",是指感光片受光线照射的时间,即曝光时间(以 T 代表曝光时间,单位是秒)。曝光量的计算单位是勒克司·秒。以 E 代表曝光量,即可得到曝光公式如下:

$$E（曝光量）= I（照度）\times T（曝光时间）$$

依据这一公式,若要取得一定量的曝光量,则光强度愈大,曝光时间愈短;光强度愈小,曝光时间愈长。如果光的强度增加一倍,曝光时间就需减少一半。假如光强度为2,时间为4,曝光量则为8;如果光强度为4,时间为2,曝光量仍为8。

2.“正确曝光”的概念

正确的曝光是拍摄一张照片基本的要素,而曝光量是由光圈和快门所决定的,因此如何选择光圈快门的组合是拍摄最基本的技巧。

光圈越大,则单位时间内通过的光线越多,反之则越少。光圈的一般表示方法为“f+数值”,例如f5.6、f4,等等。这里需要注意的是数值越小,表示光圈越大,比如f4就要比f5.6的光圈大,并且两个相邻的光圈值之间相差两倍,也就是说f4比f5.6所通过的光线要多两倍。相对来说快门的定义就很简单了,也就是允许光通过光圈的时间,表示的方式就是数值,例如1/30秒、1/60秒等,同样两个相邻快门之间也相差两倍。

光圈和快门的组合就形成了曝光量,在曝光量一定的情况下,这个组合不是唯一的。例如当前测出正常的曝光组合为f5.6、1/30秒,如果将光圈增大一级也就是f4,那么此时的快门值将变为1/60秒,这样的组合同样也能达到正常的曝光量。不同的组合虽然可以达到相同的曝光量,但是所拍摄出来的图片效果是不相同的。

这里就涉及“景深”的概念。所谓景深就是指当镜头对焦于被摄体时,被摄体及其前后的景物有一段清晰的范围,这个范围就叫景深。我们可以看图6-1和图6-2两张图片的对比。景深的其他知识请参考前面相关章节。

二、曝光模式

曝光模式即照相机采用自然光源的模式,通常分为多种,包括:快门优先、光圈优先、手动曝光、AE锁等模式。在如上模式下,大多数相机无论是手动选择快门时间,还是相机自动调定光圈系数,都会在LCD屏幕上和取景器内显示参数。

1. 光圈和快门优先

光圈优先就是手动定义光圈的大小,然后利用相机的测光获取相应的快门值。由于光圈的大小直接影响着景深,因此在平常的拍摄中此模式使用最为广泛。在拍摄人像、静物、花卉时,我们一般采用大光圈长焦距达到虚化背景获取较浅景深的效果,这样可以突出主体(图6-1)。同时较大的光圈,也能得到较快的快门速度,从而提高手持拍摄的稳定性。在拍摄风景这一类的照片时,我们往往采用较小的光圈值,这样景深的范围比较广,可以使远处和近处的景物都清晰(图6-2),同样这一点在拍摄夜景时也适用。

图6-1是采用f3.5的光圈,从图中可以看到只有中间的罂粟花是清晰的,其背景基本上都是模糊的。图6-2采用的光圈为f9.5,从图中可以看到近处和远处的背景基本上都是清晰的。从两张图片的对比我们可以很明显地看出,第一张的景深小,也就是画面中清晰的范围小,而第二张景深大,也就是清晰的范围大,但是两者的曝光量是一样的。

与光圈优先相反,快门优先是在手动定义快门的情况下通过相机测光而获取光圈值。快门优先多用于拍摄运动的物体上,特别是在体育运动拍摄中最常用。人们在拍摄运动物体时发现,往往拍摄出来的主体是模糊的,这多半就是因为快门的速度不够快。在这种情况下可以使用快门优先模式,大概确定一个快门值,然后进行拍摄。由于物体的运行一般都是有规律的,那么快门的数值也可以大概估计,例如拍摄行人,快门速度只需要1/125秒就差不多了,而拍摄下落的水滴则需要1/1 000秒。为了让大家看到不同快门下的效果,拍摄了以下瓢泼大雨的画面(图6-3),四幅画面的曝光量相同,只是

▲ 图 6-1　大光圈，景深小，主体突出　张毅摄

▲ 图 6-2　小光圈，景深大，远、近都清晰　张毅摄

a　1/2 500 秒

b　1/1 000 秒

c　1/400 秒

d　1/125 秒

▲ 图 6-3　快门优先拍摄的雨景对比　张少盛摄

所用的快门不一样。

图 6-3 在同一时间拍摄的雨水的速度是一定的,但是采用不同的快门值可以达到不同的效果。图 6-3a 的快门速度高达 1/2 500 秒,因此可以拍摄到清晰的雨水飘落的情景;而图 6-3d 的快门速度只有 1/125 秒,此时画面中出现的是雨水运动轨迹形成的雨雾情景,这就是因为快门相对雨滴的速度慢的原因。雨水的速度并不是一成不变的,瓢泼大雨和毛毛细雨时所用的快门速度肯定是不一样的,这需要我们对动态物体多观察和积累拍摄经验。

在光圈优先的情况下,我们可以通过改变光圈的大小来轻松地控制景深,而在快门优先的情况下,利用不同的光圈对运动的物体能达到很好的拍摄效果。这两者都要灵活运用,满足我们不同情况下的拍摄要求。

2. 手动曝光模式

手动曝光模式每次拍摄时都需手动完成光圈和快门速度的调节,这样的好处是方便摄影师制造不同的图片效果。如需要运动轨迹的图片,可以加长曝光时间,把快门减慢,曝光增大;如需要制造暗淡的效果,快门要加快,曝光要减少。虽然这样的自主性很高,但是很不方便,对于抓拍瞬息即逝的景象,时间上更不允许。

3. 多点测光

多点测光是测定景物不同位置的亮度,并通过闪光灯补偿等办法,达到最佳的摄影效果,特别适合拍摄背光物体。第一步是摄影者要对景物背景,一般为光源物体进行测光,然后进行 AE 锁定;第二步是对背光景物进行测光。大部分的专业或准专业相机都会自动分析,并用闪光灯为背光物体进行补光。

三、曝光补偿

数码相机使用方便,在拍摄后通过回放就可以立即知道实际拍摄效果,再加上后期可在电脑中调整反差颜色等,因此有不少摄影者在实践中对曝光的准确性不十分注意。其实使用数码相机对曝光要求同样非常高,在拍摄实践中特别要重视对"曝光补偿"的运用。在拍摄一些比较特殊的对象时,更要运用自己在传统摄影中积累的经验,充分利用曝光补偿来满足特定情况下的曝光需要,确保得到曝光准确的照片。

数码相机的测光曝光系统和传统相机一样,在处理图像时,有个很基本的准则,就是将所有被摄对象都按照 18% 的中性灰亮度来还原,所以在相机的感光系统看,无论对象原来亮度如何,最后都应以中等亮度的影调展示。所以在实际拍摄时,仍然需要摄影者根据拍摄现场的复杂情况作出相应判断,只有这样才能够确保获得理想的密度和色彩还原。

一般便携式数码相机大都有正负 2 挡曝光补偿,利用它们可以应付大多数复杂情况下的拍摄需要。至于一些高级的单镜头反光数码相机,曝光补偿甚至达到正负 5 挡,可以满足极其复杂照明环境下的拍摄需要。数码相机的设计和生产商之所以要对相机作如此的设计处理,其行为本身就足以说明曝光补偿对照片质量具有重要意义,是一个不容忽视的技术要点。在一般情况下,是否需要运用曝光补偿,摄影者主要需考虑到以下几个方面。

1. 被摄对象亮度比较高时需作曝光正补偿

比如说在拍摄风光照时,要是蓝天白云等浅色调内容占了较大面积,就要考虑适当增加曝光量,顺光至少增加半挡,侧光加 1 挡左右(图 6-4)。如果是逆光或背光,就要针对太阳的位置高低来处理,同时看表现什么内容。通常如果需要将画面中的细节也能相应表现的话(图 6-5),就要适当增加 1.5~2 挡曝光量。另外太阳越处于画面中心,就越要适当增加曝光量,当然也应注意避开有强烈光线的太阳,防止相机图像感应器受到损害。若是没有发出强光的太阳,如雾气中的红日、朝日夕阳等,因为它们亮度低,完全不会对测光造成影响,则不必考虑曝光补偿问题(图 6-6)。

▲ 图 6-4　拍摄大面积蓝天、海水等浅色调内容景物时,曝光量可增加 1 挡　张毅摄

▲ 图 6-5　拍摄背光物体时,为了表现细节,可适当增加 1.5~2 挡曝光量　张毅摄

此外,在拍摄雪景、雾景等特定内容时,都要根据表现对象最后需以高调形式来显示的特点,酌情作曝光补偿。一般拍摄雪景最好补偿1挡到1挡半曝光量,不然最后得到的雪不是白色的,而有可能因曝光不足而成为灰色(图6-7);拍摄雾景最好补偿半挡到1挡曝光量,不然得到的雾景影调偏暗,接近夜景一般,显然不理想(图6-8)。

▲ 图6-6　云中红日亮度低,完全不会对测光造成影响,不必考虑曝光补偿　张毅摄

▲ 图6-7　拍摄雪景时应补偿1挡到1挡半的曝光量,以保证雪是白的　张毅摄

▲ 图6-8 拍摄雾景最好补偿半挡到1挡曝光量 张毅摄

还有像拍摄白色的舞台,成群穿白色服装的人,医院或者环境亮度很高的实验室,大面积以天空为背景的飞机等比较特别的对象时,都要根据主体与背景的关系作适当的曝光正补偿。

2. 被摄对象亮度较低需作曝光负补偿

在处理亮度高的拍摄对象时需要作曝光正补偿,主要是为了防止相机将画面自动处理为曝光不足。同样的道理,拍摄深色调对象,就需要反其道而行之,以免出现曝光过度。

比较典型的是在拍摄城市夜景时,除了画面中建筑、街道或其他亮度较高的内容占据画面主要面积外,要防止曝光过度主要依靠两个手段:一是使用点测光来对主要表现对象测光曝光;还有一个方法就是根据实际情况,利用曝光补偿来适当减少曝光量。一般在拍摄的画面中(尤其是画面中间测光敏感部位)有大面积天空时,往往需要减少2挡甚至更多的曝光量(图6-9)。

除了拍摄夜景,在拍摄其他风光类题材,如夏季浓密的树荫、逆光状态下的山脉等,都要适当利用曝光负补偿来减少曝光量。还有拍摄身穿黑色服装的人物,拍摄深色调的纺织品等,都需减少曝光量才有可能获得正常的影调还原。因为数码相机也是通过测量被摄对象反射光来决定曝光量,在处理明显亮度偏低的对象时摄影者如果不作相应的负曝光补偿,最后得到的将是中性灰影调。很显然,将明显为黑色或者深色调的拍摄对象最后转化为中性灰为主调的画面是很难令人接受的。

3. 被摄对象与背景关系复杂时需灵活处理

这主要有两种情况:

(1)背景亮度高,主体亮度低,需作曝光正补偿。这种情况在拍摄会议人物时常常会出现,有时候人物坐在窗前,而窗子的背后有阳光射入,背景显得比较亮而人物则明显偏暗,这时如不采用闪光灯作补光,就需作曝光正补偿,一般要增加1挡左右的曝光补偿,人物的脸部层次就会明显改善。还有在拍摄逆光人像时,如果背景包括大片面积的天空、水面等亮度较高的对象时,也要通过正补

▲ 图 6-9　拍摄夜景时,根据情况减少 2 挡左右的曝光量　张毅摄

偿或者采用其他辅助光等形式来改善反差,不然就会影响到主体人物的反应(图 6-10)。即使后期通过图像处理软件来提亮人物,也会因噪点明显而影响照片质量。

(2)背景亮度低,主体亮度高,需作曝光负补偿。这种情况在舞台摄影中常常遇到,一般在舞台上一个或者少量演员演出时,为了吸引观众的注意力,常常会利用一两个追光灯照在人物上,这时舞台上其他背景因为没有直接受到光线照射,几乎呈现为黑色,所以两者反差极大,除非表演者恰好位于画面中心位置而你又采用了点测光模式,不然务必作曝光负补偿,否则容易出现曝光过度。

4. 借鉴黑白摄影经验来控制影调亮度

就确定曝光补偿的具体范围而言,如果摄影者有比较丰富的黑白摄影经验,在进行曝光补偿时会更加得心应手。因为黑白摄影主要由黑白灰三个色阶展现。一般来说,只要画面上大部分内容后期会转换为中性灰影调的,可按照正常曝光;后期大都转化为以黑色为主调的,需要负补偿曝光量 1 挡以上;后期大都转化为白色或接近白色的,就需作正补偿曝光量 1 挡以上。

▲ 图 6-10　背景亮度高,主体亮度低,需作曝光正补偿　张毅摄

在很复杂的拍摄条件下,能否分辨和确定哪些对象在拍摄时需要作曝光补偿,是考验摄影者拍摄技术的关键。要检验摄影者对曝光量的确认是否得当,有一个很简单的原则,就是按照适当曝光补偿的原则处理后,也就是说用相机测反射光所得到的曝光指示再加上摄影者自己认定的适量曝光补偿后获得的曝光参数应和用独立测光表(测量入射光为主,不受被摄对象反光率影响)测到的曝光指示相同,按照这样的方式来处理曝光,即使是拍摄要求很严格的彩色反转片,也能得到很准确的曝光,因此该方法对于数码摄影而言同样有效。

5. 不宜完全寄希望于图像软件作后期处理

柯达提出了"ERI-JPEG"的新型图像格式,在使用专门的软件或安装有解码插件的 Photoshop 中打开 ERI-JPEG 图像文件时,可以重新进行曝光补偿调节,补偿范围达到 ±2.0EV,每级 1/5EV 可调,调整曝光补偿简单到直接用鼠标拖动滑块即可。

如果你对自己拍摄的图像质量有一定要求的话,首先应该考虑在拍摄时就做到曝光准确,恰当利用曝光补偿功能来比较准确地反映被摄对象的原貌。因为即使是数码图像后期可以修改亮度、反差,但有一点是肯定的,只有曝光准确的图像才便于修改,才有可能得到更好的图像质量,在必要的后期处理时才会有更大的回旋余地。因此摄影者要重视前期的拍摄,千万不要因为"数码图像在后期可以修改"而忽视了对曝光补偿的应用。

当然,要是拍摄的是比较重要、自己对曝光也确实难以把握的内容时,还可将相机调节到"包围曝光"模式,多拍摄几张后作比较以积累经验,这样更有把握得到真正意义上曝光准确的数码图像,后期输出也将得到更高质量的照片。

总之,在拍摄亮度比较特殊的对象时,数码相机的使用者最好借鉴传统摄影经验,以便凭经验和凭自己对主题表现的理解,对曝光参数作相应的补偿调整。充分利用曝光补偿功能将大大有利于获得高质量的原始数码图像,这对于后期更好地发挥素材的作用将大有裨益。

第二节　自然光的运用

摄影者常常碰到这样的情况,拍摄对象或风景很美,而光线却不理想。如果用闪光灯则会破坏视觉效果,或使照片上拍摄对象的颜色过亮。在这样的情况下,不管当时光线是好是差,摄影者必须尽量利用现成光线。即使现场光很差,也能够拍出醒目而具有感染力的作品。

一、弱光拍摄

1. 夕阳

尽管日落照片几乎千篇一律,很多地方相似,但是标准的日落照片依然具有极大的视觉感染力。你可以等候夕阳西下之后的宝贵时刻,那时你有许多机会,创作极具朦胧情调和气氛的照片。

最常见的日落照片,通常都会连同夕阳做背景。夕阳鲜艳明亮,成为构图的焦点。如果将一个地貌或人造物体与夕阳拍摄在一起,可产生很具感染力的照片,夕阳还可使画面产生一种比例尺效果。

在风景照片中,辽阔的水面都是重要的构图要素,因为水面能够反映天空和周围的物体。如果用这种镜面效果将日落时分天空的暖色拍进照片,将会特别醒目。

图 6-11 这张照片中,各种构图成分的定位十分讲究,使画面十分均衡。摄影者在取景器中让小船仅占据画面宽度的 1/3,从而在画面上拍摄出大面积的紫红和紫色,使这一静谧的风景具有很强的感染力。

按照亮区(为安全起见,不要指向太阳)的直接测光读数或中调曝光,这样拍摄下来的夕阳就会变成一个鲜艳的橙色圆盘,而其他景物则会变暗。如果用放慢快门速度或加大光圈孔径的办法来增加曝光量,夕阳就会显得更黄更亮,而照片上的其他细节部分也可以得到充分体现。日落映照在海面或湖面,往往会令照片看起来格外迷人旖旎。其实,我们就是用夕阳本身提供的光线去拍摄它,因此,夕阳在空中的位置越低,可供利用的光线就越少。

2. 闪电

闪电是一股狂野的自然力,摄影者需要对它怀有敬意和耐心。最重要的是要有自身安全意识并采取各种必要的预防措施,确保拍摄安全。通过采用精心设计的技术手段和周密的预先安排,摄影者可以为这种壮观的自然现象拍出精彩的照片(图6-12、图6-13)。

闪电是伴随雷暴发生的常见现象,但是事先不可能准确预测电光将会在什么地方闪现,及将它拍摄在照片上的什么位置。因此,摄影者需先选择好合适的地貌轮廓,并在画面中留出充足的空间供闪电出现。

采用什么类型的胶卷取决于拍摄者是想要拍摄细微粒照片(采用ISO指数25、50或64的慢速胶卷)还是想要拍摄粗微粒照片(采用ISO指数400或更高的快速胶卷)。采用B快门设定可以使快门一直开启好几秒、几分钟,乃至几小时的时间,这便增加了捕捉闪电的机会或捕捉到的闪电数量。但是摄影者需要限制打开快门等候的时间,打开的时间越长,照片就会越亮,这会降低闪电与周围的黑暗之间的反差,从而降低照片的感染力。

闪电发生在极短的瞬间,因此快门速度越慢,将闪电轨迹捕捉到胶卷上的机会就越大。摄影者应明白运用延长曝光和B快门设定,能够捕捉不止一个闪电。拍摄闪电的最佳位置是在安装了较好避雷针的大楼内。高层大楼不仅能够提供安全的拍摄位置,还能够提高视角,使构图比较容易。照相机固定在三脚架上,运用快门线来按动快门开关,从而不用触动相机。这样便减少了振动相机的危险,以确保图像清晰。

3. 月亮、星辰

月亮是一个天然光源。利用月亮本身的自然光,连同夜空和景物的轮廓一起拍摄,可以拍成一种自己

▲ 图6-11　夕阳　慢速度大光圈拍摄

▲ 图6-12　闪电B门拍摄

▲ 图 6-13　闪电 B 门拍摄

▲ 图 6-14　月光 快速胶卷拍摄

照亮自己的夜间主体作品。月亮应有背景陪衬，突出它明亮清晰的外形。

　　图 6-14 日暮至黑夜之间半明半昧的夜空，正是这张照片中月亮的完美背景。新月外形非常漂亮，足以独当画面顶部，而底部的地形剪影，则令构图格外有趣，并具有一种平衡感。

　　在这类照片中，光线比较暗，虽然采用快速胶卷可以提高拍摄速度，在一般情况下为了做到无振动曝光，建议用三脚架。三脚架不仅可以固定照相机，还有助于保持地平线平直。

　　群星闪烁的夜空是非常壮观的。对星星的拍摄主要有两种方式：一是表现星星移动的轨迹；二是表现繁星点点的夜空。

　　图 6-15 就是一张把满天星斗拍成富有动感的亮光轨迹的好片子。星星的移动是地球自转的反映，以北极星为中心曝光数十分钟，就会拍出很多呈同心圆状的星星移动轨弧。各颗星星移动轨迹所呈的圆弧，在曝光 1 小时时呈 15°，曝光 2 小时的星星圆弧轨迹呈 30°，因为地球 24 小时旋转一周为 360°。曝光时间过长时，照片上的天空会变成一片鱼肚白，因此用小光圈拍摄利于再现夜色的天空。

▲ 图 6-15　以北极星为中心曝光数十分钟，表现星星的移动轨迹

二、室内自然光

　　太阳是摄影者能够借用的最大的光源。如果照射角度适当，阳光能够照亮最暗最大的室内空间，如图 6-16 这张摄于教堂内部的照片就是一例。

　　日光由窗户进入，凡是接触到的表面都对它进行反射，让阳光洒遍整个教堂内部。自然光线产生了一种完全自然的外观效果，这是无论用一盏还是多盏闪光灯都无法准确复制出来的。既然光线这么充足，所设定的曝光量就允许快门速度快到不需要使用三脚架固定相机。摄影者采用了广角镜，将更多的教堂内部拍进照片。使用广角镜的一个好处是景深加大，整个场景全部清晰。

　　类似图 6-17 这张照片的室内环境非常适合拍摄，具有永恒的魅力。摄影者在拍摄这张照片时捕捉到了大理石柱所具有的简洁特点，并全面地利用了照在石柱上的极少量日光。摄影者收缩了场景的拍摄范围，如果用闪光灯，自然光线所产生的淡雅色调就会被彻底破坏。由于拍摄对象的颜色少得不能再少，只有黑、白和淡雅的灰色调，因此摄影者无论拍彩照还是黑白照都会成功。

　　图 6-18 中从窗户透射进来的光线，光质柔和，十分适合拍摄这张雅致的人像照。桌布上的书既填补了白色的空间，又没有过多分散注意力。

　　照进房间的日光，由于室内物品有的吸光有的遮光，会令强度减弱。因此选择曝光量时必须对此进行补充，并要尽量发挥所用的中慢速胶卷的功效。

　　这个场景中的色彩，黄、红、褐、黑，既互相衬托，又把拍摄对象烘托起来。

　　用广角镜拍直幅照片，简单直接地将拍摄对象及其周围环境拍进了画面。摄影者将这女子的脸置于画面三分线的交汇处，成为十分平衡的构图的焦点。

　　图 6-19 黑白胶卷能够简化拍摄对象，只剩黑和白以及灰调。在这张照片中，白色的桌布和制服，平衡了桌上的物品和坐着的人物身后的黑暗部分。众多反光的表面，充分强化了从窗户照进室内的日光，使快门速度能够加快。如果桌布和制服的布料颜色较深，效果将截然不同。

▲ 图 6-16　自然光广角镜拍摄

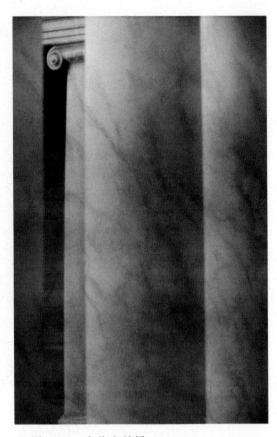

▲ 图 6-17　自然光拍摄

▲ 图 6-18　自然光广角镜拍摄

▲ 图 6-19　黑白灰调拍摄

第三节　人造光的运用

摄影中的人造光主要是指电光源,如白炽灯、碘钨灯、闪光灯等。

一、室内照亮

图 6-20 画廊中用来照亮绘画作品的灯光,为拍摄提供了充足的光线。钨丝灯泡发出的橙黄色光线十分适合拍摄。请注意照片四周较暗的边缘,几乎起了相框的作用。

摄影者懂得,如果使用闪光灯就会破坏画廊里灯光所形成的迷人的效果,因此采用日光平衡彩色胶卷在钨丝灯下拍摄(或者在数码相机上选择效果中的旧照片模式)。许多摄影者有时最关心的并不是色彩的准确,反倒更注重雅致的色调。

▲ 图 6-20　日光平衡胶卷在钨丝灯光下(或在数码相机上选择旧照片模式)的效果

二、夜间城市

汽车前后灯造成的灯光轨迹,显示了一条高速公路的动态和速度。图像的形状和精心的构图有引人入胜之妙(图 6-21)。

如果快门速度再慢一点,灯光轨迹会被拖得更长。一辆辆汽车会更加模糊,更不容易区别。快门速度大约在 1/2 秒到 1 秒之间,若是以这样的速度,再加上用三脚架固定相机,快门线就可有可无了。附近有一座桥跨越这条高速公路,为摄影者提供了一个绝佳的、安全的拍摄平台。

三、影棚灯光

影棚灯光的运用应灵活掌握光的六大基本要素,即光度、光位、光质、光型、光比和光色。

在具体拍摄中,通过对被摄物进行灯的光度、高度、角度、距离的调节来观察用光效果,并常配合反光板、描图纸来调节光比和光质(图 6-22、图 6-23)。

▲ 图 6-21　1/2 秒到 1 秒之间,三脚架拍摄

▲ 图 6-22　影棚拍摄　　　　　　　　▲ 图 6-23　影棚拍摄

第四节　混合光的运用

▲ 图 6-24　混合光　广角镜拍摄

在实际拍摄中,如果对混合光的运用不当,有可能令摄影者的作品一败涂地,难以挽救;混合照明要拍摄成功着实不易。混合光线,无论是不同类型的灯光混合,还是灯光与天然光的混合,都是对摄影者的技术水平和耐心的挑战。当勇敢面对这些挑战并将之克服之后,拍出来的照片会令人喜出望外。

图 6-24 中,普通日光加上各种不同的灯光,成为这家咖啡馆室内照明的特色。这种和谐的混合光线产生出一种活跃的气氛。摄影者采用广角镜来选择拍摄范围,照片直拍还给人一种高大恢弘的印象。

图 6-25 这间大厅内的混合光线,既是光源,又是拍摄对象。三种主要光源对日光平衡彩色胶卷各有不同反应,产生出的色调也各不相同。如果想将人群拍成剪影,可以从亮度中等偏高的地方测取曝光量读数;如果想将人影拍得详细一些,并将整个场景拍得亮一些,则可以测取同样的读数,然后将曝光量增加约 1.5 个刻度。

▲ 图 6-25　混合光　曝光量增加 1.5 个刻度拍摄

本章小结

　　本章学习了不同的曝光时间和光圈组合会产生不同的画面效果,及自然光、人造光、混合光的拍摄技巧等方面的知识,希望同学们在掌握了正确的曝光、用光技巧后,尝试运用电脑进行后期处理及合成,以丰富自己的影像创作技巧。

思考练习

　　1. 曝光模式有哪几种?

　　2. 如何进行曝光正、负补偿?

　　3. 如何拍摄闪电?

　　4. 如何拍摄城市夜景?

实训项目

　　1. 以静物为拍摄主体进行光圈优先实践训练。

　　2. 以运动体作为拍摄对象进行速度优先实践训练。

　　3. 天体自然光的拍摄。

　　4. 利用窗户光进行室内拍摄。

　　5. 车灯、霓虹灯、日光灯、碘钨灯下的拍摄。

第七章
摄影构图与表现技巧

通过本章的学习,了解构图的基本概念、构图在摄影中所起的作用以及构图需要解决的问题。掌握构图的基本原则,分别从理论与实践上认识拍摄角度的选择与摄影构图之间的内在联系。着重掌握多样与统一、对比与和谐、对称与均衡、节奏与韵律等构图的基本规律,并有针对性地将这些形式美法则运用于摄影实践中,能有效地运用不同构图形式进行不同体裁、不同表现对象的拍摄,通过不断的实践来提高自身的摄影构图能力。

每当我们看到一些美丽的景色,见到一些多彩的民俗风情,都有一种想急切端起照相机将这些美好画面记录下来的冲动,产生一种为之"写照"的激情。而当真正将这些场景拍摄下来后,却选不出几张令人满意的照片,完全没有当时的感觉而令人失望。究其原因,大多是构图这一关没有把握好所致。实践让我们认识到,自然物象的完美并不能决定我们的摄影作品就一定完美,客观对象的完整并不意味着摄影作品的画面就一定会完整,这里面还有一个对客观世界进行再创造的问题。

第一节　构图的基本概念

构图是造型艺术的专有名词,含有组织、结构、联结的意思,是指在画面上对造型素材进行取舍、组织、安排和构建,表现素材之间的内在联系及其结构法则。

《辞海》中也有这样的解释:"构图是造型艺术术语,指艺术家为了表现作品的思想内容和美感效果,在一定的空间,安排和处理人、物、景的关系和位置,把个别和局部的形象组成艺术的整体。"

中国画一向非常重视构图问题,在古代《画论》中就有"章法布局"、"经营位置"的说法,意指组织画面必须有"章法",否则就会乱了方寸,而安排具体形的"位置"则需苦心"经营",足以说明其重要。中西绘画不论在理论还是实践方面都有一套完整的构图理论体系以及成功的经验,为我们提供了最好的借鉴。然而摄影毕竟不同于绘画,尽管两者有许多共同之处,其艺术规律是相通的,但两种不同的艺术形式之差异是显而易见的,两者之间的构图规律也不尽相同。重视研究自身的特点与规律,并将其发扬光大,乃是将事业不断推向前进之必需。尤其是随着摄影事业的不断发展,摄影本身也逐渐形成了一套具有鲜明特点的构图理论,对于指导摄影实践发挥着积极的作用。

如何将客观物象有效地表现到画面中,又使画面中的物象比客观物象更为集中、更加精彩,便是构图要解决的问题之一。说得通俗一点,构图的任务就是将我们所要表现的对象合理地安排到画面中来。实践告诉我们:"照搬"对象显然是不行的,摄影与"图解"的区别就在于摄影不仅要忠实地再现对象,更要按照艺术的规律融入摄影者自身的主观意识去能动地表现对象。这就需要我们通过大量的摄影实践,既严格遵循摄影构图的基本原则,又善于创造性地加以运用和发挥,还要不断地总结、借鉴,才能真正提高我们的摄影构图能力。

第二节　构图的作用及特点

所有的摄影活动都要有明确的目的性,通俗一点说就是:我拍什么,为谁拍,拍了给谁看,作品能否具有美感,能否传达摄影者的意图,作品是否表达了一种主题内容,传达了一种情绪……当我们拿起相机时,对这些问题都应该有所思考。

由此可见,摄影不仅仅是一个技术操作的过程和一个审美的过程,更是一个思维的过程。

由于其自身特点所致,摄影注定主要表现的应是现实生活中的人、事、物,而怎样从具体的事物以及独特的视角入手,把人与人、人与物、物与物等有机地组织在一起,去反映事物的本质,揭示其内在的联系,同时传达出摄影者对事物的态度以及审美取向,这一切首先是依赖于构图来体现的。

摄影作品要么表现一个主题内容,要么表现一个故事情节,带给人们以思索;要么传达一种信息,以开阔人们的眼界;要么传递一种美感,给人带来愉悦。那么怎样才能在作品中实现这些呢? 首先还得依赖于构图。也就是说仅仅有好的设想是万万不够的,还得通过具体的手段,具体的视觉语言来实现我们的目的,而构图恰恰是实现这一切的重要手段之一。从自然存在的杂乱事物中找出秩序,从人们司空见惯的事物中挖掘出美感,把零散的视觉要素组成为合理的整体,这正是构图需要解决的问题。

摄影作品通过构图来表达主题内容,往往依赖于与之相适应的表现形式,这便是构图要研究的形式法则的问题。好的意图,好的创意,往往需要好的形式来表现,才能得出好的结果。

人们从对客观世界的长期认识及对人类审美意识与审美习惯的研究过程中总结出了形式美的规律,也就是说,凡是符合形式美规律的视觉作品,能够容易引起人们的重视、注意乃至审美认同。因此形式美的规律是构图中必须研究、运用的规律。其中主要包括多样统一、对称、均衡、对比、和谐、节奏、韵律等。

构图既是一种表现手段,更是一个过程,从寻找拍摄角度,选择拍摄对象,到运用光线、色彩、影调等造型手段和技术技巧,乃至后期制作与裁剪都应体现对构图的思考。

由于摄影的特点所致,我们不能像画家那样有足够的时间经过精心思考,不断调整处理才确定作品的构图。摄影往往面对着的是稍纵即逝的情景,容不得摄影者半点犹豫,因而需要我们具有快速的构图能力,当然也包括了敏锐的观察力和熟练的技巧。这都需要我们在长期的拍摄过程中,反复实践,积累经验,不断总结,才能达到运用自如、得心应手的境界。

摄影构图应追求的基本目标包括:

(1) 主题明确。摄影是通过照片(画面)来实现摄影者与观众交流的,画面能否向观者传达出明确的主题或形式美感,是摄影作品成功与否的关键。《画中宏村》表现的是位于黟县城西北角的宏村景色,由于全村保存着大批完好的明清古民居,处处是景,步步入画,可谓皖南古民居之最。画面所呈现的鳞次栉比的层楼叠院与旖旎的湖光山色交相辉映,动静相宜,空灵蕴藉,有力地烘托了作品的主题(图 7–1)。

(2) 形象生动。摄影作品是通过画面中具体的形象来揭示主题思想的,那么这些"形"应是非常生动的、鲜活的、有典型特征的、有表现力的,这样才可能使画面具有艺术感染力。《逆光》表现的是雪域高原中旅游者在尝试骑马上山时的那一刻情景,不管是已上马者,还是正在上马者,主人公那种生

▲ 图 7-1 　画中宏村　张小纲摄

▲ 图 7-2 　逆光　张晨摄

▲ 图 7-3 　夜幕降临　张小纲摄

▲ 图 7-4 　栖　张小纲摄

疏、兴奋又小心翼翼的神情通过此时的形体动态表现得淋漓尽致（图 7-2）。

（3）画面完整。摄影构图就是摄影作品的整体框架，好比一篇文章的结构，其完整与否、严谨与否决定作品的成败。有经验的摄影家非常重视构图的完整性，优秀的摄影作品其画面构图多一寸与少一寸的效果完全不一样。《夜幕降临》表现的是一幅夜幕降临时的乡间景色，天空、云彩、水面、倒影、田地、草丛、树木等一切都是那样和谐、融洽，共同吟唱出一首舒缓的田园牧歌（图 7-3）。

（4）形式新颖。创新是人类不断发展进步的重要标志，也成为人类的共同追求。怎样以新颖的视角、新颖的形式和新颖的手法来构成画面、表现物象，从而反映出事物的新意，这也是构图应着重研究的问题，也是作品能否获得成功的重要一环。《栖》表现的是一只鸽子停留在海边景观石球上那一刻的景象，鸽子自由自在，画面没有表现过多的物体，构图也有些打破常规，完全由点、线、面来构成，背景很空灵，画中除了静还是静。作者无非想向人们传达这样一种信息：请给这些人类的朋友多留一些无人打扰的空间吧（图 7-4）!

第三节　拍摄角度的选择

对于摄影来说，照相机的镜头永远锁定着现实生活的方方面面。只要面对现实生活，面对具体的景物，就有一个拍摄角度的问题，而这拍摄角度恰恰是影响摄影构图的首要因素。

也就是说，画面的结构布局，在很大程度上是通过拍摄角度的选择来确定的。比如取景范围的大小,摄影者与被摄物之间的距离,被摄景物的朝向以及拍摄的高度,等等,都取决于拍摄角度的确定。围绕一个被摄对象可以有很多的角度供选择,景物在不同的角度下会呈现不同的外形和组织结构,不同的视觉效果,而不同的构图又会在观者的视觉感受上产生不同的情绪反映。如图7-5a、图7-5b、图7-5c、图7-5d,是在同一地点、同一景物、同一光线条件下拍摄的湘北民居小巷,由于拍摄角度的不同,所产生的视觉效果也截然不同。

拍摄角度的选择主要存在于三个方面,即拍摄距离的选择、拍摄方向的选择以及拍摄点高低的选择。拍摄距离的选择决定着被摄物的大小,即是全景还是局部(特写);拍摄方位的选择即决定着被摄物是正面还是侧面;而高低位置的选择则决定着画面是仰视、俯视还是平视。其中,距离是一个基本要素,构图形式特征一般是由景物的大小来决定的。而方位和高度的选择则着重于更好地表现被摄对象的基本特征,使之更富有生气和魅力。通过选择最佳拍摄角度,使画面以最完美的构图形式表现主题内容,准确、生动地表现被摄对象的形态。

▲ 图7-5 湘北民居小巷 张小纲摄

一、拍摄距离的选择

拍摄距离是指相机镜头到被摄景物之间的距离,为了阐述的方便我们将距离概括为远距离、中距离、近距离和特写四种,选择何种距离拍摄要根据表现意图和具体情况来确定。

1. 远距离

远距离拍摄的画面其特点是表现空间大、景物层次深远,多用于描绘某种特定气氛和自然环境,如地形地貌、山川河流、广袤原野,等等(图7-6)。远距离拍摄的画面主要以它所独有的宽广、辽阔的景物,展示雄伟、壮观的气势来感染读者,正所谓以势取胜。

2. 中距离

中距离拍摄所包含的景物范围相对远距离拍摄而言就要小一些,摄影者一般选择离被摄体较近的位置来表现景物的主要部分。这类拍摄距离的选择长于交代事物的概貌,叙述性强,从视觉感受来讲,能带给观众身临其境之感和亲近感。主要用于表现人际交往或生产活动中的主要情节,表现人物间的感情交流,并能在一定程度上表现主体和环境的关系(图7-7)。

3. 近距离

采用近距离拍摄物体,往往着重表现被摄体最具代表性的一小部分,强调出物体的质感特点及结构特点(图7-8)。近距离拍摄可以充分展示人物面部表情的细微变化,而环境和空间的作用降到次要地位。

近距离拍摄多用于人物肖像摄影、新闻人物摄影、静物摄影、科研摄影和广告摄影等,也可用于表现花卉和动物的摄影。

▲ 图7-6 浩瀚洞庭 张小纲摄

▲ 图7-7 威尼斯水巷 王豫湘摄

◄ 图7-8 阿妹 周利群摄

4. 特写

照相机与被摄体之间的距离非常近,主要摄取被摄体的某些局部和细节,这类表现手法称为特写。用特写去表现景物,可将极小的物件充满整个画面,长于质感刻画,以引起观众对被摄物的注目,有较强的视觉冲击力(图7-9、图7-10)。

应该指出的是,运用中、长焦镜头来拍摄不同距离的景物也称得上是一种拍摄距离的选择。然而,由拍摄距离的变化而引起拍摄范围的变化同镜头焦距变化而引起的拍摄范围变化的画面效果是不一样的。拍摄距离的变化并不会改变镜头视角的大小,虽然拍摄范围有变化,但画面的视觉效果不会发生改变。而用广角镜近距离拍摄大场面则会出现"近大远小"的透视变形;用长焦镜头将远处景物"拉近"来拍摄,则会有"空间透视压缩"的视觉效果,两者是有区别的,在实践中应灵活掌握(图7-11、图7-12)。

▲ 图7-9　新绿　潘俊新摄

▲ 图7-10　生命　潘俊新摄

▲ 图7-11　运用广角镜头近距离拍摄建筑物会出现"近大远小"的透视变形。摄影师在拍摄过程中有意将镜头置于被摄体以下,使画面地平线以上的景物都产生倾斜的视觉效果,使这座具有异国情调的建筑物显得别有风味,而强烈的阳光,腾空跃起的祥云都进一步加强了建筑本身的体量感　刘兴邦摄

▲ 图7-12　用长焦镜头将远处景物"拉近"来拍摄,则会产生"空间透视压缩"的视觉效果　张晨摄

二、拍摄方向的选择

拍摄方向的选择主要指沿水平方向围绕被摄体的方位选择。方向选择既可是被摄体方向的选择，也可是摄影者自身的方位调整，这是相互一致的。拍摄的方位变了，被摄体的方位也会发生改变，进而导致画面结构的整体变化，视觉效果当然也会变化，关键是在选择过程中要确定最能表现被摄物主体特征，表现主体和陪衬体内在联系的拍摄角度。

就拍摄方向的选择来看，有两种选择方法：一是摄影者针对被摄体沿水平方向左右移动，以此来选择最佳角度，大致可分为左、中、右方位；二是摄影者针对被摄体选择正面角度、3/4 侧面角度、正侧面角度进行拍摄。其实两者所运用的原理是一样的，这里着重于对后者的探讨。

1. 正面

照相机镜头对着被摄体的正面位置拍摄即正面拍摄。正面拍摄能反映事物的规模和正面全貌，展示被摄对象的对称结构，能给人一种庄重、严肃、稳定和平衡的感觉。正面拍摄人物，给人一种亲近感（图 7-13）。

自然界许多的物体都有一种对称的形式美，如植物的枝和叶都是对称生长，而正面拍摄的角度则能展示这种对称的美感。作品《秩序》便是巧妙地利用了对称的形式美来负载一种思考、一种哲理和一种心态。在摄影构图中，对称成为一种有意味的形式（图 7-14）。

当然，正面拍摄也有缺陷，这就是被摄体在画面上只有高度和宽度而没有深度，容易影响景物的空间感、纵深感的表现，当然如果处理得好，也可获得非常好的效果。《收获季节》中均是看似平常的景物，作者却充分利用了云彩、农田近大远小的透视变化来表现一种丰富的空间，描绘出一幅和谐的田园画卷（图 7-15）。

▲ 图 7-14　秩序　潘俊新摄

◀ 图 7-13　凝视　周利群摄

▲ 图 7-15 收获季节 张小纲摄

▲ 图 7-16 宁静的夏日 张晨摄

▲ 图 7-17 康巴汉子 周利群摄

2. 3/4 侧面

3/4 侧面是人们在长期摄影实践中总结出来的一种拍摄最佳角度,在这个角度范围内拍摄,有利于表现被拍摄景物的立体感与空间关系,也最适宜表现光影、明暗以及影调的变化,从而生动地表现景物的内在美。3/4 侧面多用于表现人物肖像,也广泛运用于纪实摄影、广告摄影之中。3/4 侧面并不是固定的某一点,而可以是一个较为宽泛的范围,在实际拍摄中可灵活掌握(图 7-16)。

3. 正侧面

正侧面主要表现景物的侧面外形和轮廓,其特点有些类似正面,表现不好,容易导致画面失去层次和立体感,但运用得好,又能较好地体现一种独特的形式美感(图 7-17)。

三、拍摄高度的选择

拍摄高度的选择有三种：平拍、俯拍和仰拍。

1. 平拍

平拍指照相机镜头与被摄体的高度相同，即照相机平视拍摄。平拍较多地用于人物和建筑摄影，它的特点是不易产生变形，拍出的画面使人感到自然、真实、亲切，多用于新闻摄影、静物摄影、建筑摄影和人物摄影（图 7-18）。

◀ 图 7-18　清风　张晨摄

▶ 图 7-19　采用俯拍的方式来表现大场面景物往往能获得较好的空间层次，显得画面开阔，气势宏大　张小纲摄

2. 俯拍

俯拍指照相机的镜头位置高于被摄体的高度,即照相机从上往下拍摄。俯拍一般较多地用于风光摄影或大场面摄影,它能产生较好的空间深度,场面开阔,气势宏大(图7-19)。

3. 仰拍

仰拍指照相机的镜头低于被摄体的高度,即照相机由下往上拍摄。仰拍一般用于强调和夸张被摄体的体量与外形特征,拍摄时一般会引起被摄体的透视变形,产生独特的视觉效果。也正是由于这一特点,仰拍被广泛运用于广告摄影、建筑摄影、体育摄影(图7-20)。

以上所谈摄影角度的选择,只是选取了许多角度中具有代表性的角度加以介绍,特别要指出的是,在摄影实践中,摄影者应始终处于主动的地位,创造性地选择拍摄角度,而不应被动地受制于这些一般规律。

另一方面需要提示的是,拍摄距离、方向、高低的选择,不是三种独立的选择,而是相互联系的整体,应结合起来运用。例如,既可以是近距离、3/4侧面、仰视角度拍摄,也可以是远距离、正面、俯视拍摄;既可作1/4侧面、平视、特写拍摄,也可作正侧面、近距离、平视拍摄。只要我们善于观察,勤于思索,不断实践,便能组合、创造出无限的角度变化来。

▲ 图 7-20　线的构成　张晨摄

第四节　摄影构图的基本原则

构成摄影画面的视觉要素主要是形体、线条、影调、色彩、明暗、质感、空间等。而将这些视觉要素有机地组织、统一在一个画面里,正是摄影构图需要解决的任务。只有将以上各种视觉要素有机地组织在一起,共同发挥作用,才能在构成画面形式美感的同时,有效地表现作品的主题内容。这与在文学作品当中只有将众多的语言词汇,按照一定的语法规范加以组织,才能表达出文学作品所揭示的主题内容是同样的道理。

那么,怎样才能合理地将这些视觉元素组织在一起,构成画面,从而表现主题内容呢?下面将着重介绍一些构图的基本原则。

一、多样统一

构图规律尽管名目繁多,但其核心是多样统一,也是一切视觉艺术的基本规律和形式美法则。

"多样统一"亦称"寓变化于整齐",也可解释为变化统一。没有变化和多样性则没有艺术,没有美感。但是,一味追求变化、多样,则容易导致秩序的混乱,仍然不可能传达出美感。翻阅古今中外的摄影作品其构图千变万化,但它们之中却具有共同特点,即是"寓变化于统一"之中。"有变化,但不混乱;有秩序,但不单调",这就是摄影构图的基本规律(图7-21)。

多样统一的规律体现了自然世界中对立统一的规律,是客观事物本身所具有的特性,是对立统一规律在视觉艺术中的具体运用。"多样"体现了各个事物的千差万别,"统一"体现了各个事物的共性或整体联系。布鲁诺认为整个宇宙的美就在于它的多样统一。他说:"这个物质世界如果是由

▲ 图7-21　农家木屋的屋架已基本成形,在阳光的照射下,结构清晰、黑白分明、疏密有致、虚实相生,寓变化于规律之中。线条粗细的交错、横竖的穿插,空间、色彩的对比与分割,共同构成了光与影的交响,体现出强烈的形式美感　张小纲摄

▲ 图7-22　一泓清澈的湖水与蜿蜒起伏的沙山无疑是诱人的,倒影清晰可见,还有那半隐在山后的朵朵白云,飘向更远的天边……一切是那么完美。刚直的山体轮廓和斑驳的肌理,与透亮如镜的湖面形成强烈的对比,又融化于这静谧安详的氛围之中。与其说是沙山与湖水构成了画面,不如说是变化与统一成就了作品　张小纲摄

完全相像部分构成的就不可能是美的了，因为美表现于各种不同部分的结合中，美就在于整体的多样性。"

我们知道，一幅摄影作品的画面是有限的，而大自然则是无限的，要在有限的二维平面把无限的三维空间表现得比自然更加动人，靠的就是变化。

而所谓统一，就是要使整个画面浑然一体。凡是画面内的一切景物以及一切视觉要素，即使是空白处也应成为画面的有机组成部分。可以说从内容到形式都应该是完整的、统一的（图7-22）。

从形式上讲，所谓的构图完整，并不是说画面中心任何形象都完整无缺，如果画面中所有的形体都完整，都突出，那就没有画面的整体与完整而言了，那必定是各自为政、杂乱无章的无序画面。《静物》这一作品就较好地处理了物体完整与不完整的关系，画面中的一切局部、一切构成要素均从属于画面的整体关系。尽管金属器皿繁多，但整个画面秩序井然，而局部的魅力又能从整体中显示出来，保持着局部的相对独立性，这正是构图中的高境界（图7-23）。

▲ 图7-23 静物 奥塔维奥·托马斯尼摄

二、对比与和谐

对比是摄影构图中运用最频繁的一种手段与形式。大千世界的万事万物本身就揭示着这样一种生存规律，有明必有暗，有大必有小，有虚必有实；而物质的形状、质感、色彩等无不存在着对比。

在摄影构图中，运用对比手段，强化对比效果，既是表现客观世界之需要，更是活跃画面、营造气氛、增强画面视觉冲击力的重要手段。反之，如果画面中缺乏对比，势必显得单调、乏味，缺乏生气与活力。

对比就是矛盾，在画面中制造对比，就是制造矛盾。自然界的一切事物都存在着矛盾，如果没有矛盾便不会有运动，而事物不运动就不可能得到发展，也就没有了生命力。摄影构图也是这样，画面中如果没有对比，没有矛盾，作品的视觉冲击力、作品的生命力就无从谈起。当我们欣赏一些优秀的艺术作品（包括摄影作品）时便可感受到：尽管表现的是静止的画面，然而这些作品仿佛能够向人们诉说着什么，传递着什么，有一种强大的感染力、冲击力和震撼力，有着生生不息的生命力。这样的作品必定是完美地处理好了矛盾与统一、对比与和谐的关系。

由此，可以得出这样的结论，要使摄影作品能够有足够的视觉冲击力，能够吸引观众，就应当尽可能多地利用和运用各种表现形式来强调对比。通过对比，把画面所描绘的事物、形象的性格和个性特征突出地表现出来，使画面产生更加生动的效果。

1. 明暗对比

明暗对比是摄影构图中最常见的一种对比，直接影响着画面的整体效果。在构图中，尤其要注意利用明暗对比来突出主体。一般的处理手法是将最亮和最暗的部分安排在主体部分或画面的中

▲ 图7-24 强烈的光影效果和明暗对比以及由近至远、由左至右、起伏有序伸向天边的木梯成为这张作品的主宰,有力地烘托了画面的透视纵深感、节奏感,将人们的视线和思绪带向那更为遥远的雪域高原 张小纲摄

▲ 图7-25 舞 潘俊新摄

心部分。明暗对比不仅有利于突出主体,而且有利于表现被摄体的立体感、质感及画面的空间层次(图7-24)。

2. 虚实对比

摄影构图中的虚实对比,不仅仅表现为物体清晰与模糊的关系,在某种意义上是专指景物虚化的艺术效果。

虚与实的处理是摄影构图中突出主体,增强艺术感染力的一种特殊手段。虚与实的关系,是相对存在的,即是虚中有实、实中有虚,是在相互衬托、互为生发中达到画面的统一和完整(图7-25)。

在摄影构图中,如果只实不虚,往往会显得杂乱无章,不能给观者留有可供产生联想的余地;如果只虚不实,易造成画面空泛,则没有"看头"。

安排虚实对比常利用景深的大小进行景物的虚化,也利用控制景深范围来使主体突出,背景模糊。景深范围的大小还可以改变景物虚化的效果。景深范围越小,景物虚化的效果越强;反之,景深范围越大,景物虚化的范围就越小。一般可利用光圈的大小来改变景深,光圈越大,景深越小,景物虚化的效果就越大。另外,可利用中、长焦距镜头来加强景物虚化效果,镜头焦距越长,景深范围越小,也能增加景物的虚化效果。

3. 疏密对比

疏密对比也是摄影构图中运用较广的手法。可利用疏密对比来达到增加画面的美感和趣味之目的,达到突出主体的目的。在具体运用中,即可将主体部分安排在密处,将陪体安排在疏处;亦可将主

▲ 图7-26 红邦家具 张小英摄

体安排在疏处,将陪体安排在密处。总之,注意使画面疏中有密,密中见疏,疏密相间,才能形成画面的节奏与趣味中心。《红邦家具》这幅作品较好地处理了画面中的疏密关系,画面中的大疏(背景部分)与大密(家具部分),对比鲜明,使得主体突出,给人留下强烈的视觉印象(图7-26)。

4. 色彩对比

巧妙安排色彩对比也是摄影构图中非常重要的一环。色彩的表现力、视觉冲击力是非常强的,运用得好,能极大地提高作品的艺术感染力。

色彩对比包括色彩的冷暖、明度、饱和度的对比,也包括色彩面积的对比。尤其是色彩面积的对比有很强的实用性,能对确定画面色调,营造画面气氛,烘托主体内容起到决定性作用。作品《红苹果》的画面中,苹果的红色占据了画中大部分面积,从而确立了作品的红色主调,在深蓝色天光及倒影的衬托下,更显浓烈(图7-27)。

在摄影构图过程中,我们会发现对比的方法还有很多,比如画面形体大小的对比、质感的对比、动静的对比、方向的对比,等等,需要我们根据实际情况,针对不同表现主体来采用不同的对比方法。

5. 整体和谐

如前所述,运用和制造对比,实际上是制造了画面的矛盾与冲突。然而,在构图过程中,矛盾如果处理得不好,对比失去了控制,常常会带来相反的效果,引起画面的混乱与无序。因此,在注意各种构图因素的对比之时,重视有效、合理地调和各种矛盾,将各种对比统一在一个和谐的整体之中,是作品能够获得成功的关键。这也就是说在摄影构图中,光有对比没有和谐不行,而只有和谐没有对比也不行。在构图中取得

▲ 图7-27 红苹果 李峰摄

▲ 图7-28 落叶 张小纲摄

矛盾的统一，才能获得既有生动对比，又有整体和谐的美感。

在具体处理对比与和谐这对矛盾的过程中可以采取如下方法：

以明暗对比为例，如果对比过于强烈，可采取调整明部、暗部的面积，或在明部与暗部之间增加中间色调（灰色）的面积来达到调和矛盾的目的。

摄影小品《落叶》试图从一个很小的局部来表现浓浓的秋意。如果说受光部分与投影部分形成了强烈的对比，那么，散落一地的金黄色落叶无疑就起到了调和画面矛盾与点醒画面的作用，使之成为一首赞美秋天的小诗（图7-28）。

画面最忌讳对比双方面积相等，这样易导致矛盾双方不可调和的局面，而有意识强调和增加某一部分的面积，让其在画面中占主导地位，从而形成一定的主从关系，便可达到和谐之效果。亦可采取有意增加、安排中间色调的方法来调和过于刺激的矛盾，这样也能获得较好效果。

针对虚实对比、疏密对比、色彩对比、大小对比等一系列矛盾冲突，都可以采用同样的方法加以处理，均能获得理想效果。

三、对称与均衡

1. 对称

对称与均衡是摄影构图中最普遍、最重要的原理。对称是指沿画面中心轴两侧有等质、等量的相同景物形态，两侧保持绝对平衡的关系。自然界中到处存在着对称因素，人类自身左右对称的肢体便是最好的例证。

▲ 图7-29 植物 张晨摄

对称式构图，属于静止性的构图。对称指一种高度整齐的程度，中国的古典建筑充分显示出这种特征。对称式的构图使观众领略到一种完美与和谐的印象，但也使人感到拘谨、单调和无趣。

用正面角度去拍摄一些具有对称特征的物体时，能使这种对称结构完整地展示在画面上，从而产生一种独特的形式美感（图7-29）。

可以说，构图中的对称形式，也是客观世界的自然规律在摄影艺术中的具体反映。在具体的构图过程中，既可将自然景物中的对称因素，巧妙地安排于画面之中，也可将原本不对称的景物在画面中处理成对称形式，同样都能获得令人满意的效果。

对称式的构图往往能产生安定、严肃、稳定、庄重的感觉。然而，运用不好的话，则容易产生呆板、单调的效果。

特别要注意的是，在处理对称式构图时，一定要注意避免画面的绝对对称形式，尽量变其为相对对称。

2. 均衡

均衡是摄影构图的重要法则。通常是指以画面中心为支点，画面上下、左右所呈现的视觉因素在视觉重量上呈均势。均衡的作用就是使画面产生稳定感，倘若均衡被破坏就会产生动感或不安定的感觉。

在人们的生活中和大自然中普遍存在着均衡状况,因而在摄影构图上追求均衡实际上也是人类心理与生理的必然反映。

人们对于均衡的体验,最早是来自于对称,人体、动植物本身就具有先天的对称性,因此人们已习惯于对称形式。凡对称的物体一旦被破坏,就会让人感到不舒服,这是因为对称本身就具有完整性。人类使用的器物,如房子、凳子、椅子、汽车、飞机等,在造型上都采用了对称手法,因为对称给人以稳定、规矩、庄重的感觉。

摄影构图的均衡,有一类是对称式的均衡。这就是两个完全相同或大体相似的形体或景物在一定条件下的对立统一,常见于风景摄影与静物摄影。

还有一类就是重力均衡。重力均衡实际上是视觉上的均衡,认识经验上的均衡。所谓重力均衡的概念原指利用一个较小的物体把较大的物体均衡起来,是从戥秤中得来的启示。当称盘中加入重量后,秤杆即会发生倾斜,而将秤砣推至另一侧的某一位置时,秤砣与秤盘便达到了均衡。显然,构图中的均衡不是物理意义上的重量均衡,这种重量实际上是一种"视觉重量",是人们观察事物、形体时所感受到的"重量"(图7-30)。

一般来讲,在摄影构图中,色彩鲜明、对比强烈的形体给人感觉其重量大,反之,轻巧、浅薄的形体就给人以重量轻的印象。

一般规律为:

(1)动的物体比静的物体重。

(2)色调鲜明、色彩鲜艳的物体比色彩灰暗的物体重。

(3)明暗对比强烈的物体比明暗对比弱的物体重。

(4)形态突出的物体比形态不突出的物体重。

(5)距离画面中心(支点)远的物体比距离支点近的物体重。

(6)清晰的物体比模糊的物体重。

从上述例证可以看出,度量画面物体"视觉重量"的依据,不是天平也不是秤,而是我们的眼睛。这种画面上物体重量的大小不在于物体的轻重,也不在形态的大与小,而在于引起视觉冲击力的强度如何。

这一事实使我们理解到,重力均衡是根据视觉重量去衡量的,那么我们在具体的摄影构图过程中,可以依据"视觉重量"的特点,去处理画面的均衡问题。

均衡是一种动态的平衡,一种有形式变化的平衡,而非一成不变,不可能有固定的模式。在构图时,需要我们不断探索,注意充分利用自然景物中的各种视觉因素,包括形态因素、光线因素等等来实现画面的均衡(图7-31)。

▲ 图7-30 画面中斜拉桥的铁索全部集中于画面右边,从经验上来看肯定是一边重一边轻,然而,左后方的白云其"视觉重量"足以平衡整个画面 张小纲摄

▲ 图7-31 画面中的蒲公英主要集中于右侧,而凭借左侧的一支向画外倾斜的花蕾使得整个画面得以平衡 张小纲摄

四、节奏与韵律

节奏与韵律是密不可分的,任何一种有规律的形体组合,都可以产生节奏和韵律。节奏和韵律是从变化中建筑秩序,从杂乱无章的事物中寻找和谐优美的因素。节奏本身具有装饰意味,更具有满足视觉快感的作用。节奏有较强的活力和独立意义,并具有运动的感觉,能把欣赏者的注意力集中在节奏所形成的运动感上,从而达到突出主体的作用。

节奏和韵律是摄影构图的重要构成手段之一,也是构图所要寻觅的重要因素,它是画面线条、形状、影调、色彩的有序重复和交替。完美的节奏自然会产生韵律。

1. 节奏

节奏是事物有规律重复出现而产生的。大自然中到处包含着节奏,人类的活动也离不开节奏。例如四季的循环、昼夜的交替、脉搏的跳动等都有自身的节奏。摄影构图中的节奏,是从音乐与诗歌中借用而来的,音乐中的听觉节奏反映到摄影中便产生了视觉节奏。在摄影构图中要有意识地强调和突出被摄体的节奏,才能使拍摄的画面具有音乐的韵律美感。

节奏具有鲜明的特征,能产生一种有规律的高低起伏的形式美感。在人们观赏有节奏的景物时,会引起视觉上的快感和心理上的满足。节奏还能激发和丰富人们的想象力,是表达情感的理想手段。

当节奏作为画面的构图因素出现时,会使画面产生一种运动或流动感,形成一种连续性。节奏的连续作用,能使人们的注意力从画面的某一个部分吸引向另外一个部分,即视觉引导作用。

节奏有很多形式,但都必须体现重复出现的规律。一般来讲,至少要有三个以上的物体并且有间隔地出现才能形成节奏。

重复形成的节奏是大自然中最常见的节奏形式,其节奏明显,形式整齐。

渐变形成的节奏是空间感较为强烈的一种节奏形式,其节奏由强变弱,既有规律又有变化。采用这种构图的画面透视关系十分强烈,纵深的渐变效果十分明显(图7–32)。

▲ 图7–32 渐变形成的节奏是空间感较为强烈的一种节奏形式 张小纲摄

交替形成的节奏，是由于物体的大小和形状不同而产生的一种节奏形式。其节奏富有跳跃感，而且形式变化多端。拍摄出的画面节奏感鲜明，起伏变化而富有韵律。

辐射形成的节奏具有扩张的动态感，其节奏快速而热烈，是有规律的发散结构，拍摄出的画面节奏有交替和渐变的共同特性。

2. 韵律

韵律，是有"情调"的节奏。只有完美的节奏才会产生韵律，韵律是更高层次的节奏。摄影画面中只有节奏而没有韵律，仍会显得单调而没有味道。有人说："条理性与重复性为节奏准备了条件，节奏带有机械美。"而韵律，则是情调在节奏中起作用后的产物。

韵律也可称之韵味，诗情愈烈，韵味愈浓。作为摄影构图，它同诗人的创作有共同之处，画面中的线条、影调、色彩得到适当搭配，都可以迸发出诗一样的韵味。

线条被称作描写形象的语言，线条的各种变化都能在画面上表达出各自不同的性格和情感。但当它们在画面上处于分散、间隔、排列的不同形式时，它们之间就形成了抑扬顿挫的新型关系，这些不同的线条按照一定的规律（即节奏）重复排列，和谐地出现时，就会表现出特殊的韵味来（图 7-33）。

影调也能产生韵律。黑白摄影中存在着特殊的光影趣味，明暗色块的对比，明朗的高调与深沉的低调以及虚实相间的灰调都会产生一种优雅的韵律感。

色彩有着极强的表现力，色彩产生的韵律并不在于色彩的繁杂多变，而在于色彩的调和与对比的统一之中。其关键又在于处理好画面的色调，突出其和谐、统一的特点，处理好色块间的关系，如色块面积的大小、位置的安排及对比色的浓淡、明度、纯度等；否则画面颜色紊乱、刺激，就不可能产生色彩的韵律。只有画面上的色彩既丰富又单纯，和谐统一，才能形成色彩的韵律（图 7-34）。

在生活中发现有节奏感的事物并不难，但在节奏中发现韵味却是比较难的课题。大千世界的万事万物丰富多彩，富有节奏而又有韵律的景物往往隐藏在错综复杂的事物之中，所以需要我们去仔细观察，认真研究，深入挖掘，才能有所收获。

▲ 图 7-33　回望火焰山　张小纲摄

▲ 图 7-34　护城河的倒影　张小纲摄

本章小结

在摄影创作的过程中,构图无疑是作品能否获得成功的最重要因素之一。构图能力的提高既依赖于对构图原则的准确把握,也依赖于对构图规律的领悟,更取决于长期实践与经验的积累。对构图能力的培养既要重视技术层面的因素,也要重视艺术层面的因素。着重掌握多样与统一、对比与和谐、对称与均衡、节奏与韵律等构图的基本规律,并能够自如地运用光线、色彩、明暗、线条、影调等造型要素为摄影构图、摄影创作服务,正是学习本章目的之所在。

思考练习

1. 摄影构图的目的是什么? 其作用与特点有哪些?

2. 摄影角度的选择与构图有何关系? 试举例说明。

3. 摄影构图应遵循的基本原则是什么?

4. 简述摄影构图的基本形式及其特点。

5. 对比手法的运用在摄影构图中能起到什么作用? 产生什么效果?

6. 摄影构图中的均衡是指什么? 有哪些特点与规律? 试举例说明。

实训项目

1. 针对同一景物,以不同距离、不同方向、不同高度来拍摄一组风景作品(景物中应包括建筑物、树木及远景等),并作比较分析。

2. 针对同一景物,分别采取距离选择与使用变焦镜头之焦距选择来进行拍摄,并作比较分析。

3. 运用不同对比手法(包括明暗对比、虚实对比、疏密对比、大小对比、色彩对比)拍摄一组风景摄影作品。

4. 综合各种对比手法拍摄一组静物摄影作品。

5. 运用对称与均衡的原理拍摄一组静物摄影作品。

6. 尝试拍摄一组以表现画面节奏为主的摄影作品,题材不限,既可自己设计画面,亦可在生活中寻觅发现。

第八章

广告与产品摄影

学习目标

　　通过本章的学习,了解与掌握广告摄影的创作流程及其方法,熟悉广告摄影的特殊器材及其使用技巧,掌握广告摄影的布光技巧及拍摄广告产品必备的技术要领,并能够运用所掌握的相关技能进行广告摄影实践。

　　广告是一种创作,摄影也是一种创作。摄影本身就是一种语言,一种比文字符号更生动形象的语言;而创意则是广告摄影作品的灵魂,它是作品孕育过程中进行的创作活动,需要摄影者不断地通过情感想象与技巧、技术的渗透进行推动和调节。

第一节　广告摄影的要求与器材

一、广告摄影的目的与要求

　　由于摄影与艺术有着密切的联系,因此,一幅优秀的广告照片往往也是优秀的摄影艺术作品。但是,广告摄影毕竟不同于艺术摄影。广告摄影的最终目的在于推销:或推销某种商品,或引导人们去做某件事情,例如刺激人们去购买广告照片所表现的物品,吸引人们去参加某项商业性娱乐文体活动等。

　　为了达此目的,广告照片首先应该具有强烈的视觉吸引力,要能够吸引观众的目光,使他(她)目不转睛地欣赏你的照片。很明显,不能吸引观众的广告照片无疑是失败的。其次,广告照片的表现手法应该能使观众理解你的推销意图。这也意味着广告摄影是一种图解性摄影。如果你的照片吸引了观众的视线,而观众在欣赏了你的照片之后,不能明了你的推销意图,这样的广告照片,即使艺术性再高,也是属于失败的广告照片。第三,广告照片要使观众产生购买欲望(包括参加你所推销的商业性娱乐、文体活动)。当观众理解了你的照片的推销意图,并产生了购买欲望,这样的广告照片就成功了。成功的广告照片往往能使观众从你的照片上看到你所推销对象的主要优点,如诱人的特性、特色、外观,拥有它能带来直接、间接的好处、效益,或有比其他同类产品的优越之处,等等。

　　摄影者在从事广告摄影时,有时是直接呈现广告内容,对于如何表现、怎样拍摄等艺术和技术上的要求,完全由摄影者去构思、去创作。有时则由创意总监画出草图,要求摄影者按照草图的模式去组织拍摄。相比之下,前者对摄影者的要求更高些,不仅要求广告摄影者具有熟练的摄影技术,而且要求具有从广告角度进行摄影构思、创作的能力。

广告摄影的创作、构思,首先要明确广告摄影对象的定位问题,即广告拍摄对象的性质是产品投入期的开拓型广告,还是产品成长期的竞争型广告,或是产品成熟期的巩固型广告以及产品更新换代期的衔接型广告。定位不同,摄影表现的侧重点就应有所不同。有时应以创牌号、打印象为主;有时应以突出产品的特点、优点为主;有时又以借助产品已具有的信誉为主;有时又以突出新型号、新功能为主。

明确了定位的总体思想,在着手拍摄前,广告摄影者通常还有两项重要的前期准备工作。一是研究产品的特征、用途与功能,以便确定摄影构思、表现角度与表现风格。二是根据最终展示的形式拟就该摄影广告的草图。这样既有利于确定照片长宽比例的画幅,以避免给后期设计造成剪裁困难;又因明确了摄影广告作品中所需的文字位置,便于在取景构图时留有必要的空白部位。

依据如上对广告摄影的创作、构思及其产品定位方面的要求,我们来分析一个啤酒广告的综合实例:

图 8-1、图 8-2、图 8-3 分别是日本 20 世纪 70 年代札幌啤酒的报纸广告、21 世纪初朝日啤酒的车厢内悬挂广告和麒麟啤酒的招贴广告。虽然报纸广告、车厢内悬挂广告、招贴广告在尺寸大小,消费者阅读停留时间等方面的不同会导致创意出发点的不同,这纯属广告创意的问题,在此我们不做深入探讨。我们将就广告产品的特性、产品的气质表现、拍摄角度几方面进行分析。

同类产品,在价钱相当的时候,如何让消费者选择自己的产品,企业的品牌效应、营销手段、广告策略的制订等方面起着决定性作用。

"札幌啤酒"这张广告是近 40 年前的广告作品,拍摄主体是当时黑泽明导演时代的超级演员、日本第一武士——三船敏郎,他善于扮演粗犷、强悍、动作性强的粗线条人物,中年以后则以扮演首领人物为多,他主演的影片多次在重大国际电影节上获奖。札幌啤酒选择这样一位有性格的演员作为自己的产品代言人,从某种程度上也看到了札幌啤酒的气质特性——知名的、有个性的。特别是广告右侧的手写广告语"男は黙ってサッポロビール",是整幅广告的点睛之笔! 它的意思是"毫无抱怨,沉默男人的最爱——札幌啤酒!"。由于 20 世纪 70 年代日本还处于经济高速成长期,男人的工作压力都很大,这则广告语在父亲节推出,反映出了当时日本父亲的精神面貌。因此,这则广告在明星气质和广告语的定位上取得的高度一致,给札幌啤酒确定了明确的个性特征,这也正是产品广告选择明星作为代言人的最大好处(图 8-1)。正如"可比克"薯片请周杰伦做产品形象代言人一样代表了流行和时尚。

"超级生啤"这张广告作品,不仅体现了"朝日"企业的气势,也把"超级生啤"的速度感、铿锵有力、金属质感的强大力量表现出来了。水滴、冰、水的关系非常自然,用特殊的喷

▲ 图 8-1 札幌啤酒 细谷 严 1970 年

雾器制造出剧烈的泡沫气流,整个拍摄用了单纯但强烈的灯光把动感表现出来了(图 8-2)。

与之相反,麒麟的"原扎生啤"这张广告作品体现的是"麒麟"企业的沉着稳重,"原扎生啤"的天然高级感。拍摄地点也从摄影棚搬到了野外,利用太阳作为主光源,层次分明的影调映衬出冰镇的水珠(图 8-3)。图 8-2 和图 8-3 都把啤酒的清凉感表现出来了,但是产品的特性、企业的理念定位却是明显不同的。

从这三幅不同企业的啤酒摄影广告中我们可以清晰地看到,札幌啤酒喝的是人品,朝日啤酒喝的是畅快,麒麟啤酒喝的是自然。因此,他们三者在拍摄同样的产品时,选择的拍摄对象,拍摄的状态,运用的光线、角度都是不一样的。这三个品牌都是日本的知名企业,他们每年都在为争夺市场份额而

▲ 图 8-2　超级生啤　石浦　肇

▲ 图 8-3　原扎生啤　宫田　织

浴血奋战,但支持他们胜利的一定是明确的企业定位和产品特性,因此,广告摄影成为企业,产品表现自己个性的最好手段。

广告摄影创意案例之一

现代广告创意力求新、奇、巧,能准确地表现广告主题和思想内涵,包括确立主题、提炼题材、寻找表现角度和表现风格、表现形式等,是一个需要反复探索、精益求精的过程。

图8-4是日本户田正寿以人种差别为主题做的招贴。从选取模特,各种表情的捕捉,到为后期合成制作拍摄的大特写,无不渗透着摄影者的精湛技艺。

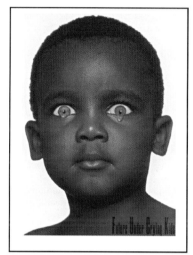
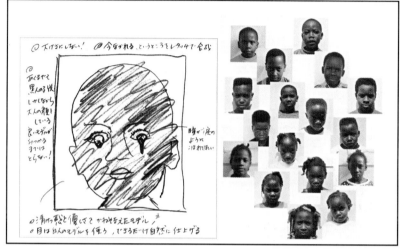

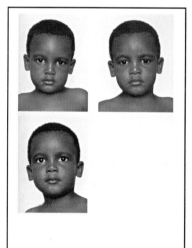
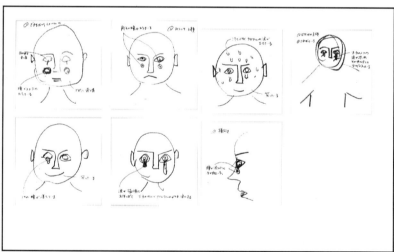

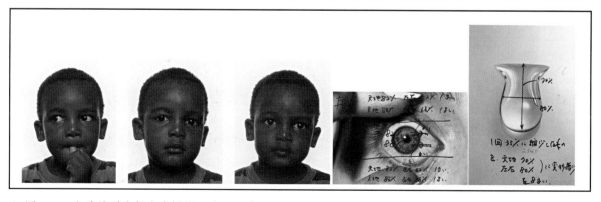

▲ 图8-4　人种差别海报广告摄影　户田正寿

广告摄影创意案例之二

选择某一事物或现象来诠释广告主题,这一事物或现象与商品并没有直接的联系,却恰好在某一点上与广告主题相吻合,因而能获得婉转形象的效果。

比喻法亦即审美学所谓的"通感法"。常用的比喻有明喻、隐喻和借喻。以此物喻彼物,能使抽象的事物形象化,使广告摄影主题更加鲜明、生动。

图 8-5 是 NEW YORK TIMES 杂志上的家电广告,运用时装、运动等场景的拍摄活化了家庭用品这一主题。

▲ 图 8-5　比喻法家电广告摄影

二、广告摄影的器材设备

由于广告摄影的对象包罗万象,大至天体、小至细菌都可能成为广告摄影的对象。因此,拍摄不同对象时,或采用不同拍摄技巧时,对器材的要求也会有较大的不同。以下仅就广告摄影中常用的相机、镜头、感光片、灯光以及常用的设备与附件作简要介绍。

1. 相机
一般来说,用于广告摄影的相机以画幅大一些的相机为好。这是因为广告照片的影像通常要求具有极高的清晰度、逼真的质感、丰富的层次和细腻的颗粒等技术质量,画幅越大的相机对取得这些影像质量越为有利;其次,广告摄影的底片往往还需要进行修底或暗房特技处理,大画幅的底片也有利于进行这类处理。

2. 光源
摄影的两大类光源——自然光和人造光在广告摄影中都有着广泛的应用。由于广告摄影比较注重用光效果,因而便于摄影者灵活布光的人造光在广告摄影中就得到更多的应用。

广告摄影中常用的人造光有白炽灯和闪光灯两大类。白炽灯是连续发光的光源,有利于在拍摄时观察布光效果。白炽灯中又有聚光灯和散光灯两类,前者发出的光线强度大,光束狭窄,具有高度的方向性;后者发光强度相对较弱,光束宽广,方向性不强。

为满足灵活布光的需要和控制光质与光的射向,不同的光源又有一系列光源附件可供选择使用。这些附件对取得理想的用光效果十分有用。常用的有反光罩、挡光板、遮光活门、反光板、柔光屏等。

3. 摄影台
摄影台也是广告摄影的常用设备。摄影台不同于普通的桌子,具体要求应根据经常性的拍摄内容进行设计。一般要求摄影台的设计类似一只大靠背椅子,"台面"与"靠背"用整块面料连成一体。在"台面"与"靠背"交界处应使面料成一定的弧度,这种弧度大小又是可以灵活调节的。这样设计的好处,一是不会在背景上产生明显的水平、垂直分界线;二是便于运用灯光来营造渐变的变景效果。连接"台面"与"靠背"的面料应设计成可更换式的,以便根据拍摄对象的不同需要,灵活更换不同色彩、不同图案的背景与台面色彩。

也可将这种摄影台设计成台面采用半透明玻璃或塑料布的"亮桌",以便从台面下方也可向台面的被摄物打光。这种"亮桌"是拍摄玻璃制品及表现产品质感的常用摄影台(图8-6)。

▲ 图8-6 用"亮桌"拍摄的香蕉

第二节 产品摄影布光基础

学习任何题材的摄影用光,均应熟悉涉及用光的六大基本要素,即光度、光位、光质、光型、光比和光色。

以产品为拍摄主体的静物摄影,通常是广告摄影入门的拍摄题材。不同的产品,不同的创作风格与表现意图,当然应有不同的布光方式。不存在拍什么就怎样布光的固定模式。以下介绍的布光图例,只是静物广告摄影的布光基础,它会给初学者以形象的启示。熟悉与掌握了这些布光知识,能使你在各种产品的广告摄影布光中,得心应手,纵横驰骋。这些布光图例包括单灯照明、多灯集中照明、双灯基础照明、三灯基础照明、典型多灯照明、点聚灯强化照明、透射光照明、部分包围照明、亮盒照明以及大光量多灯照明。

一、单灯照明

图 8-7 和图 8-8 是两种单灯照明布光图。使用单灯拍摄时,要注意通过对灯的光度、高度、角度、距离的调节来观察用光效果。使用单灯时,常配合反光板、描图纸来调节光比和光质。

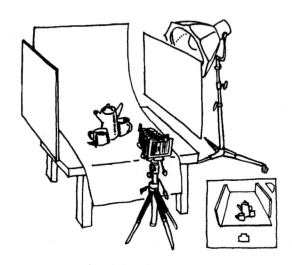

▲ 图 8-7　单灯布光示意图之一

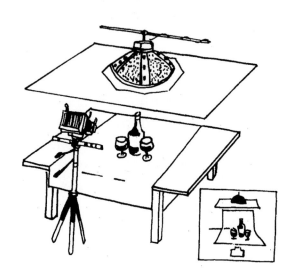

▲ 图 8-8　单灯布光示意图之二

二、多灯集中照明

图 8-9 是多灯集中照明,其用光效果类似图 8-7。这是提高用光亮度的一种做法。采用这种多灯集中照明时,要注意所用几只灯的灯位变化而带来的照明效果的细微变化。

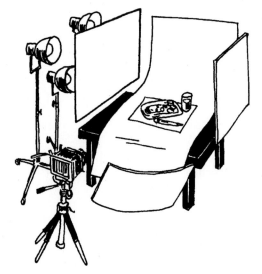

▲ 图 8-9a　多灯集中照明示意图

▲ 图 8-9b　多灯集中照明　静物拍摄实例

三、双灯基础照明

图 8-10 是双灯基础照明布光图。主灯光质的选择直接关系被摄体质感的再现,辅灯主要用以补充由主光产生的阴影部的亮度。

▲ 图 8-10a　双灯基础照明示意图

▲ 图 8-10b　双灯基础照明产品拍摄实例

四、三灯基础照明

图 8-11 是三灯基础照明布光示意图,由主灯、辅灯再加背景灯或修饰灯组成。主灯用以塑形和揭示质感;辅灯用以补充阴暗部亮度;根据需要,或选用背景灯照射背景,或选用修饰灯强调被摄体的某一局部表现。

五、典型多灯照明

图 8-12 是典型的多灯照明布光图。所谓多灯照明就是主灯、辅灯、背景灯、修饰灯等一起使用。多灯照明布光时要注意各只灯具各负其责;宜逐一点亮调整光位,谨防因多灯在照明效果上互相干扰。往往需要多次反复调整各灯光位。

▲ 图 8-11　三灯基础照明示意图

▲ 图 8-12 典型多灯照明示意图

▲ 图 8-13a 点聚灯强化照明示意图

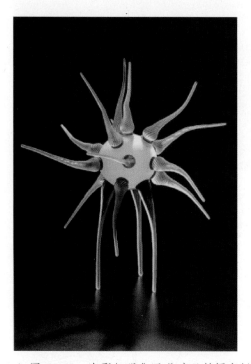

▲ 图 8-13b 点聚灯强化照明 产品拍摄实例

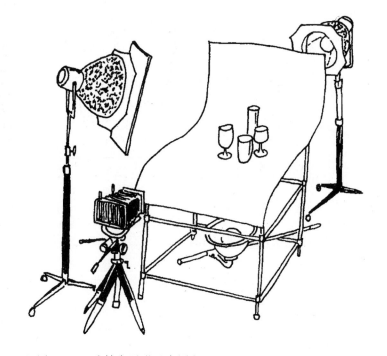

▲ 图 8-14 透射光照明示意图之一

六、点聚灯强化照明

图 8-13 是点聚灯强化照明布光图。如果要对被摄体的某些（而不是某一）部位或对散状小物体作强化表现时，可在主、辅灯的基础上加用若干点聚灯。点聚灯采用透镜聚光，光束狭窄，照明的选择性强。

七、透射光照明

图 8-14、图 8-15 和图 8-16 是常用于拍摄透明物体的透射光照明布光图。

▲ 图 8-15　透射光照明示意图之二

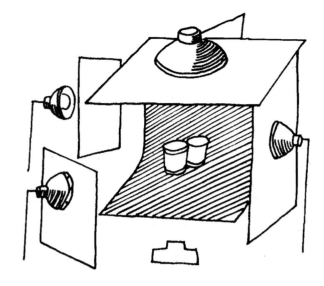

▲ 图 8-16　透射光照明示意图之三

拍摄透明物体时，为了表现其晶莹剔透的特性，常把主灯置于丙烯塑料板后面，让光线透过丙烯板并以逆光方式照射主体，如图 8-14 所示。相机旁的辅灯加上描图纸是为了进一步柔化辅光。

图 8-15 是产生白背景的透射光布光图，运用顶灯、散光灯加描图纸，光照效果柔和、优美。

图 8-16 是产生黑背景的透射光布光图，两侧的照明灯应位于侧后方，并用描图纸散射，其目的是为了使透明被摄体的两侧呈高光位状态，以利质感的再现。

八、部分包围照明

图 8-17 是部分包围照明布光图。这种布光法常用于拍摄反光强烈的物品，可抑制其反光。通常采用较大的描图纸对被摄体作部分包围。灯光由上向下照射，这种散射的顶光具有照明均匀、柔和的特点。

九、亮盒照明

图 8-18 是亮盒照明布光图，图 8-19 是亮盒照明拍摄实例。亮盒可用半透明的描图纸之类的材料或白纸制成。方型亮盒的支架需采用有机玻璃之类的透明物；圆型亮盒制作简易些，但只适宜较小的被摄体。亮盒照明的最大特点是亮盒中的被摄物体受光均匀且柔和，能有效抑制反光，故常用于拍摄金属制品，尤其是呈凹凸或形状复杂的金属制品。

十、大光量多灯照明

图 8-20 和图 8-21 是大光量多灯照明布光图。拍摄对象的体积很大或拍摄场面较大的建筑内景时，往往需要采用大光量多灯照明。这种布光要特别注意被摄体各部位以及前后景物受光量的差别，宜有测光表仔细测定。

▲ 图 8-17　部分包围照明布光示意图

▲ 图 8-19　亮盒照明拍摄实例

◀ 图 8-18　亮盒照明布光示意图

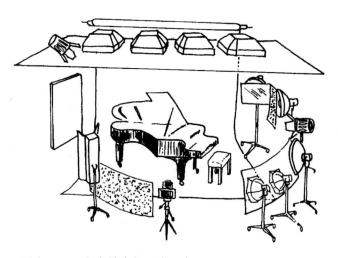

▲ 图 8-20　大光量多灯照明示意图之一

▲ 图 8-21　大光量多灯照明示意图之二

第三节 背景处理技术

背景处理在广告摄影中具有重要的实用价值。背景效果对广告画面的整体效果和对主体的表现关系颇大。懂得和掌握一些常用的背景处理技术,有助于在广告照片的背景处理上,充分发挥想象力与创造性。目前,电脑后期处理是广告摄影中处理背景的常用方法,这里介绍在摄影棚里三种常用的背景处理技术,包括渐变背景、圆形渐变背景和物品悬空画面技术。

一、渐变背景处理技术

渐变背景就是指背景呈渐变的上深下浅或上浅下深的影调状态,这是在商品静物拍摄中十分常见的一种背景处理方法,有多种方法能产生这种背景效果。

例如图8-22是产生上深下浅渐变背景的示意图,图8-23是产生上浅下深渐变背景的示意图。柔光灯照向薄形塑料光板的光线,经塑料光板反射入镜头而使背景变浅。塑料光板的弧度应仔细调整,直至产生满意效果。

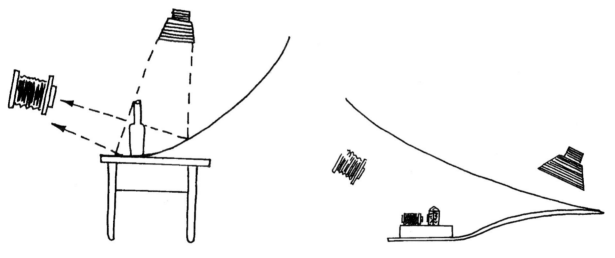

▲ 图8-22 反射法渐变背景示意图　　　　　　▲ 图8-23 渐变背景布光示意图

也可以在白卡纸上用颜料喷画出渐变效果,拍摄时只要把该卡纸用作背景即可。缺点是这种喷画的渐变效果是单一的,而上述用灯光营造渐变背景则能变化多端。

二、圆形渐变背景技术

圆形渐变背景技术常用的有两种方法:一种是用产生圆形光束的聚光灯从背景纸后方照射,如图8-24a、图8-25所示。调节聚光灯至背景纸的距离能变化圆形投影的大小,聚光的光束大小能影响渐变效果。图8-24b是这种方法的一种布光实例。

另一种是在黑卡纸上挖一圆洞(也可根据需要挖成所需要的形状),孔洞处再衬上描图纸或类似的半透明柔光纸,如图8-26所示,灯光也是从背景屏后方照射,光源的光质会影响渐变的程度。

▲ 图 8-24a 圆形渐变背景示意图之一

▲ 图 8-24b 圆形渐变背景及电脑后期处理实例

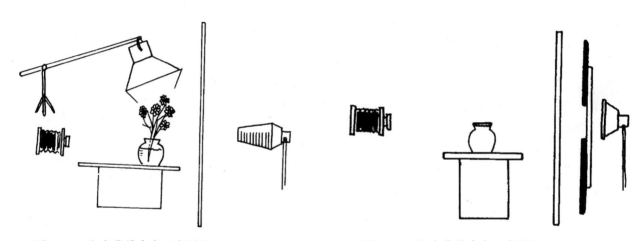

▲ 图 8-25 渐变背景布光示意图之二

▲ 图 8-26 渐变背景布光示意图之三

三、物品悬空技术

物品在画面上呈悬空状,会使观众产生新鲜感,这也是广告照片常用的表现方法。

拍摄物品悬空的技术之一,是使支撑物品的支架被物品挡住而不呈现在画面上。可以准备一块背景木板,在木板上的不同部位打些孔洞,便于支撑物品的支杆从孔洞伸出。孔洞直径应比支杆稍大些。将支架置于木板后,让支杆在所需部位的背景木板上穿出,用以支撑被摄物品。在把支杆与物品连接前,先用一张所需的背景纸贴在背景木板上。当拍摄一些小件物品时,使用学生做手工的橡皮泥来使支杆与物品连接是简易有效的。要注意在相机的视场范围内应确保看不到支杆和支架。

拍摄物品悬空的技术之二,是采用极细的铁丝、钢丝或尼龙线之类既细又能承受一定拉力的细丝。把所用的细丝染成与背景相同的颜色,用来悬吊物品。每件物品至少要用三根细丝悬吊,以减小晃动的可能性。采用这种拍摄方法时,室内的门、窗均需关上,也不能有人走动,否则易导致物品晃动而影响拍摄效果。

本章小结

一幅成功的广告摄影作品不仅要求要有高超的摄影技术,还须洞悉、提炼广告主题、广告内容并找到最为合适的产品代言人进行拍摄,必须与文案、设计师完成广告语的创作和广告后期的图文排列、影调调整等工作。因此,广告摄影是一个团队工作,需要各方人士的通力协作。建议初学者要在掌握产品摄影的拍摄技术基础上,逐步摸索广告摄影的创作方法和构思技巧,学会与其他同学进行分工合作,发现自我优势,培养创作能力。

思考练习

1. 广告摄影的目的和要求是什么?

2. 产品摄影常用的基本布光方法有哪些?

3. 怎样产生渐变背景效果?

4. 怎样使背景空白?

5. 物品悬空的技术要点是什么?

实训项目

1. 拍摄一组当地啤酒的广告摄影作品。

2. 拍摄一幅文化或公益广告作品。

3. 自拟主体,运用比喻手法进行创意摄影。

4. 运用用光技巧进行突出主题、虚化背景的拍摄实训练习。

5. 运用电脑技术进行背景处理的实训练习。

第九章

人物与肖像摄影

学习目标

通过本章的学习，了解人物与肖像摄影的特征及分类，学会人物与肖像摄影的表现方法，熟练使用自然光、人造光、混合光拍摄，处理好人物的影调与色调，以及人物摄影的布局。掌握几种专题人物的拍摄技巧，包括证件人像、集体人像、婚纱人像、设计人像、民俗人像、模特人像等。

人物与肖像摄影是人像摄影的范畴。本章将分别介绍人物与肖像摄影的特征、人物与肖像摄影的用光、人物与肖像摄影的影调和色调、人物与肖像摄影的柔焦拍摄和眼神光表现以及典型人像摄影。

第一节　人物与肖像摄影的特征

一、人物与肖像摄影的区别

人物摄影适用于不同场合的拍摄，比如生活、工作场景中的人物，学习、娱乐中的人物等等；肖像摄影基本在特定的环境中拍摄，被摄者相对静止，一般为单人照构图，采用头像或半身像。但两者有一个共同点，人始终是摄影的主体，所以，人物与肖像很难截然划分开来。

二、人物与肖像摄影的分类

1. 按年龄分
有儿童、少年、青年、老年人像等。

2. 按职业分
以前有工、农、商、学、兵之说，现在随着社会的发展出现了不少新型的行业和职业。

3. 按构图分
人物有情景人物、环境人物，肖像有全身、半身、头像等。

4. 按题材分
有证件人像、集体人像、婚纱人像、旅游人像、设计人像、民俗人像、模特人像、纪实人像、服饰人像、艺术人像等。

三、人物与肖像摄影的表现手法

1. 摆拍的手法

所谓摆拍是按照被摄者或摄影者的要求，被摄者做出某种姿势和动作，由摄影师用照相机将其固定在画面上。当然，拍摄可以在室内，也可以在室外，将被摄者安排在特定的环境中，甚至还要化好妆，穿上服装，配上道具（图 9-1、图 9-2）。

2. 抓拍的手法

这种表现手法对于摄影者要求比较高，除了眼疾手快、有敏锐的观察力外，还要有娴熟的摄影技术。抓拍的主要优点是：能真实地再现被摄人物的神态和现场气氛，表情生动自然（图 9-3、图 9-4）。抓拍适合使用中、小型照相机。

▶ 图 9-1 摆拍人物也有一个抓表情的问题，该画面抓住了外国小朋友自然放松的那一刻 陈振刚摄

▼ 图 9-2 这群小朋友在镜头前面表现得活泼可爱。拍这样的人像动作一定要快，真实活跃的气氛过去后很难再调动起来 陈振刚摄

▲ 图9-3　这幅照片抓拍于威尼斯水城的一座建筑的阳台上,情侣投入的表情被定格下来　陈振刚摄

▲ 图9-4　照片摄于罗马街边的草坪旁,两个外国女孩在路边休息,和煦的阳光照在她们身上,特别是照在脸上的前侧光的效果尤如利用灯光造型　陈振刚摄

第二节　人物与肖像摄影的用光

人物与肖像摄影的用光分为两大类。一类是人造光,包括各种灯光,如闪光灯、碘钨灯、白炽灯、日光灯的灯光等,还有火光、烛光都属于这一类。人造光除了照度的变化,还有色温的变化,使用起来相对比较灵活。另一类是自然光,包括室外自然光和室内自然光。室外自然光随天气变化,室内自然光光源相对比较稳定。使用自然光拍摄,被摄体要服从光线照射的方向。

一、灯光的运用

灯光一般在室内使用,其中又分为影室灯光和现场灯光,另外闪光灯使用也比较普遍,包括与小型相机连为一体的内藏式闪光灯和通过插座连接相机的独立闪光灯。

1. 影室灯光的运用

影室灯有不同品牌、不同型号、不同功率,瞬间照明为闪光灯,连续照明为白炽灯和数码灯,摄影者可根据用途将其分为主光灯、辅助灯、轮廓灯、背景灯、发型灯等。

（1）主光灯:作为主要的照明光源,在人物摄影中可显示被摄者面部的基本轮廓和细节,表现立体感,增加层次(图9-5)。

（2）辅助灯:一般为1个,也有使用2个的,主要用于提亮人物面部的阴影部位,其亮度不得超过主光灯,否则会喧宾夺主(图9-6)。

（3）轮廓灯:光束比较集中,置于被摄人物的后方,制造逆光的效果,主要勾画人物的外沿轮廓线(图9-7)。

（4）背景灯:为了突出主体,表现空间深度,通常使用背景灯使人物与背景分离,灯光的位置、亮

▲ 图9-5 只用了一盏主光灯从被摄者的右前方照射,加强了人物的立体感 陈振刚摄

▲ 图9-6 主光灯放在被摄人物的右前方,辅助灯放在被摄人物的左侧,用辅助灯让人物与背景分离 陈振刚摄

▲ 图9-7 用轮廓灯勾画人物的外形,加强画面的层次空间感 陈振刚摄

▲ 图9-8 用灯光照亮背景,降低人物与背景的反差,使画面影调和谐 陈振刚摄

度由摄影者根据需要设定(图9-8)。

(5) 发型灯:可增加头发的亮度和层次,突出发型和发丝质感(图9-9)。灯光的位置在被摄者后侧面。

2. 现场灯光的运用

所谓现场灯光是指被摄人物所处环境的灯光,比如家庭室内灯光,教室、办公室、展览馆等公共场所的灯光。在这些现场光下拍摄人物肖像优点是有现场气氛,不足是光线较弱,快门速度很难控制,另外色温不平衡(图9-10、图9-11)。

▲ 图9-9 发型灯适合蓬松的头发,灯光使头发的蓬松感更强 陈振刚摄

▲ 图9-10 现场的灯光让小姑娘的苹果脸更红润可爱 陈振刚摄

▲ 图9-11 现场灯光更利于抓拍模特的表情,如果用闪光灯拍摄,也许画面效果会逊色不少 陈振刚摄

3. 闪光灯的运用

使用内藏和独立闪光灯作主要光源拍摄人物肖像时,操作比较方便,但往往会在被摄人物后面留下不好的阴影。为了避免阴影干扰主体的表现,建议用以下方法(图9-12至图9-15):

(1)采用横握相机拍摄,虽有阴影,左右对称不那么难看。

(2)贴着背景拍摄,缩小阴影的范围。

(3)远离背景拍摄,使阴影淡化。

(4)深颜色背景前拍摄,让阴影溶到背景中去。

(5)利用反光,将光线投向墙壁、反光板等,用反射光线照亮人物。

(6)用有一定空间深度的背景拍摄,比如窗口、门口或夜间比较空旷的背景都能消除阴影。

▲ 图9-12　这张照片没有使用闪光灯,是幅暖色调照片,现场灯光起了决定作用　陈振刚摄

▲ 图9-13　这张照片使用了闪光灯补光,将原有的暖色光去掉了,画面的色温发生了明显的变化　陈振刚摄

▲ 图9-14　没有使用闪光灯,现场前后亮度一致　陈振刚摄

▲ 图9-15　使用了闪光灯,现场前后的亮度悬殊较大　陈振刚摄

二、自然光的运用

1. 室外自然光的运用

室外自然光主要是太阳光,不同的天气太阳光的表现有所不同。一天的时间内,早、中、晚光线照射的角度也不一样。晴天阳光直射,形成明显的反差。因此,人们都说上午和下午拍摄人物效果比较好,中午不利拍摄,理由是顶光下人物的五官会留下浓重的阴影。其实要看摄影者如何操作,要消除五官阴影就要加用反光板或者使用闪光灯消除。

阴雨天和雾雪天的自然光为散射光和反射光,比如阴天、雾天光线比较柔和,光线为散射状态,没有明显的方向性,任何角度都可拍摄。雨天和雪天同属散射光,所不同的是地面雨水和积雪会有不同程度的反射光,在这种环境拍摄人物还起到了辅助照明的作用(图9-16至图9-19)。

▲ 图9-16　自然光下拍摄有种灯光效果,关键在于设计好被摄者的角度,用深色背景衬托　陈振刚摄

▲ 图9-17　树荫下拍摄人像难免有光斑,只要光斑不照在人物脸上,倒有一种现场感　陈振刚摄

▲ 图9-18　斜侧的自然光再现了小女孩又喜又怕的表情　陈振刚摄

▲ 图9-19　同样是在自然光下,用阳光塑造形象是多么重要　陈振刚摄

2. 室内自然光的运用

室内自然光主要是窗口、门口射进来的光线，光线的强弱取决于室外天气、门窗大小朝向及人物离光源的远近。室内自然光最大的特点是光源的方向性基本固定，拍摄人物影调自然生动，慢速度拍摄需使用三脚架或提高感光速度（图9-20、图9-21）。

三、混合光的运用

同时有两种光源的叫混合光，如以自然光为主，用灯光补光，以灯光为主，自然光辅助。在某种情况下同时使用两种光源拍摄人物，画面色温不一致，一般要用滤色镜或改变灯光颜色来校正，数码相机可调整白平衡来校正。不过，有时候在混合光下拍摄不校正色温还会有一种特殊效果（图9-22、图9-23）。

▲ 图9-20　室内自然光用好了决不亚于室外自然光，原始照片中外国小朋友用好奇的眼睛望着她的妈妈，后来剪裁成了这张人像特写　陈振刚摄

▲ 图9-21　让模特坐在黑色的背景纸前，利用窗口射进来的光线拍摄　陈振刚摄

▲ 图9-22　大堂里现有的灯光和门窗透射进来的光线混合在一起。照片上主人公灰白色的头发在深色背景的衬托下显得有点杂乱，唯独他那俏皮的表情引人注目　陈振刚摄

▲ 图9-23　展厅天窗上射进来的阳光照在人物脸上形成了光的反差　陈振刚摄

第三节　人物肖像摄影的影调与色调

一、人物肖像摄影的影调

画面黑、白、灰所占的比例大小多少形成画面的影调。人物照片的高调白色占绝对优势，低调黑色占绝对优势，中间调灰色占绝对优势。软调和硬调指反差大小，反差小的为软调，反差大的为硬调。不同影调的获得分前期拍摄和后期制作，前期拍摄自然光和人造光均可。

1. 高调的拍摄方法（图9-24）。

（1）被摄者应穿白色或浅色的衣服。

（2）白色的背景适合浅色衣服，浅色背景适合白色衣服。

（3）使用稍正面的顺光拍摄降低人物面部的光比。

（4）曝光宁可过一点，不得减少曝光。

2. 低调的拍摄方法（图9-25）

（1）被摄者穿黑色或深色衣服。

（2）穿黑色衣服可用深色背景，穿深色衣服可用黑色背景。

（3）拍摄带环境的低调照片可选用深色的背景物。

（4）可适当加用轮廓光，以表现空间感。

（5）人物面部的光比稍大一些，曝光要准确。

3. 中间调的拍摄方法（图9-26）

（1）被摄者衣服、背景、环境色调没有统一要求，光比控制在1∶3左右。

（2）画面的明暗分配要相对平衡，既不可绝对平均，又不要悬殊太大。

（3）根据人物需要选用顺光、侧光或逆光。

（4）要较好地表现人物的层次和质感，影调协调十分重要。

4. 硬调的拍摄方法（图9-27）

（1）人物光比控制在1∶5左右，反差加大，但仍保留层次过渡。

（2）降低中间层次，突出立体感。

（3）取平均曝光值，使亮部和暗部都能较好表现。

▲ 图9-24 白衣服白背景使画面形成高调效果 陈振刚摄

▲ 图9-25 黑衣服、深背景使画面形成低调效果 陈振刚摄

▲ 图9-26 像这种介于高调与低调之间的就称为中间调 陈振刚摄

▶ 图9-27 直射阳光反差比较大，形成硬调效果 陈振刚摄

二、人物肖像摄影的色调

所谓色调是摄影画面的主要色彩倾向,或者说是给观众的色彩印象。人们观赏照片,第一印象是它的色调,当集中注意力欣赏时,才涉及它的内容和构图。色调包括人物衣服的色彩和背景、环境的色彩是否和谐统一等。色调的配置与摄影画面的内容构图紧密相连,所以色彩要为表达一定的主题内容服务。色调有暖色调、冷色调,重彩色调、淡彩色调等。

1. 暖色调的拍摄

利用红、橙、黄色做主色调拍摄,就是我们所说的暖色调,适合表现活泼、热烈、奔放的主题(图 9-28)。

2. 冷色调的拍摄

利用青、蓝、紫色做主色调拍摄,就是我们所说的冷色调,适合表现宁静、肃穆、淡雅的主题(图 9-29)。

3. 重彩色调的拍摄

利用鲜艳、高纯度的色做主色调拍摄,能给观众强烈的色彩刺激和感受,适合表现朝气蓬勃、豪放热情的主题(图 9-30)。

4. 淡彩色调的拍摄

利用纯度低的浅颜色做主色拍摄,能给观众和谐、平静的感觉,适合表现清新、优雅、恬适的主题(图 9-31)。

▲ 图 9-28 画面上暖色占绝对优势为暖色调 陈振刚摄

▲ 图 9-29 画面上冷色占绝对优势为冷色调 陈振刚摄

▲ 图 9-30 画面人物服饰色彩鲜艳为重彩色调 陈振刚摄

▲ 图 9-31 画面色彩淡雅和谐为淡彩色调 陈振刚摄

第四节　人物肖像的柔焦拍摄与眼神光表现

一、人物肖像的柔焦拍摄

通常有些人物脸上的雀斑、皱纹、黑痣等会被清晰地记录下来,为了美观不少摄影者会采取柔焦的方法减弱或去掉脸上的瑕疵,我们称柔化效果。这种方法影楼里面经常采用。影像的柔化同样有两种方法,一种是前期拍摄时获得,另一种是后期制作时获得。

柔焦肖像拍摄制作的方法及注意事项如下:

(1) 使用柔焦镜头拍摄或在镜头前面加用柔焦镜片,柔化层度根据需要选定。

(2) 在 UV 镜上薄薄地涂上一层油脂,千万不要涂在镜头上。

(3) 在镜头前面加上一层黑色的细尼龙袜,一定要绷紧,手动测光相机要加大曝光量。

(4) 在气温比较低的环境拍摄时可对着镜片呵口气再拍摄。

(5) 不管使用哪种方法拍摄柔化照片,始终要准确聚焦后再操作,因为柔化不等于虚化。

(6) 数码肖像可用软件在电脑上修饰脸上的瑕疵或进行柔化处理(图9-32 至图9-35)。

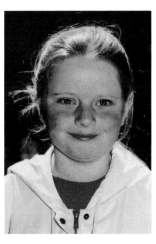

▲ 图9-32 没有加用柔焦镜片,人物脸上雀斑明显　陈振刚摄　　▲ 图9-33 加用了柔焦镜片,人物脸上雀斑淡化　陈振刚摄　　▲ 图9-34 没有柔化处理,人像清晰　陈振刚摄　　▲ 图9-35 在透明滤镜上薄薄地涂了一层油脂,加在镜头前拍摄,人像被柔化了　陈振刚摄

二、人物肖像摄影的眼神光

人们常说眼睛是心灵的窗户,而眼睛是否传神,眼神光起决定作用。拍摄人物肖像不管用什么光源,只要从被摄者的前方布光,眼睛里都会出现反光点,从而构成眼神光。眼睛中显示的反光点视光源的不同,在形状大小和位置上也不相同。同样在室内用闪光灯拍摄,反光可能在眼睛的正中间,使用反光罩或反光伞,就会形成一个反射区,这种反射通常是偏向一边的。如果是多盏影灯,眼睛上可能会出现多个反光点。如果是室内自然光,光线从远离被摄者的窗户照射进来,眼睛里就会出现明亮的小窗影。明亮细小的眼神光表现愉快的气氛和人物的活力,范围稍大的眼神光显得柔和而温存。眼神光的运用需注意以下几点(图9-36、图9-37):

(1) 室内自然光,最好用超过肩膀的窗户照进来的光线制造眼神光。

(2) 室外自然光,用反光板比用辅助闪光灯要自然得多,尤其是拍摄特写照片。

(3) 当眼球出现多个高光点时,需移动灯光位置或调整拍摄角度。

(4) 如果拍好的肖像,眼球出现了多个高光点可通过后期修整。

(5) 眼神光要保证双眼球都有,不能一只眼睛有光,另一只眼睛没光。

(6) 若被摄者在灯光下拍照,眼镜镜片反光时可考虑换一个没镜片的镜架戴上。

▲ 图 9-36　人物的眼睛炯炯有神　陈振刚摄

▲ 图 9-37　自然光下人物的眼神光具有亲和力　陈振刚摄

第五节　典型人像摄影

一、证件人像摄影

证件人像为单个人物头像,以前用 135 胶片相机拍摄,现在大多用数码相机拍摄。人一生要拍多次证件人像,刚出生要办户籍证、独生子女证,不同年龄段要办学生证、毕业证,还有身份证、工作证、医疗证、驾驶证、会员证、参赛证、会议证、评委证、护照等。不同的证件照有不同的要求,身份证照更为严格,比如不能化妆,不能戴饰品,不能戴帽子,耳朵要露出来,要穿深色衣服等。

证件照分黑白和彩色两种,以彩色居多。证件照的背景色分为红色、蓝色、白色三种。尺寸有大 2 寸、小 2 寸、1 寸之分。拍摄证件人像可用人造光,也可用自然光,通常采用顺光或者前侧光拍摄。

拍摄证件人像要注意以下几点(图 9-38、图 9-39):

(1) 被摄者衣着要整洁,深色有衣领较好,正面端坐,两肩平行,双手放在大腿上,视线看照相机镜头。

(2) 摄影者不可过多摆布,要尽可能让被摄者轻松自然,避免拍摄表情呆滞、肌肉紧张的照片。

(3) 照相机与被摄者视线同高,镜头焦距 100 毫米左右最为合适,采用大光圈,以人眼为对焦点,不可加用柔焦镜片。

(4) 证件人像取景时大小比例要适中,头像左右留出的空间要对称,头顶留出的空间为左右空间的 1/2,下边拍至衣服的第二颗纽扣处。

(5) 使用人造光拍摄主光和辅光的光比要控制在 3 : 2 左右,如果需要可加一盏发型灯,白背景不用加。

(6) 使用自然光拍摄同样要有主、辅光效果,通常采用窗口或门口射入的光线,人物处在光线 45 度角位置,头像阴影面用反光板照亮作为辅光。

(7) 无论使用人造光还是自然光拍摄,被摄人物眼球上的高光点只有一个,而且是对称的,不得有多个高光点。

▲ 图 9-38　一寸红底证件照　陈振刚摄

▲ 图 9-39　二寸蓝底证件照　陈振刚摄

（8）背景颜色应在拍摄时一次完成，有人习惯在电脑上置换背景，这样做人像似剪贴上去的，合成的背景色不自然。

二、集体人像摄影

集体人像摄影也称为团体照，少则几十人，多则几百人。比如各种会议合影、毕业生合影等均属于这一类。拍摄表现形式有两种：一种是有首长、领导参加的，要求队形整齐，视线统一，互无遮挡，不管队列是站还是坐，前排中央均为重量级人物，然后依次排开；另一种是没有等级职务之分的合影，形式可以活跃一些，拍摄方法可根据现场气氛而定，甚至抓拍一些生动的场景。

大型的集体人像拍摄都在户外进行。有条件可利用现场的台阶，当然要看当时阳光照射的角度是否符合现场台阶的朝向。通常使用木制梯凳，每个梯凳有三个台阶，每个台阶可站四个人，根据人数多少进行组合。另有一种用角钢制作，这种钢制梯级台阶，可以加高延长，组装拆卸十分方便，能满足千人左右的合影。

拍摄集体人像照相机的选用应根据拍摄人数决定，几十人用专业单反 135 相机没问题，一百人左右得使用 120 相机，超过二百人要使用 4×5 座机，或者将其换成 6×12 的 120 后背拍摄，还可选用宽幅的 135 相机或宽幅的 120 相机，超过千人最好使用摇摄像机。相机的镜头焦距选用标准镜头和中焦镜头，不可使用广角镜头，否则队伍人物会变形。在没有座机和宽幅相机的情况下，可考虑拍接片的方法，数码相机和胶片相机都可以，只是胶片后期要扫描成电子文件，然后在电脑上拼接。不管用哪种相机拍接片,前后曝光要一致,并留出拼接的部分。

拍摄集体人像还要注意以下几点(图9-40至图9-42):

(1)集体合影有领导参加的,前排应摆上靠背凳,贴上姓名,让领导对号入座,同时整个队形以矮、中、高的个子依次往后站,前后排错位站,即后排的人站在前排两人中间,同时注意色彩搭配,不要让相同服装颜色的人集中在一起。

(2)对于拍摄几百人的合影,跨度比较大时,为防止队伍两头人物不清晰,队伍应排成弧形,即队伍前排每个人与相机都是等距离。

(3)拍摄户外集体人像的最佳光线为薄云遮日或阴天的漫射光。晴天阳光灿烂时,尽量避开中午时间和阳光正面照射人物,最好选择前侧光。

(4)为了保证景深和人物的清晰度,应开大光圈对焦,焦点一般对在第二排或第三排人物上,如果只有两排,肯定对在第一排人物上。

(5)拍摄时尽可能使用小光圈,如F16、F22、F32,因光圈缩小,快门速度自然就慢下来了,大都在1/30左右,这时必须使用快门线启动快门,尽量防止相机的震动,哪怕是轻微的晃动。

(6)为了防止晃动,三脚架一定要牢固。脚架的选用要看相机的体积来决定,135相机和120相机配中号脚架,座机应配大号脚架或立柱式带方向轮的脚架。

▲ 图9-40 这种集体人像除了要求被摄人物视线统一外,还要注意色彩配置 陈振刚摄

▲ 图9-41 照片表现了毕业典礼上生动的场面 陈振刚摄

▲ 图 9-42　这种集体人像不必过分强调队形,随意一些更好　陈振刚摄

（7）要达到准确曝光,必须准确测光。要用测光表分别测出入射光、反射光的读数,综合确定曝光组合,也可参考有测光装置的相机测出的数据,用梯级曝光法来拍摄。

（8）为了防止有人闭眼,被摄者要统一视线看镜头,摄影者按快门前要发出信号,随即按下快门,这也是防止被摄者闭眼的有效方法,一般拍摄不得少于三张。

三、婚纱人像摄影

婚纱摄影也称结婚照,在国外非常流行,20 世纪 90 年代传入中国,至今盛行不衰(图 9-43 至图 9-46)。青年新婚夫妇热衷婚纱摄影,中老年夫妇"金婚"、"银婚"的纪念也乐意拍摄婚纱。早期的婚

▲ 图 9-43　拍摄婚纱不仅要表现人物的气质,还要真实再现婚纱的质感　陈振刚摄

▲ 图 9-44　照片上三款婚礼服,有两款为黑色,曝光应以肤色为准　陈振刚摄

▲ 图 9-45 　准确曝光、精确聚焦是准确再现这款婚纱的前提　陈振刚摄

▲ 图 9-46 　拍摄冷色调的婚纱要控制好色温　陈振刚摄

纱摄影仅局限于室内摄影棚,随后转移到室外大自然,也有把新房作为自己的拍摄场地的。

　　婚纱摄影可以请影楼的专业摄影师拍摄,也可以请业余摄影师拍摄,甚至可以租婚纱自己为自己拍摄,前提是要懂得使用照相机和摄影的基本常识。很多现代青年选择参加单位、工会、妇联组织的集体婚礼,几十对、上百对新人拍摄的婚纱照同样喜庆、壮观。总之,不管是被摄者,还是摄影者,双方要加强协商,配合要默契,这样方可皆大欢喜。

四、设计人像摄影

　　拍摄形象设计师创作加工了的人像为设计人像摄影(图 9-47 至图 9-50)。设计人像具有特定的化妆与造型,一般化妆比较浓艳,服装造型也比较独特,有古典的、现代的,甚至有些怪僻的。要拍好设计人像,摄影师除了具有较好的摄影技术外,还必须具备较高的艺术鉴赏力和表现力。通常形象设计师构思创作时,是将特定的人像作为艺术作品来塑造的,摄影师能领会设计师的意图,并产生共鸣,这是拍好设计人像的前提。否则,摄影只是再现而不是表现了。

五、民俗人像摄影

　　我国地域辽阔,人口众多,有五十六个民族,各民族都有自己的民俗风情,而人物又是民俗活动的主要对象,因此,要拍好民俗人像注意以下两点。

1. 熟悉了解各民族习俗活动

　　当外出采风或旅游时,出发前要做一些案头工作。可以上图书馆查找相关的资料,或者上网搜索,内容包括:要去的地方是哪一个民族的聚居地,这个民族有哪些习俗和禁忌,所在地有哪些名胜风景,有哪些民俗节日,在什么季节举行。比如同是 3 月 3 日,黎族为三月三节,湖南苗族为三月三歌会,贵州苗族为射花节,壮族为歌圩节,瑶族为开耕节,侗族为插秧节等。

2. 表现人物的性格特征

　　民俗活动中的人物形象一般在活动现场中抓拍,这样所摄人物形象生动自然。有时也可将拍摄

▲ 图 9-47　这张照片摄于沈阳世博园,重点表现人物头饰　陈振刚摄

▲ 图 9-48　用近景表现超现实的设计手法　陈振刚摄

▲ 图 9-49　用中景表现古典的设计手法　陈振刚摄

▲ 图 9-50　用特写表现人物脸部设计效果　陈振刚摄

意图告知拍摄对象,以取得被摄者的配合。要表现好人物的性格特征,除了被摄人物与其民族职业特征相符外,还可着力表现被摄者的生活环境、服饰、头饰等具有民族特色的道具(图 9-51 至图 9-54)。

六、模特人像摄影

　　模特一般都经过专业训练,具有较好的气质和形象,因此,深受摄影者的青睐。不管是业余摄影爱好者,还是专业摄影工作者,都喜欢把模特作为拍摄对象。除了选美比赛的模特外,有些商业活动也少不了模特参与。像某些品牌的时装发布会,时装模特的表演尤为重要。汽车展销会上的模特更引人注意,所谓"香车美女"就是商家促销的一种形式。诸如高新技术交易会、文化艺术博览会、婚纱摄影展览会等活动既是模特表演的舞台,也是摄影者演练摄影技能的平台(图9-55至图9-57)。

▲ 图9-51　这张照片再现了云南大理火把节的民俗风情　陈振刚摄

▲ 图9-52　"舞龙"的民俗表演是我国很多民族保留的项目。当你看到照片上龙的造型时,可能没注意表演者全是女演员　陈振刚摄

▲ 图9-53　这张是泼水节上拍的照片,一要抓拍生动瞬间,二要掌握好快门速度,1/125秒的速度较好地表现了水花的动感　陈振刚摄

▲ 图 9-54　银制的头饰显示了少数
民族独有的特色　陈振刚摄

▲ 图 9-55　模特发型、服饰相同,气质相似　陈振刚摄

▲ 图 9-56　拍摄汽车模特的集体亮相,尽量避免人物的重叠　陈振刚摄

▲ 图 9-57　浓妆艳抹的模特发现了
镜头,但她并没有躲避　陈振刚摄

本章小结

　　学习人物与肖像摄影,学生除了要熟练使用照相机外,还要学会运用不同的光线塑造人物形象,抓取人物神态表情,做到形神兼备。无论是哪个专题的人像摄影,比如模特人像、民俗人像、婚纱人像、艺术人像等,都有一个抓拍表现的问题,要有个性和风格,切不可雷同。人物、题材、环境不同,表现手法也应有差异。就拿人物来讲,有性别之分、年龄之分、职业之分、民族之分。所以,表现特定人物的特征是本章学习的重点。

思考练习

　　1. 人物与肖像摄影的基本特征有哪些?

　　2. 人物与肖像摄影如何分类?

　　3. 如何用光线塑造人物形象,不同的光线运用拍摄效果有什么区别?

　　4. 怎样处理和运用人物摄影的影调?

　　5. 怎样处理和运用人物摄影的色调?

　　6. 分别说明证件、集体、婚纱、设计、民俗、模特等人像摄影的表现方法。

实训项目

　　1. 分别用自然光、人造光、混合光拍一组人物肖像,突出表现其光位和光效,并分析和比较各自的特点。

　　2. 分别拍摄三张(高调、低调、中间调)人物照片,说明曝光控制方法。

　　3. 利用色彩的冷暖特性拍摄一组冷、暖效果的人物照片。

　　4. 运用所学的人物摄影技艺,拍摄一组人物照片,并说明拍摄构思与过程。

　　5. 选择三个专题人像拍摄(可以是单张,也可以是组照),并说明拍摄构思与过程。

　　6. 根据实训内容写一份 500 字左右的实训报告。

第十章

风光与旅游摄影

学习目标

灵活运用不同摄影镜头拍摄风光旅游照片,通过实践训练逐步掌握选景要奇、取景要精、抓景要快、表景要美,构图布局错落有致的拍摄要领;能够根据不同季节、气候以及旅游地的风光特色等因素,采用不同的拍摄方法来进行风光摄影实践。

风光摄影题材非常广泛,如自然风光、园林风光、田园风光、城市风光等,尤其是在旅途中拍摄各种风光照片颇受广大摄影爱好者的偏爱。不少人以为旅游风光摄影容易,其实这是一个极大的误会,虽然美丽的风景到处都是,但想拍出成功的作品却是很难的。风光摄影是通过摄影艺术手段,撷取大自然的景色,用来陶冶情操,融通情感,寄情于景,以景抒情。因此,摄影者必须具备一定的摄影技术与艺术的功力。

第一节　风光摄影要领

提及风光摄影,我们自然会想到蓝天白云下的景色,远处群山环抱的森林,连绵不断的山丘,浩瀚的海洋,无垠的沙漠、田野和平原等等,全是一片望不到尽头的自然风光。要想拍摄出壮观的风光照片,首先要掌握风光摄影的要领。

一、选景要奇

"奇"是风光摄影艺术的生命线。如果画面被表现得平平淡淡,就不能感染读者。在拍摄某一处风光之前,要仔细观察被摄景物本身,根据自己对客观景物的了解和感受,先在脑海中有意识地想象出最后所要得到的是什么样的摄影形象,如能触景生情,以情去写景,就有利于构思出景美、意新、形式新颖的风光片,其效果以出奇而制胜。

二、取景要精

这是指对风景的取舍问题,就是要从相机镜头所对的庞杂景物中留其精粹、舍弃繁杂。景物的精粹是风光摄影的精灵,如同人像摄影中的抓"神",若不能以景传神,情寄寓景中,风光摄影就失去了生机,变成了没有个性特征的、雷同化了的俗景。取景要精的关键在于要抓住所拍摄风光的特点,选取景物最富有代表性的部分。比如,风光照片必须具备一种强烈的地点意识,它可以通过展示事件、行动以及多少带有地方成分的自然环境加以限定,它可以包括诸如动物、植物、时装式样、建筑物细节等十分显眼且又公认的东西,这些就是风光中最精粹的部分,它给出了某一特定地方的特征。出色的风光照片,能借助于风光的精粹成功地向人们传达出身临其境般的感受。

三、抓景要快

拍摄风光片也要抓住瞬间。虽然风光中的景物看似不动,但其在画面上的造型效果要受多种因素的制约。例如:季节的变化可以改变画面中景物的色调;时间的变化影响着光线照射景物的方向和角度,它将改变画面中线条结构和影调结构;车马行船、人物活动,在风光片中虽然不是主体,但把握不好瞬间会喧宾夺主,等等。所以,在风光片的拍摄中,要求有较强的瞬间观念,以求抓景快,不至于错过最佳拍摄时机。

四、表景要美

景美,是风光摄影的一个重要标志。表景美包括两个方面的含义:一是画面表现形式美,二是体现出摄影家的情思和寓意深邃的意境美。画面表现形式美首先是追求一种扑面而来的整体美,犹如音乐中的主旋律;其次是追求色、光、线、形的细部美,给人以欣赏玩味的起伏感,又好像音乐中的节奏。而意境美是摄影家寄情于景,把人的情感融于自然景物之中,凝结于画面之上,画面上有情有景,情景交融,创造出寓意深邃的意境。

如果我们在初期拍摄阶段还没法做到如上要领时,可以在摄影后期做"裁剪与主题"训练,以提高我们的审美能力(图10-1、图10-2)。

当一张照片拍下来之后,有时为了各种需要,必须进行裁剪,通过裁剪可以突出主题。或有时为了抢拍,把一些不需要的东西拍进去了,影响了画面的整体性,通过裁剪将画面中一些杂乱的内容裁去。

◀ 图10-1a 原件
张少盛摄

◀ 图10-1b 将右边的建筑裁掉保留热闹的人群和灯笼,有节日气氛

◀ 图 10-1c　将热闹的人群裁去,就是建筑群的特写了

▼ 图 10-2a　原件　张少盛摄

▲ 图 10-2b　为了突出店面,裁去右边场景

▲ 图 10-2c　为了突出地域人物特征裁去四周

▲ 图 10-2d 为了突出城墙,裁去上下

▲ 图 10-2e 为了加强画面的整体性,裁去下边零乱之物

第二节 风光摄影的画面处理

一、画面布局

1. 选择画面结构中心

在风光摄影中,对于景物层次众多的风光画面,以气势和气氛为主,内容上难以分清明显的主次,

为了使这样的画面不松散，要选择一个画面的结构中心，用以呼应全局，结成一个有机整体，为主题服务。例如，在风光片中经常选择引人注目的岩石、树木、农舍、灯塔、亭台为结构中心，使它们对前后景物起联系和照应作用（图10-3）。

2. 处理好画面上各景物的位置关系

三维空间的景物在二维平面上展开，则需要摄影者在画面布局上精心安排。画面上各景物的关系除了遵从画面布局的一般规律外，根据风光摄影的表现特点，还要注意到以下几个方面：

（1）自然景物呈现许多线条，如山势的绵延起伏，江河的蜿蜒曲折，田园的阡陌纵横等。摄影者要善于发现这些线条，并把握好它们的节奏。

▲ 图10-3　远处的瀑布与水中间的岩石形成了画面的结构中心　张毅摄

（2）巧妙表现画面各组成部分间的对比，使之在影调或色调的明暗、深浅、浓淡、冷暖等方面形成对比，在它们的虚实、疏密、大小、动静上形成对比（图10-4）。

（3）景物的各组成部分，最后综合起来应该达到均衡与统一，即相互呼应，给人稳定协调、富有韵律的感觉。在对比、统一的关系上，应认识到没有对比，画面就显得单调、呆板；没有统一，画面则显得零乱、松散（图10-5）。

▲ 图10-4　橙黄的迎春条与背景深绿的松针形成强烈对比　张毅摄

▲ 图10-5　高低、水平与垂直的主、副建筑形成对比与统一的和谐　张毅摄

（4）风光摄影表现的是景物的自然美，景致的秀丽奇特，摄影者以景抒情，给人以深远的意境和动人的情调。在画面上，如果各景物之间的距离较小，就会严重削弱表现效果，使人感觉到画面拥挤，令人窒息，韵味和情调也无法萌生。若要表达出风光的秀与美，在画面布局中，各景物间要有足够的距离，情调才有得以畅游的空间。

二、空间表现

自然景物往往占有着深远、宽广的空间，空间意识对风光摄影者尤为重要。既然自然景物的空间在纵、横两个方向展开，风光摄影的空间表现，也就包含两个方面：画面空间深度和平面的表现。对于平面的表现实际上是画面布局各景物的平面配置问题，以上已讨论过，下面主要谈画面空间深度的表现。

1. 线条透视

根据近大远小的透视规律，如要表现画面的空间深度，应该尽量避开水平线条，多利用被摄场景中一些由近而远纵深延伸的线条，如山脉、道路、河流等，这些线条由近向远汇聚，从而把读者的视线由照片的近端引导至远处，造成空间深度。

拍摄点和镜头焦距，可以影响透视效果。面对同一组景物，拍摄位置不同，景物各组成部分的排列方向也不同。水平排列时，完全没有线条透视效果，纵向和斜向排列时，透视效果强；俯拍时，镜头与地面所成夹角越大（拍摄高度越高），线条透视效果越弱，当这一角度达到45°~90°时，线条透视效果已大大减弱，甚至完全消失了；近距离拍摄比起远距离拍摄，前后景物大小对比强，空间感强；短焦距镜头与长焦距镜头相比，能夸大前景中物体的影像，造成远近景物大小影像的对比，空间感强。另外，利用前景，也有助于加强近大远小的透视效果，增强空间感（图10-6）。

▲ 图10-6　利用建筑本身的线条形成透视效果　张毅摄

▲ 图10-7 雾中凤凰城 张少盛摄

2.影调透视

由于空气中的水汽、烟雾、尘埃等,对光线起到一定的散射与折射作用,显得近处景物暗,色调浓;远处景物亮,色调淡;或者说,越近越浓,色调越饱和,景物的明暗反差越大;而越远则越淡,景物反差越低,轮廓越不清晰,色调逐渐变成淡蓝色,最远处的景物往往也淡淡地消失在天际中。而这种影调、色调明暗浓淡的对比,也就衬出远近的空间。但需注意,晴天时,由于尘土、烟雾很少,影调的透视现象很弱(图10-7)。

运用不同方向的光线和不同的滤光镜,会加强或减弱影调透视的效果。顺光时,前后景物受到同等光线的照射,亮度相同,影调透视效果不明显;而逆光时,远景被光线照亮,影调浅,前景几乎得不到光照,影调深,影调透视效果明显。黄、橙、红、绿滤光镜会减弱透视效果,而蓝滤光镜可以加强透视效果。

第三节　风光旅游摄影应注意的几个问题

一、选择合适的季节和拍摄时间

除了学会构图、选择拍摄角度以外,选择合适的拍摄季节与时间也是风光摄影爱好者必须考虑的问题。当你准备外出旅游进行拍摄的时候,最好在外出前上网收集一些当地的资料,以了解在什么季节前去拍摄最好。另外,在一些风景拍摄地,选择合适的拍摄时间也是非常重要的。这里补充说明一下色温的概念。色温不是指色的温度而是指不同的光照,色温不同,对景物照射时会出现不同的色彩现象。因此,选择不同的色温,可以加强类似色相和色调表现的艳丽效果。一般来说,早上,日出时天空呈粉色,偏暖色(图10-8);中午时蓝色的天空,色温高,景物偏蓝色(图10-9);下午日落前,色温低,景物偏橙色。

▲ 图10-8 清晨,城市的尘雾还未消失殆尽,已被罩上一层粉色的光晕 张少盛摄

▲ 图10-9 中午蓝色天空,色温高,景物偏蓝色 张少盛摄

二、根据天气进行准备工作

和在室内拍摄或在城市中拍摄其他景物不同,在野外拍摄,还要做好相应的准备工作。一般来说,除了为相机准备上一个防水、防震的摄影包之外,还应带上一只重量应比相机略重,高度比身高略高,而云台上带有可拆卸扣锁的轻便三脚架。这样不但可以大大提高在暗光线下使用慢速度快门拍摄时图像的清晰度,在一些不好走的路途中,这种轻便型三脚架还可以作为手杖来减轻旅途的疲劳。而如果是在那些阳光非常强烈且温热潮湿的地带进行拍摄,则应该在摄影包中塞一张可以蒙住头的黑布和一个可密封的塑料袋,其中,黑布可以蒙在头上,帮助在阳光强烈的情况下使用数码相机的液晶屏幕进行细致的取景,而可密封的塑料袋,则可以防止在潮湿的环境下水汽进入相机而损坏相机。

另外,如果是要到寒冷地带拍摄,在进行准备工作时,还应该多为相机准备一块备用电池,并自己制作一个含棉的可以将相机整个放进去但能露出镜头的保温袋。一般的,在零下 20 度的环境下,平时常温下可以拍摄 400 多张照片的相机,一次就只能拍摄 20 多张了。因此很有必要对相机进行保温工作。

而如果在一些雨林、农田或高山中拍摄,则应尽量穿可防止穿刺和刮划的长裤,以及具有防水功能和防穿刺功能的 Goel-TEX 面料专业高帮登山鞋。穿着这样的护具,可以有效防止野生荆棘类植物的扎穿和蚂蟥、蚊虫的叮咬,并能减轻足底的压力,防止崴脚。

三、寻找风光中最有价值的看点

和所有的摄影一样,我们要进行风光旅游拍摄,其实仍需要寻找的是其最突出和迥异于其他地方景色的特点而已。例如,黄果树的瀑布之所以出名就在于其水雾磅礴,而金山岭上的长城之所以有无数的人对其着迷,除了文化的原因以外,则在于它具有特殊的形态。而至于青海湖以及稻城亚丁、九寨沟等地的景色,人们倾心于斯则主要是因为它们具有神奇而绚丽的色彩。因此,在我们进行风光摄影创作时,面对一处景物,应找出其最不同于其他地方景色的特点进行拍摄,才能获得令人满意的效果。

图 10-10 是作者青海游的旅游风光摄影组图。8 月份的青海是消暑避夏的乐园,省城西宁有藏传佛教圣地塔尔寺,如果以西宁为圆心,以 200 公里为半径,驱车不过两小时,所有的水光山色,高原奇景都可尽收眼中。夏日,是青海人最欢乐的季节,有花儿会、祭海会、王洛宾音乐艺术旅游节、祁连之夏门源油菜花节,你方唱罢我登场,丰富的文化大餐会令人目不暇接,而此时每年举办的"环青海湖国

a　塔尔寺小喇嘛在辩经

b　变幻莫测的高原风情

c 公路边上随处可见的羊群

d 无边无际的油菜花

e 环青海湖国际公路自行车赛

f 高原峡谷

▲ 图 10-10 青海旅游风光摄影组图 张毅摄

际公路自行车赛",在高原画出一道美丽的彩虹。美丽的风景,流动的车流,热情的观众,构成了高原最靓丽的风景。夏季到西宁,不需要太多的理由,仅仅自然的壮美、人文的博大、宗教的神秘、人民的好客,就会让人感觉到那种母亲般的温暖,而流连忘返。

本章小结

　　风光与旅游摄影的关键在于走出去,亲自感受大自然的壮丽、城市的魅力。初学者可以在一阵外景狂拍后,进行"裁剪与主题"的有益训练,提高审美情趣,为下一次旅游摄影做准备。

思考练习

　　1. 不同的镜头在风光摄影中起什么作用?

　　2. 在取景时如何进行画面布局和空间表现?

　　3. 什么是色温? 早、中、晚的色温有什么不同?

　　4. 如何制订旅游拍摄计划?

实训项目

1. 选择自己最熟悉的一处风景,模拟拍摄符合"春夏秋冬"季节特点的四幅照片。

2. 确定拍摄主题,进行校园风光拍摄练习,并对照片进行"裁剪与主题"的处理。

3. 选择城市公园一角,在早、中、晚进行拍摄练习,并作比较分析。

4. 自拟旅游地,制订详细的拍摄计划,拍摄一组风光旅游摄影作品。

第十一章

时装与首饰摄影

学习目标

　　通过本章的学习，了解与熟悉时装与首饰摄影的基本特点，以及特有的审美追求和技术要领。了解与掌握时装与首饰摄影的基本知识、拍摄方法与基本拍摄技巧，通过一段时间的训练与实践，能够比较自如地针对不同的时装与首饰产品及其展示形式，独立地进行时装与首饰摄影。

　　时装与首饰摄影作为一种特点非常鲜明，感染力十分强烈的专题，有着特别的韵味，特殊的魅力。这是因为，时装与首饰本身就是美的产物，而通过摄影师们的再创造，使得镜头下的时装与首饰更显美丽。这些作品既是美的产物，又是流行时尚的载体，在展示美的同时，向人们传播着时尚的信息。

第一节　时装与首饰摄影的特点

一、现场拍摄与摄影棚拍摄

　　从米兰到巴黎，从东京到圣保罗，从纽约到香港，全球的时尚之都每年都不停地上演着最新时装与首饰的发布会，令人应接不暇。而在上演这些时尚盛宴的同时，也同时进行着时装与首饰摄影的大比拼。各国时装与首饰摄影师们都云集此地，使出看家本领，利用自己的"长枪短炮"，或痴情地进行着艺术创作，或迅速、准确地将这里所获得的最新、最前沿的时尚信息，传遍世界各地。

　　以上所说的主要指的是来自于现场的时装与首饰摄影，也可以说是时装、首饰表演"秀"的现场拍摄。在现场拍摄的偶然性、机遇性较大，往往需要凭借摄影师的感觉和经验才能驾驭。时装与首饰的现场摄影需要摄影师具有敏锐的观察力，对时装、首饰表演的现场气氛和表演内容，对时装、首饰产品的特点以及穿戴在模特儿身上之后产生的实际效果都有准确的估计和把握。而在具体拍摄时则需要反应敏捷，找准角度，抓住瞬间，眼明手快，才可能拍摄出好作品（图11-1）。

　　作为时装与首饰摄影来讲，除开现场拍摄之外，还有一类是在摄影棚内拍摄的。相比之下，在摄影棚内所进行的时装与首饰摄影，其可操控性就强得多，尤其是从拍摄的过程来看，显得从容得多。可以事先根据拍摄的目的，即是拍摄纯艺术性的作品，还是商业性的作品；是根据自身创作的需要，还是根据客户的要求来进行创作，进而制订出详细的拍摄方案，来布置场景，选择时装、首饰，设计人物动态和道具。总之，在摄影棚内进行的时装与首饰拍摄，可以通过摄影者的事先构想和设

▲ 图 11-1　时装与首饰的现场摄影需要摄影师具有敏锐的观察力　陈振刚摄

▲ 图 11-2　在摄影棚内进行的时装与首饰摄影,可以根据拍摄目的制订出详细的拍摄方案来进行拍摄　张小英摄

计,一步一步地去实施,可以通过反复实践、比较来求得最佳的效果(图 11-2)。

▲ 图 11-3　揭示"人"与"物"的内在联系应作为时装与首饰摄影的主要追求之一　陈振刚摄

二、注重揭示"物"与"人"的关系

这里所指的"物"当然指的是时装与首饰,而"人"所指的是时装与首饰的穿戴者,是模特儿。

再时尚、再贵重的时装与首饰也是需要穿戴在具体的人身上才体现出其价值的,作为时装与首饰摄影来讲,也不例外。在探讨这个问题之前,我们不妨粗浅地了解一下人类与服饰的关系。自古以来,服装除具有御寒遮体之作用外,也兼有装饰和美化的功能,饰品就更不用说了。随着社会的进步及文明程度的提高,人们"穿衣戴饰"早已不满足于原始阶段的价值取向,而成为一种精神需求,成为人们日常生活之必需,成为人们审美品味、职业身份,甚至社会地位的一种象征。因此,从某种意义上来讲,拍摄时装与首饰作品,重要的是揭示人与物的内在联系。具体一点说就是要注意表现时装、首饰与穿戴者之间的内在联系(图 11-3)。这是一种相互依存、相互衬托、相互生发的关系,而不是一种喧宾夺主、各自为阵的关系。如果将模特儿仅仅当作一尊"衣架",或者一个模型和摆设来对待,是不可能真正揭示"人"与"物"之间内在联系的,所拍摄出的时装与首饰肯定是缺乏生命活力和感染力的。

当然,在具体拍摄时,既要防止过度突出时装、首饰本身,仅仅将其作为一件孤立的"产品"来对待,也要避免只重表现模特的美貌及娇好的身材,而忽视表现时装、首饰的款式、质地、制作工艺等核心特征。总之,一定要尽力地去捕捉两者之间的内在联系,去表现两者之间的平衡点、契合点,这样的作品才可能是动人的。

三、着力表现时尚文化特点

时装与首饰摄影不论是纪实性的、艺术性的,还是出于商业目的,实际上都有着一个共同的面孔——"美"。尽管这种"美"在不同人的眼里有着不同的解读,但它所记载的时尚气息、时尚文化却是永恒的。

著名时装设计师夏奈尔认为:"时髦并不仅仅是停留在衣服上,时髦在空气中。它是我们的思想方式和生活方式,是我们周围发生的事物。"这说的就是一种文化,一种时尚文化。不管是时装还是首饰本身,都是时尚的产物,而时装与首饰摄影是用图像来展现流行时尚的一种形式,无疑也是一种时尚文化的载体。那么记录、反映与传播这种流行时尚的信息,莫不是时装与首饰摄影的重要职责。

对于摄影者来说,不单要掌握用摄影的造型语汇、手段和技巧来表现时装与首饰的美之本领,更要掌握和了解时装、首饰的文化内涵。既要求摄影者有正确的审美取向,对于时装、首饰良好的理解能力,也要求摄影者具有对时尚潮流的领悟力和整体把握能力(图11-4、图11-5)。而对于商业性的时装与首饰摄影来讲,既要充分调动和发挥个人的创造力,同时更要准确理解设计师的意图,准确领会委托方的具体要求与产品定位,才可能拍摄出真正具有商业价值的时装与首饰作品来。

▲ 图11-4 准确理解时装、首饰设计师的设计意图,准确领会委托方的具体要求与产品定位,是时装与首饰摄影获得成功的重要前提
陈振刚摄

▲ 图11-5 进行时装与首饰摄影的同时,也要重视用镜头来表现时装和首饰的文化内涵
林晓摄

第二节　时装与首饰摄影的技术准备和表现方法

一、了解时装及首饰的基本常识

进行时装与首饰摄影，首先需要了解和掌握必要的时装、首饰基本常识，以便在拍摄中更好地表现时装设计师、首饰设计师们的设计理念和设计风格，才能准确表现出时装和首饰本身所能传达出的审美情趣。

对于时装而言，其品牌定位往往取决于该品牌的消费对象或阶层，比如说是华丽型，还是高雅型，是走青春路线，还是走成熟路线，往往都取决于其消费群体是中年白领女性，还是青年知识阶层。在设计风格确定后，才会确定其时装的面料、色彩、搭配、款型、裁剪方法与制作工艺等等。反过来说，我们在拍摄时装的过程中，如果能够充分注意对时装各个细节作深入刻画，并能够调动一切视觉要素，创造性地将之完美地表现出来，则能够有效地提升和揭示这个品牌时装的内涵与价值。依莲凡登时装是定位于后现代风格的高档时装品牌，摄影师的创作正是围绕这一定位而开展工作的。画面中没有过多的环境渲染，而着力营造一种冷漠、孤独的后现代风格和氛围。以黑色的衣服和黑色的地毯来衬托乌克兰籍模特白皙的皮肤，以放松的肢体和凌乱的衣服来表达生活的随意、轻松。其实，此时的服装已经不重要，重要的是揭示了一种生活方式、生活态度，诠释着一种生活感受（图11-6）。

首饰摄影也是同样的道理。在拍摄之前，有必要了解一下首饰的基本常识或佩饰文化。比如，耳环、项链、头饰、挂件、吊坠等各有何功能与作用，其造型特点是什么，其质地是翡翠、黄金，还是钻石、珍珠，其佩戴的部位与衣服的搭配有何讲究等等。能够事先了解和掌握这些基本知识，对于拍摄来讲

▲ 图 11-6　依莲凡登时装　张小英摄

无疑将产生积极作用,尤其是对于时装、首饰文化内涵的表现来讲,以及避免一些常识性错误的出现,可说是有百利而无一害的(图11-7)。

而从技术与工艺层面来了解一下时装的特点,也是拍摄之前应做的一些功课。我们所拍摄的时装,是表现女性自然柔美的淑女型时装,还是无拘无束、自由随意的休闲型时装;是上身合体裹身,腰部向下放开,整体连贯的 A 字型时装,还是强调肩部造型,下身采用贴身收缩造型,以烘托出高雅气质的 Y 字型时装等等,都应该逐一熟悉。

▲ 图 11-7　进行首饰摄影之前,也有必要了解一下首饰的基本常识或佩饰文化　张小纲摄

同时,还应了解一些不同材质的时装面料之基本特性,以利于在拍摄时能够准确地表现出其特有的质感,肌理、亮度和色彩。比如,皮革面料一般有较强的光泽,质感厚重,受光部分容易出现强烈的高光,拍摄时就应考虑避免用直射光去表现,而采用漫射光来处理效果会好些。拍摄裘皮面料的时装,重点应表现其松软的感觉,并通过这种感觉的表现来传达出一种富贵的气息。

俗话说得好,不打无准备之战。正是有了这些准备之后,我们在具体拍摄时才可能从容些,才能够根据拍摄时的实际情况迅速做出决定,即应在何种光源、何种距离、何种角度下进行创作,这样无疑会多一份成功的把握。

二、时装与首饰摄影的技术准备与拍摄角度选择

在进行时装与首饰摄影之前,做好、做足技术准备工作是非常必要的。

一般来讲,用于产品品牌宣传和推广等商业目的的时装摄影多在摄影棚内拍摄,或选择在环境优美的外景拍摄。在这种条件下,往往将背景布置得相对单纯而富有情趣,模特儿也相对精力集中、情绪放松。在拍摄之前,摄影者最好能针对时装的主题风格、对这组作品的理解、拍摄的基本构思与模特儿作一次全面的沟通,以使双方在达成共识的基础上,能够在拍摄过程中形成一种配合默契的关系。有了这个基础,才可能使模特儿通过自己的思考,用自己特有的表情及形体姿态,用最佳的表现去演绎作品的内涵,反过来也能为摄影者捕捉最佳瞬间提供更多的机会(图11-8)。

不论在摄影棚里拍摄时装作品,还是在时装表演会、时装发布会上拍摄时装,除了要解决好拍摄其他专题必须要解决的问题之外,最重要的莫过于对角度的选择。选择最适合表现时装、首饰个性特质的角度,选择最能揭示时装、首饰的品位和审美取向的角度进行拍摄,是作品能否成功的另一个关键(图11-9、图11-10)。

时装摄影所追求的应是时装与人的最佳结合,既能揭示人物的内心气质,又能将时装特质、时尚气息表现得淋漓尽致。但实际情况却告诉我们,不是所有的角度都适合表现这种效果,所以需要我们用智慧的眼睛去选择,去发现。

▲ 图 11-8　例外时装　张小英摄

▲ 图 11-9　凝视　谭璇摄

▲ 图 11-10　选择最适合表现时装、首饰个性特征和审美取向的角度进行拍摄，是作品能否成功的重要环节　谭璇摄

　　在摄影棚里拍摄时装作品，多采用平视的机位来拍摄，即使拍摄再高档和昂贵的时装也多是这样。平视机位所拍摄出的作品，在视觉上能够拉近时装与消费者之间的距离，使时装更容易为观赏者接受，为消费者所接受（图 11-11）。

▲ 图 11-11　平视机位所拍摄出的作品，在视觉上能够拉近时装与消费者之间的距离　谭璇摄

▲ 图 11-12　蝴蝶梦　谭璇摄

当然,低视点的仰拍和高视点的俯拍也时有出现,所表现出的作品,更具视觉冲击力,多见于以艺术表现为主的时装摄影作品之中。《蝴蝶梦》是一组藏式风格服装,给人大气、安宁的感受。模特儿直板长发,齐眉刘海,发型与服装的披肩款式都非常相似。大尺度的披肩直落脚踝,如果采用平拍的方法难以显出服装的气势。摄影师有意安排模特儿站在高台上,以低视点作大的仰拍,来突出整套服装的造型特点(图11-12)。

总体来讲,摄影棚及室外环境的时装摄影可选择的拍摄角度较多,为摄影者提供了较大的发挥空间。

而对于时装表演会、时装发布会的现场拍摄来讲,其拍摄角度的选择范围较小,选择的难度就大得多。这是因为一场精彩的时装表演本身就会吸引很多观众以及摄影师、摄影爱好者前来欣赏和拍摄,人满为患往往限制了角度选择的可能性。另外,一般的T型台表演大约在50米左右,T型台的上端为背景墙,实际拍摄的位置选择只能在T型台两侧或正前方,可供选择的角度十分有限,在表演过程中更不可能来回走动去调换拍摄点。因此,事先占据有利位置,选择和安排好拍摄角度至关重要。当然,能够临场应变,即兴发挥得好也能获得理想效果。

首饰摄影的角度选择,多是通过调整产品本身的摆放位置和拍摄角度来实现的,相比之下就要简单得多,而能够最完美地表现首饰特征的角度仍然依赖于我们的认真观察(图11-13)。

▲ 图11-13 首饰摄影的角度选择,一般是通过调整产品本身的摆放位置和调整拍摄角度来实现的 张小纲摄

三、时装与首饰摄影中应注意的几个问题

在时装表演会和时装发布会上进行现场拍摄,除了要重视角度的选择之外,还面临着拍摄时机的把握问题。把握好这些带有规律性的瞬间或时机,才可能拍摄出令人满意的作品。从时装表演的规律来看,模特儿从幕后走出一般会有一个在底台的出场组合造型,这可谓是第一个拍摄时机。当模特儿在美妙的音乐陪伴下,踏着"猫步"款款走到台中时,可谓第二个拍摄时机。而当模特儿走到台前时,都会有一个规律性的"亮相"动作,即做出一个优美的造型,这是第三个最佳拍摄时机。当然,摄影者也可根据现场的实际情况灵活掌握,即兴发挥往往也能获得意想不到的效果(图11-14)。

在摄影棚或室外特定环境下的时装摄影同样也有一个抓拍最佳瞬间的问题。要求摄影者能够在相对固定的情况下,捕捉到模特儿最佳的动态、最佳的表情,这是作品能否具有神韵、具有感染力的重要环节。作为摄影者还要善于调动模特儿的情绪,还要善于利用与时装相呼应的包、帽、伞、桌子、椅子等道具,来烘托整个画面的气氛(图11-15、图11-16)。

不论是在时装表演会、时装发布会的现场拍摄,还是在摄影棚或特定环境下的拍摄,时装摄影师们都会借助三角架来固定照相机,以获得照片的最佳清晰度。但更多采用的是活动范围更大、更为自

▲ 图 11-14　时装表演会上的现场拍摄，要注意捕捉模特儿最佳造型和最佳表情的瞬间　陈振刚摄

▲ 图 11-15　在摄影棚或室外特定环境下进行时装摄影时，摄影者要善于调动模特儿的情绪，使其也参与到创作中来　谭璇摄

▶ 图 11-16　IBIZA 手袋（时尚产品摄影）用女性的腿部作为支撑点形成金字塔造型，构成一幅稳定的画面。手袋放在腿上需要用一根白线将其稳定住，拍摄完成后再在后期制作阶段将白线处理掉　张小英摄

由的手持照相机拍摄。尽管手持照相机来拍摄其稳定性难以控制,但选择拍摄角度的自由度却大为增加。从实际情况来看,随着模特儿表演情绪及表演现场气氛的变化,摄影者自身的情绪也会随着变化。此刻,摄影者更需要一种相对自由放松的拍摄状态,更希望能进入一种用自己的镜头与时装和模特儿直接对话的忘我境界,而只有手持照相机进行拍摄才具有这种可能。

当然,保持相机的稳定性也是必须做到的。其基本要领是拍摄时尽量屏住呼吸,以减少呼吸对相机产生的影响,而正确的拍摄姿势也有助于照相机的稳定。另外,时装摄影大都是在灯光下进行,调整相机的色温及感光度都是事先必须考虑好的。

第三节　时装与首饰摄影的基本技巧

一、时装与首饰摄影的布光技巧

以光来造型在时装摄影中显得尤为重要,模特儿及身上的时装能否"神形兼备",很大程度上取决于光线的烘托作用。

在摄影棚内拍摄时装作品,可以比较从容地来布置主、副光,巧妙地安排眼神光、发型光、脚光、轮廓光、背景光等,必要时还可加用闪光灯及反光板来丰富主体的明暗层次,增加细节的表现力(图 11–17)。

主光一般设置于人物前方,呈 45 度角向主体照射。副光的作用,主要用于照亮主体的背光部,使主体部分的明暗对比柔和一些。而背景光主要照射背景部分,但亮度不能超过主体受光部分的亮度,使主体与背景之间有一定空间距离,能起到突出主体、增强画面的层次、丰富画面的影调的作用。轮廓光一般置于主体后上方,要求亮度高且光束集中,主要用于勾勒主体的外轮廓,也有利于进一步强化主体与背景之间的空间层次。

《花儿开了》作为一张时尚摄影作品,其特点是通过手捧花束的模特儿,并做出夸张的肢体动作来表达一种青春的活力。在布光上,采用顶光照射,形成光线自上而下向下倾泻的效果,加强动感的渲染。另外,在花束位置增加了一辅助光,重点表现花的层次感(图 11–18)。

《残荷》中的服装以咖啡色与褐色为主调,摄影师采用白色背景,以闪光灯配柔光罩作为主光,照射主体全身,在后侧再加一闪光灯提亮背景。另外,在人物右侧上方加聚光灯提亮面部,使头部及头饰的阴影自然落在左侧,产生影影绰绰的投影,象征着顽强的残荷在生命的尽头还迎风不倒,在阳光照耀下仍风姿绰约(图 11–19)。

至于时装表演会与时装发布会现场灯光的布置,不受拍摄者控制。由于模特儿在表演过程中游走于 T 型台的前后之间,所处的光环境不一,既有顶光效果,也有侧光效果,既有顺光效果,也有逆光和追光效果,其变化也是十分有趣的。抓拍最佳的瞬间,从某种意义上来讲,也不失为另一种对光的选择(图 11–20)。

一般来讲,顶光能够产生一种神秘的感觉,但容易使脸部处于阴影之下而显黑。侧光有利于表现主体的体积感,顺光有利于棉质时装材质的刻画,而逆光适合表现羊绒、裘皮、蕾丝等时装材质。

在拍摄过程中,应尽量避免各种主副灯的光源直接射入镜头,可选用遮光罩来减少各种杂光的进入。至于首饰摄影的关键在于用光来突显主体的质感及制作工艺的精良。

二、时装与首饰摄影的质感表现技巧

细致入微地刻画时装面料的质感也是表现时装的档次、质量,品位和风格的具体需要,有经验的

▲ 图 11-17　在摄影棚内拍摄时装作品，需要认真设计、周到布置主副光源　谭璇摄

▲ 图 11-18　花儿开了　谭璇摄

▲ 图 11-19　残荷　谭璇摄

▲ 图 11-20　模特儿在行进表演中，所处的光环境不一，对于拍摄者来说依然存在对光进行选择的机会和条件　陈振刚摄

时装摄影师往往会在这方面下很多工夫。

　　丝绸面料的时装会呈现高光部分,在运动中常会产生一闪一闪的亮光,利用中等强度的直射光来表现这种特质,往往能收到不错的效果。而遇到全棉质地、亚麻质地的时装时,最适合用正前方与正前侧的直射光来进行拍摄(图11-21)。

　　拍摄具有透明感的薄纱面料时装,可在逆光条件下进行拍摄,让背景尽量单纯,色调深暗一些,以突出薄纱的透明与轻盈以及若隐若现的神秘感。

　　拍摄裘皮类时装、绒毛类时装可采用深色背景和逆光进行拍摄,均能取得较好效果。

　　为了更好地表现时装的面料材质,也可在实景拍摄时选用一些与时装面料形成鲜明对比的背景、道具来反衬,往往能取得不错的效果(图11-22)。

▲ 图11-21　遇到全棉质地、亚麻质地的时装时,一般安排正前方与正前侧的直射光来进行拍摄　谭璇摄

▲ 图11-22　在实景拍摄时选用一些与时装面料形成鲜明对比的背景、道具来衬托,往往能取得不错的效果　谭璇摄

▲ 图11-23　获得较高的画面清晰度是进行首饰摄影的第一要求　张小纲摄

▲ 图11-24　选用不同颜色和质地的背景来烘托主体的质感,也是拍摄首饰产品的常用方法　张小纲摄

对于首饰摄影来讲，除了确保较高的清晰度之外，注意选用不同颜色和质地的背景来烘托主体的质感，也是摄影师们经常采用的方法（图11-23、图11-24）。

三、时装与首饰摄影的画面处理技巧

任何体裁的摄影创作都会遇到画面处理的问题，只是在时装与首饰摄影这个专题中显得更为重要罢了。尤其是在时装表演会与时装发布会上的现场拍摄，会遇到一些事先难以预料到的情况和局面，现场的随机应变与事后的画面处理，往往能够取得决定性的效果。

首先是处理好模特儿与时装这个主题的关系。实际拍摄时，往往很难"平衡"好两者的关系。其实，只要仔细研究，可以发现使画面中的"人"的吸引力让位于"时装"的吸引力也是有规律可循的，是需要一些处理技巧的。其一是如果模特儿的头部呈正面，那么此时的表情一定不可过于张扬，而应尽量含蓄，或以适合的道具来进行遮挡，以求得"时装"的突出（图11-25）。

其二，是当"时装"在灯光的照射下呈亮色调时，可考虑将头部处于阴影之中，既增强了画面明暗的对比，也可增强画面的虚实对比。《扣》中的模特儿内着露脐斜裁小背心，腰系银色时尚皮带，上衣似坎肩层层叠叠，衣边随意飘忽着几许线头。整体感觉含蓄雅致，又带几分休闲与飘逸，在静态中流露出青春的律动。摄影师为追求画面的色彩统一，使用了灰色无缝背景纸，将弱主光从左侧投射在模特儿身上，以表现上衣的层次感及皮带的质感。有意将人物头部安排在阴影里，自然会使观者的全部注意力都集中在服装之上（图11-26）。

▲ 图11-25　以适合的道具来遮挡人物面部，以求得"时装"的突出
谭璇摄

▲ 图11-26　扣　谭璇摄

▲ 图11-27　模特儿的背部也极具表现力　陈振刚摄

第三种情况是，可将模特儿的头部尽量以仰头和低头的姿势出现在画面之中，或以正侧、3/4侧，甚至背对镜头的方式来拍摄，以突出"时装"本身（图11-27）。第四种处理技巧就是专事细节的表现，通过精心构图或后期的裁切处理，使模特儿在画面中呈不完整状态，比如在画面中只出现人体的某一个局部，而完整地突出首饰、腰饰、文身、背部、裙摆、妆容等等（图11-27、图11-28）。

不论是在宏大的时装表演场合，还是在布置得美轮美奂的摄影棚内，能够敏锐地抓住这些细节，以细节来展示时装的魅力，常能获得意外效果。而对于首饰摄影来说，靠细节取胜则成为一条定律。《卡迪奥红宝石》堪称首饰摄影中的精品。画面拍摄的是天然红宝石，宝石的打磨工艺和挂件造型都非常有水准。作品既要表现金属的质感和宝石的质感，也要让每颗宝石都有体积感和光感，为此，摄影师通过反复调整光源的角度和产品的角度，使主光源的位置能够照顾到所有要表达的所有细节后，才按下了快门。由此可见，一幅精美的画面，也需要像磨制宝石一样，精雕细琢才能获得（图11-29）。

▲ 图11-28 兆亮珠宝形象 摄影师为了重点突出首饰产品，只选取了模特儿的一个局部进行拍摄。前景光用硬光直射人物头部的侧面，再用反光板将耳环和项链照亮，背景光用遮挡的方法打出斑驳的光影。头部强烈的对比反衬出首饰的光亮质感，而斑驳的背景光影增添了画面的生气 张小英摄

▲ 图11-29 卡迪奥红宝石 张小英摄

本章小结

时装与首饰摄影作为一种特点十分鲜明的专题摄影,具有广泛的适应性和应用前景。它不但表现着美的元素,也传播着时尚的信息与时尚文化。同时,它又有着较高的技术含量与技能要求,需要摄影者不单具备较全面的艺术素质、审美修养与文化底蕴,还要培养自身敏锐的观察力、准确的判断力以及坚定的执行力,善于临场应变、反映敏捷以及具有熟练的拍摄技能。

思考练习

1. 简述时装与首饰摄影的主要特点。

2. 商业性时装与首饰摄影的基本规律有哪些?

3. 简述时装的现场拍摄与摄影棚拍摄有哪些区别?

4. 在摄影棚里拍摄时装作品,一般采用何种拍摄角度为好?

5. 所谓做好时装与首饰摄影的技术准备,主要是指哪些方面?

实训项目

1. 参加一次时装表演会或时装发布会,并在现场拍摄一组作品。

2. 实际参与摄影棚内的布光,拍摄一组不同光线下的时装摄影作品,并作比较分析。

3. 根据一时装品牌的风格与定位,制订其宣传推广图片的拍摄方案(摄影棚拍摄或外景地拍摄均可)。

4. 严格按照所制订的拍摄方案,独立或组成团队完成方案所规定的拍摄任务。

第十二章

花卉与昆虫摄影

学习目标

通过本章的学习,首先要了解花卉与昆虫的分类及其生长规律,学会辨别木本和草本、益虫和害虫等,进一步掌握几种常见花卉和昆虫的摄影技巧。比如桃花、月季花、菊花、荷花、梅花、昙花,蝴蝶、蜻蜓、螳螂,蜂虫、蜡虫、蝉虫等。

在摄影艺术中,花卉摄影和昆虫摄影是两个独立的门类,但它们又相互联系,互为依托。花卉与昆虫为伍,昆虫以花卉为伴。在一些优秀摄影作品中,我们时常能在同一幅摄影画面中看到,花儿婀娜多姿,虫儿妩媚多情。摄影者敏锐的观察力和巧妙的构图组合,是使作品更加生动、引人入胜的关键。

第一节　花卉与花卉摄影的分类

花卉有成百上千种,而且不断有改良品种问世。其中牡丹、荷花、梅花、茶花、芍药花、桂花、杜鹃花、兰花、菊花、水仙花被评为中国十大名花。除此以外,还有很多花卉都是摄影者拍摄表现的对象。

一、花卉的分类

花卉有天然生长和人工栽培两大类,按季节分有春兰、秋菊、夏荷、冬梅之说;按生长习性分有草本、木本、球根、宿根、水生等。

1. 草本花卉:鸡冠花、吊兰花、海棠花、牵牛花、凤仙花、天竺葵、一串红、雏菊、金盏菊等。
2. 木本花卉:桃花、茶花、迎春花、月季花、腊梅花、牡丹花、丁香花、海棠花、白兰花、茉莉花等。
3. 球根花卉:郁金香、美人蕉、凤仙子、马蹄莲、水仙花等。
4. 宿根花卉:菊花、芍药花、兰花、葱兰、石菖蒲等。
5. 水生花卉:荷花、睡莲、王莲、水竹等。
6. 仙人掌花卉:仙人球、昙花、蟹爪兰等。

二、花卉摄影的分类

花卉摄影分为郊野花卉摄影、园林花卉摄影、盆栽花卉摄影、瓶插花卉摄影。

1. 郊野花卉摄影

郊野花卉有油菜花、向日葵花、樱花、桃花、梅花、山茶花等，到了开花季节，漫山遍野地竞相开放，用中景、远景拍摄尤为壮观。背景可选择远山、村庄、丛林、天空等。户外的晴天、阴天、雨天、雾天、雪天都适合拍摄，而且能表现不同的光线效果和意境（图 12-1）。

2. 园林花卉摄影

园林花卉品种繁多，不同花卉在不同的季节开放，给摄影者提供了众多的创作题材。园林花卉大多在公园、植物园，还有在温室大棚，主要利用自然光来拍摄，不受时间、天气的限制。实践证明，清晨和傍晚的侧光及逆光是最佳光线，适宜表现花卉的层次和质感、立体感。中午的顶光也不是最差的光线，如果平角从花卉的侧面拍摄其效果比俯拍要好得多。背景可现场选择，也可人工布置。有色的纸或布都可以作背景使用，但一定要注意色彩配置，突出花卉主体颜色。有必要可喷洒点"露珠"，也可以使用人工辅助光，如果在有风的情况下还需使用三脚架和挡风板（图 12-2）。

▲ 图 12-1　选择大片油菜花作前景，将焦点对在远处的房子上，使之成为视觉中心，画面再现郊野的宁静　陈振刚摄

▲ 图 12-2　梅花开放，画面展现的是春天即将来临的气息。像这样大面积的梅林还不多见，远处山上的亭子既点缀了画面，又表现了空间距离　陈振刚摄

3. 盆栽花卉摄影

盆栽花卉大多属于名贵品种，为人工精心培植，各种盆栽花卉为摄影者提供了大量的拍摄机会。盆栽花卉的摄影相对郊野花卉、园林花卉的拍摄要灵活得多，尤其摄影用光方面，室外自然光和室内自然光的拍摄，室内灯光和混合光拍摄，均可随心所欲地操作。在拍摄角度的选择上，相机和花盆可以人为地互动，直到摄影者满意为止。这里要提醒的是背景的选用仍要注意色彩的和谐与对比关系，同时室内灯光拍摄时控制好色温（图 12-3）。

4. 瓶插花卉摄影

瓶插花卉摄影不仅仅是一门技术，也是一门艺术。很多插花比赛的同时举办插花摄影比赛。插花是一个创作过程，插花摄影又是一个再创作的过程。瓶插花适合拍整体造型，也可拍局部特写，用光方面与盆栽花卉摄影基本一致。不管是用人造光还是用自然光拍摄，都要注意消除瓶子的反光。目前大多数花瓶是用玻璃和陶瓷制作，亚光陶罐拍摄时反光小得多。为了消除反光最好使用柔和的闪射光，方法是在灯光前面加柔光纱或者硫酸描图纸，还可以把被摄物体放到无影罩中拍摄（图12-4）。

▲ 图 12-3 花盆里的花竞相开放,在阳光的照射下娇紫嫣红。拍摄时将花衬托在深色的背景上,以花的亮度曝光 陈振刚摄

▲ 图 12-4 这是一件插花习作,摆放在摄影台上,用自然光拍摄,作者将花和蔬果组合在一起也算是一种创意 陈振刚摄

第二节 几种常见花卉的拍摄

一、桃花的拍摄

桃花在每年春节期间开放,南方又早于北方。桃树先开花后长叶,花朵重瓣的多于单瓣。花色以桃红为主,也有深红和白色的,还有一些品种花色为红白相间或红粉相间,十分娇美。由于桃花只有十天左右的花期,中期拍摄桃花比较理想,可将盛开的花朵和含苞待放的花蕾及叶子的嫩芽同时摄入画面。如果能以蓝天或大片的绿树做背景,桃花将更加艳丽清新(图 12-5 至图 12-8)。

▲ 图 12-5 用绿色的丛林作背景来衬托桃花,形成色彩对比,桃花在绿色的映衬下更加鲜艳夺目,摄影者为了突出桃花还有意虚化了背景 陈振刚摄

▲ 图 12-6 树枝上的六朵桃花姿态相同,却错落有致,摄影者通过取舍将花儿组合成和谐的整体 陈振刚摄

▲ 图 12-7 这张照片拍摄的是一棵嫁接以后的桃树,两根枝条上开出来两种颜色的桃花,构图新颖,对比中有差异 陈振刚摄

◀ 图 12-8 画面干净简洁,三朵花三个姿态,尤其是下面的两朵,一朵含苞欲放,一朵已露出笑脸 陈振刚摄

二、月季花的拍摄

月季花品种繁多,姿态各异,花朵均开在花枝顶端,但花的颜色和花的造型有所区别。颜色有单色、重色、复色,大多为红橙、黄绿,还有蓝、紫、白色。造型以圆形、球形居多,椭圆形、塔形其次。月季花色彩鲜艳,千姿百态,拍摄时的色彩搭配、姿态构成十分重要(图 12-9 至图 12-12)。

▼ 图 12-9 白色的花衬托在黑色背景上更加醒目突出,只是人工喷洒的“露珠”稍多了一点,显得不太真实自然 陈振刚摄

◀ 图 12-10 散射光拍摄,较好地表现了花瓣的层次质感 陈振刚摄

▲ 图 12-11 将相机倾斜,让画面成对角线构图,把焦点对在中间的花瓣上,水珠控制得比较好 陈振刚摄

▲ 图 12-12 一般顶光不适合拍照,但这张顶光照片使花朵的层次感更强 陈振刚摄

三、菊花的拍摄

菊花现有上百种，主要有独本菊、三本菊、大立菊、悬崖菊这四种。独本菊一株一花，亭亭玉立于顶端；三本菊一株三花，丰韵、美观、清秀；大立菊一株开花几百朵，花团锦簇、造型美观；悬崖菊花枝向下伸延，自然流畅，造型似孔雀开屏。拍摄菊花，重点应表现其洒脱、飘逸的风姿，冰肌玉骨的气质（图12-13至图12-16）。

▶ 图12-13 拍摄这样的画面效果，一是要精确聚焦，二是要准确曝光 陈振刚摄

◀ 图12-14 画面下方的小花蕾成了稳定构图的点睛之笔 陈振刚摄

▲ 图12-15 "萝卜丝"状的花瓣呈放射状，似即将绽放的礼花。如拍摄角度再俯一点会更好 陈振刚摄

▲ 图12-16 大胆的裁割，使构图十分别致。拍花卉的局部是摄影者常用的手法之一，这应该称得上花卉的特写了 陈振刚摄

四、荷花的拍摄

荷花品种有几十个，按其用途可分为观赏花莲、食籽的子莲、食茎的藕莲三类。供观赏的荷花品种有：并蒂莲，花朵并生，粉红色；碧绛莲，花重瓣，有紫色条纹，边沿为白色；大碧莲，花重瓣，淡绿色。除此之外，还有金边莲、千叶莲、洒金莲等。拍摄荷花时，可用绿色的荷叶，蓝色的天空，碧绿的水面衬托不同颜色的荷花。还可将蝴蝶、蜻蜓、蜜蜂、小鱼、小鸟摄入画面（图12-17至图12-20）。

▶ 图 12-17　为了突出主体,这张照片后期作了剪裁,画面表现了"形影不离"的主题　陈振刚摄

◀ 图 12-18　为抓拍逆光下的小蜜蜂,作者拍了近 10 张,这是其中比较满意的一张。使用尼康 F4 相机,200 mm 镜头、f2.8 光圈、1/125 秒,相机固定在三脚架上拍摄　陈振刚摄

▲ 图 12-19　人们把一根杆子上开两朵荷花称为并蒂莲花,并蒂莲比较少见,是摄影者热衷拍摄的对象。因这对并蒂莲开在荷塘中间,当时用 400 mm 的镜头加 2 倍增距镜、f5.6 的光圈拍摄　陈振刚摄

▲ 图 12-20　不是荷花发光,是太阳为荷花增添了光辉,这就是阳光造型的魅力　陈振刚摄

五、梅花的拍摄

　　梅花大约有两百多种,按枝杆形状和花的姿态颜色可分为直脚梅类、梅杏类、照水梅类、龙游梅类。最常见的是直脚梅,品种越稀有越名贵。梅先开花后长叶,大多在早春前后开放。花形有单瓣、复瓣和重瓣之分。花色有红、粉、白、紫等。梅花枝杆苍劲,错落有致,摄影者如能巧妙地取舍构图,其疏密、曲直、风骨、神韵犹如绘画(图 12-21 至图 12-24)。

▲ 图 12-21　把焦点对在红色开放的那一朵梅花上,让白色的梅花虚化退远,清晰部分成了视觉中心　陈振刚摄

▲ 图 12-22　粗壮的树枝上梅花竞相开放,生机勃勃,低角度以天空为背景进行拍摄　陈振刚摄

▲ 图 12-23 冬日庭院墙脚边一片腊梅盛开,散发着淡淡清香,吸引了不少游客驻足观赏拍照 陈振刚摄

▲ 图 12-24 这是一幅摄画合成的梅花照片。展厅里挂了一些表现梅花的国画,国画前放有梅花盆景,由于展厅光线比较暗,摄影者没带三脚架,只能用镜头的最大光圈 f3.5,身子靠在墙边,用 1/15 秒快门速度,焦点对在平面国画的假梅花上,红色的真梅花不在焦点上却不同程度虚化。当时使用胶片拍摄,照片冲洗出来后发现这幅新作别有意境 陈振刚摄

六、昙花的拍摄

昙花为常绿灌木,叶退化呈针状,花大,白色,开花的时间很短,只有一个小时左右,所以人们常用"昙花一现"比喻事物一出现很快就消失。昙花不仅花期短暂,而且在夜间开放。因此,需要摄影者在昙花开放期间密切注意观察,否则,就错过了拍摄机会。另外,由于昙花是在夜间开放,只能采用人造光拍摄,比如现场灯光、电子闪光灯等。灯光拍摄尤其要注意曝光量的控制,曝光过度或不足都很难表现昙花的质感(图 12-25 至图 12-28)。

▲ 图 12-25 昙花系列一 昙花在夜间开放,只能用灯光拍摄,但要注意尽可能选"干净"的背景 陈振刚摄

▲ 图 12-26 昙花系列二 稍开的昙花,侧面拍摄 陈振刚摄

▲ 图 12-27　昙花系列三　盛开的昙花硕大洁白,采用正面拍摄　陈振刚摄

▲ 图 12-28　昙花系列四　昙花盛开之后逐渐萎缩,全过程 2 个小时左右　陈振刚摄

第三节　昆虫与昆虫摄影的分类

大多数摄影者,包括专业摄影师和业余摄影爱好者,拍摄的题材多是人物、风光类,涉足昆虫摄影的人并不多。但是当我们接触了昆虫摄影,发现了昆虫的奥秘,将会其乐无穷。

一、昆虫的分类

1. 按行动方式分
昆虫有飞行和爬行两大类。飞行昆虫有翅膀,飞行速度相当快;爬行昆虫大部分是软体的,在地面活动居多,有的隐蔽在地下或掩体下。另外有一种情况是某些飞行昆虫幼虫期是软体爬行的,成虫期就变成飞行的了,比较典型的是蛾虫。通常,爱好昆虫的摄影者,特别热衷飞行昆虫的拍摄,类似蜻蜓、蝴蝶等。其实,爬行昆虫也值得拍摄。

2. 按生存习性分
昆虫的另一种分类方法是看它是否对大自然、人类有益处,这就是我们常说的益虫,否则就是害虫。比如蝗虫、白蚁就不是我们保护的对象。准确识别昆虫必须具备一定的专业知识。比如说蜘蛛,不少人把它当作昆虫的一个种类,其实它是节肢动物。

二、昆虫摄影分类

1. 室外昆虫摄影
昆虫摄影主要在室外进行,野外、郊区,比如沼泽、公园、苗圃、湖边、菜地、水塘、丛林、杂草丛生的荒地,都是昆虫出没栖息的地方。在这些地方拍摄,要了解不同环境、不同季节、不同时间,哪些昆虫最活跃。大部分昆虫白天活动夜间休息,少数昆虫白天休息夜间活动。掌握了它们的生存规律和习性,拍摄的成功率要大得多。不过,室外拍摄昆虫有一定难度。首先,摄影者必须有健康的身体和耐心,同时要有敏锐的观察力。昆虫自我保护意识特别强,有的通过变色与环境混为一体,很难接近,一旦受到惊扰就会逃之夭夭。

室外昆虫摄影注意事项包括:

(1) 风和日丽的晴天外出拍摄最好,这种天气昆虫特别活跃。

(2) 野外拍摄要做好防护,最好穿长袖衣裤,必要时可带防护眼罩。

(3) 春季野外可能会碰到蛇,千万不要惊扰它,可设法绕道走开。

(4) 在杂草丛生和潮湿地带拍摄要带上驱蚊剂和风油精之类的药物。

(5) 不要伤害昆虫,也要防止昆虫对人的伤害,比如拍蚂蜂就要保持距离。

(6) 如果外出拍摄路途远时间长,尤其是到交通不便的地方,要带足干粮和饮用水。

2. 室内昆虫摄影

有些成虫或虫茧可在野外采集带回摄影室和家中拍摄。成虫离开自然生活环境的时间不能太长,除非你营造一个类似户外自然的环境,还要保证昆虫有足够的食物,所以必须尽快拍完放归自然,最好是哪里抓到的放回到哪里去。

虫茧要等待孵化出幼虫以后才能拍摄。方法是将虫茧用双面胶固定在家里花盆的植物上。昆虫孵化出茧的具体时间要看它的品种而定。通常为 20 天左右,最快 1 个星期,最慢的要 9 个星期。一般在早上 6 点到 9 点之间出茧,要每天注意观察,否则错过了时间,虫子就跑掉了(图 12-29 至图 12-31)。

▲ 图 12-29 雌螳螂产下虫茧后就消失了 陈振刚摄

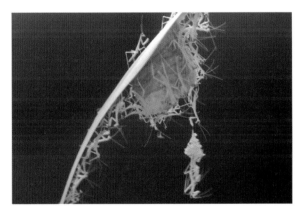

▲ 图 12-30 到第 21 天的早晨,摄影者发现小螳螂咬破虫茧倾巢出动,用黑卡纸做背景,连续抓拍 陈振刚摄

国外有的昆虫摄影者喜欢把采集到的昆虫放进冰箱中冷冻后再取出拍摄。因这时的昆虫行动迟缓,不会乱爬乱飞,便于摄影者控制。从爱护昆虫、珍爱生命的角度考虑,我们不提倡这么做。

室内昆虫摄影注意事项包括:

(1) 从户外捕捉昆虫到室内拍摄一定要有选择性。

(2) 为昆虫营造类似户外的环境,如树枝、花草等。

(3) 对那些不熟悉的昆虫不要随意抓捕,有的毒性很大甚至危及生命。

(4) 拍摄后的昆虫要及时放归大自然。

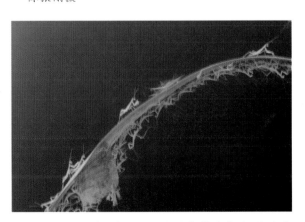

▲ 图 12-31 画面上几百只小螳螂横空出世,尤为壮观,奇怪的是不到 5 分钟小螳螂就跑得无影无踪,各奔前程去了 陈振刚摄

第四节　几种常见昆虫的拍摄

一、蝴蝶的拍摄

蝴蝶有粉蝶、蛱蝶、凤蝶多种,喜欢在草地、花间飞行,吸食花蜜,静止时四翅树立在背部,有各种鲜艳的图案(图 12-32 至图 12-35)。

◀ 图 12-32　这只蝴蝶非常配合摄影者,尽管不停地在花朵上跳动,也足足有 2 分钟的时间,让摄影者为它拍了一组系列照,这是其中一张,尼康 D100 相机、35-135 mm 镜头、f3.5 光圈、1/250 秒速度拍摄　陈振刚摄

▲ 图 12-33　也许蝴蝶找错了地方,明明花粉在花蕊上,它却把脚伸到花心里去了,它这个小小的失误被摄者拍了下来,200 mm 镜头、f2.8 光圈拍摄　陈振刚摄

◀ 图 12-34　猛一看像是蝴蝶在空中玩杂技,仔细看是它们在交尾。摄影者没有惊扰它们的甜蜜,而是悄悄地拍下了这美妙时刻　陈振刚摄

▼ 图 12-35　这只金斑蝶很少有歇息的时候,摄影者跟踪它 20 多分钟,也许它飞累了,在竹竿上停了几秒　陈振刚摄

二、蜻蜓的拍摄

蜻蜓有很多品种,颜色各异,胸部有翅两对,腹部细长。常栖息在沼泽地、池塘边,捕食蚊子等小飞虫。有的蜻蜓视觉发达,一对复眼有 28 000 多只单眼(图 12-36 至图 12-39)。

◀ 图 12-36 成双配对的豆娘呈现奇特的造型,优美的曲线,正是摄影者要捕捉的两对相似形 陈振刚摄

▼ 图 12-37 两只不同品种的蜻蜓,地面反光太强需增加 2 级曝光 陈振刚摄

▲ 图 12-38 蜻蜓的翅膀在阳光的照射下闪闪发光,恰似一架即将起飞的直升机,只是它屁股对着观众,显得有些不礼貌 陈振刚摄

▲ 图 12-39 碧伟蜓交尾结束后,雄性久久不愿离去,它要一路陪伴雌性产卵,真可谓"妻唱夫随" 陈振刚摄

三、螳螂的拍摄

螳螂从形体和颜色看有多种,有绿色的,还有褐色的,形体差异很大。有的有翅膀,有的没翅膀。螳螂前脚很发达,好像镰刀,故俗称刀螂。头为三角形,触角呈丝状,捕食小昆虫(图 12-40 至图 12-43)。

◀ 图 12-40　两只螳螂似乎在玩杂耍,又好像在做游戏,也不知它俩是什么关系,大螳螂不辞辛苦背着小螳螂往上爬,小螳螂心安理得地趴在大螳螂背上享受,好一幅温馨画面　陈振刚摄

◀ 图 12-41　很少见到螳螂展翅的照片,也从没见过螳螂飞行的照片。这是一张室内拍摄的螳螂,摄影者为了让它把翅膀展开,尝试去逗它,用手将它的翅膀提起,它觉得很不舒服,整理翅膀时抖动了几下,摄影者不失时机地将其定格下来　陈振刚摄

▲ 图 12-42　绿色的螳螂行进在红色的藤蔓上,它那警惕的眼睛环视四周,是在觅食,还是在寻找攻击目标,但它没有伪装好,红色的藤蔓早就将它暴露无遗了,也许它马上会成为其他天敌的美餐　陈振刚摄

▲ 图 12-43　好一幅"狭路相逢"图,螳螂摆开架势已做好战斗准备,可蝗虫看样子却无心应战,只是在原地防御等待。不过,最后以蝗虫退缩结束　陈振刚摄

四、蜂虫的拍摄

蜂虫有蜜蜂、熊蜂、胡蜂、细腰蜂等多种。蜂虫多成群居住在自制的蜂巢中,主要吸食花蜜和小昆虫。蜂虫多有毒刺,能蜇人,因此摄影者要十分小心谨慎,千万不要惊扰它们,否则会群起攻之(图12-44 至图 12-47)。

▲ 图 12-44　据说食虫虻是一种凶悍的蜂虫,它蜇人的毒性很大。起初摄影者在它的右边拍了一张,觉得顺光缺乏立体感,且背景杂乱,改为左侧逆光拍摄,使用了 60 mm 的微距镜头、f2.8 的光圈　陈振刚摄

▲ 图 12-45　摄影者发现公园暗处的树上有个垂吊物在晃动,起初以为是天蛾幼虫,走近看竟是一个蜂虫的卵巢。这个卵巢本属细腰蜂的,却有一只黄蜂在偷食卵苞。这张照片使用了 f8 光圈、1/125 秒闪光灯拍摄　陈振刚摄

▲ 图 12-46　黑胡蜂工作繁忙,不知从什么地方采完花粉又将降落在睡莲花上,胡蜂处在画面黄金分割点附近,拍摄时机恰到好处　陈振刚摄

▲ 图 12-47　天蛾虫能在飞行中用长长的喙管吸食花蜜,它的飞行姿态像蜂鸟。要拍到它并不难,最大的难度是能否准确对焦。这张照片用了 f5.6 的光圈、1/250 秒速度,手动对焦拍摄　陈振刚摄

五、蜡虫的拍摄

蜡虫又称蜡蝉,俗称"龙眼鸡"。蜡虫鼻子是红色的,长长的往上翘起,绿色的"外衣",白色的花纹,既能爬行也能飞行。它眼睛不大,但视力相当好,当你把镜头对准它时,它会躲避你(图12-48至图12-51)。

▲ 图12-48 蜡虫常停留在龙眼树上,但想接近并不容易,一旦被它发现,它会跟你捉迷藏,哪怕是200 mm的长焦镜头。它视力特别好,它躲着镜头绕树杆转圈,有时让拍摄者没耐心了,干脆离开一会儿再来。这一张就是第二次用闪光灯抓拍的 陈振刚摄

▲ 图12-49 这只蜡虫倒立在树杆上,居高临下,好像在侦察什么。只要你远距离观看,它会长时间保持这个姿势一动不动 陈振刚摄

▲ 图12-50 也许你会问蜡虫后面哪来的一片干净红背景。背景是一片红色的树叶,被大光圈虚化了 陈振刚摄

▲ 图12-51 其实画面上是三只蜡虫,里面的一只被前面的两只挡住了。大概中间的一只是雌性,另两只总要跟它亲热,它却不予理睬 陈振刚摄

六、蝉虫的拍摄

蝉虫又叫"知了",幼虫长眠地下,等到夏天出土羽化变成成虫,大部分栖息在树上。雄性蝉虫腹面有发声器,鸣叫声音很大,尤其炎热的夏天公园和郊外蝉鸣声响成一片,生机勃勃(图 12-52 至图 12-55)。

▲ 图 12-52 知了匍匐在树上鸣叫,羽翼通透闪亮。这张照片让人们近距离观赏到了知了的真面目 陈振刚摄

▲ 图 12-53 斜射阳光勾画出知了的轮廓,有种温暖舒适的感觉 陈振刚摄

▲ 图 12-54 没想到知了也爱花 陈振刚摄

▲ 图 12-55 三个知了的小合唱声音够响亮的。虽然听不到照片上知了发出的声音,但从知了展开的翅膀,可想象它们在尽情歌唱。由于距离较远,200 mm 的镜头也只能拍个剪影 陈振刚摄

本章小结

花卉摄影与昆虫摄影本是两个不同门类的摄影,但两者之间又有许多共通的地方。第一,摄影器材的使用和表现手法基本相同。比如,微距镜头和长焦镜头的使用,大光圈小景深虚化背景突出主体。第二,花卉大多春天开放,如桃花、兰花、月季花等;而昆虫春天特别活跃,它们整天在花丛中飞舞。另外,花卉与昆虫摄影不仅要考虑摄影器材的使用和拍摄季节,还要注意拍摄时辰。花卉一般早上拍摄比较好,但昙花只能晚上拍摄。昆虫也一样,昆虫白天活动居多,少数昆虫却是夜间活动。只要掌握了花卉和昆虫的生存习性与规律,才能拍摄好它们。

思考练习

1. 花卉与昆虫摄影从表现手法上看有哪些相同和不同之处?

2. 花卉与昆虫摄影常用的有哪两种镜头? 各在什么情况下使用?

3. 花卉摄影如何分类?

4. 昆虫摄影如何分类?

5. 举例说明花卉摄影的技巧。

6. 举例说明昆虫摄影的技巧。

7. 常见的花卉摄影有哪几种? 各自的拍摄方法是怎样的?

8. 常见的昆虫摄影有哪几种? 各自的拍摄方法是怎样的?

实训项目

1. 分别用微距镜头和长焦镜头拍摄花卉和昆虫,并分析比较两种摄影镜头的拍摄效果。

2. 分别用不同颜色的背景拍摄花卉和昆虫,并分析比较画面的色彩关系。

3. 分别用不同的光型(正面光、侧面光、背面光、顶光)拍摄花卉和昆虫,并分析比较画面主体的层次与质感区别。

4. 在户外不同的时段(早、中、晚)分别拍摄一种花卉,观察其姿态、色彩的变化,并写出拍摄体会。

5. 拍摄蜻蜓与蝴蝶,观察它们的活动行踪,并写出拍摄体会。

6. 举例说明拍摄花卉和昆虫时如何控制快门速度。

第十三章

建筑与环境摄影

学习目标

　　通过本章的学习，了解与熟悉建筑与环境摄影的基本特点，包括纪实性、艺术性、商业性和史料性特点，以及由此所决定的不同的审美追求和技术要求。了解与掌握建筑与环境摄影的基本知识、拍摄方法与基本拍摄技巧，能够比较自如地按照操作规程、技术要领，独立地进行室内、室外及夜色下的建筑与环境摄影，能够自主判断和处理在建筑与环境摄影过程中出现的技术问题。

　　我们天天身处建筑之中，时时与环境打交道，可以说建筑与环境是我们最熟悉的"生活密友"。然而，当你举起照相机来进行建筑与环境摄影时，你又会感觉到拍摄一张优秀的建筑与环境摄影作品远不像想象中那么容易。当然，一旦你真正掌握了建筑与环境摄影的规律与奥秘，能够熟练运用相关方法与技巧进行创作时，你一定会体味出其中无穷的乐趣。

第一节　建筑与环境摄影的基本特点

　　所谓建筑与环境摄影专指以建筑或环境为表现主题的一种摄影形式，既有以建筑为表现主体的，也有以环境为表现主体的，还有着重表现建筑与环境两者之间相互依存关系的。在建筑与环境摄影之中，有突出纪实性特点的，主要以反映城镇建设与变化为线索。尤其是在改革开放三十年来，中国的社会经济建设发生了翻天覆地的变化，随着城市化进程的加速及建设社会主义新农村的推进，我们身边的建筑与环境发生着日新月异的变化。摩天大楼拔地而起，整洁的城市环境成为衡量一座城市现代化程度及管理水平、宜居水平的标志，及时记录下这些建设与变革的进程无疑是十分有意义的（图13-1、图13-2）。

　　同时，建筑与环境摄影也有突出其艺术特点的，那就是利用建筑与环境的构成元素来进行艺术创作，综合建筑、环境和摄影独有的语言来表现创作者的审美追求（图13-3）；还有商业性的建筑与环境摄影，主要以宣传与推广其品牌形象、文化实力为目的；也有突出其史料性特点的，通常是指那些以表现历史遗迹、重点保护文物单位、民俗民居为主的建筑与环境摄影，以图像的形式将这些宝贵的文化遗产永存史册。

　　当然，不管以何种目的、何种追求来进行建筑与环境摄影创作，都会发现，优秀的建筑与优美的环境本身就是美的产物。同时，它们在不同的时间，不同的季节，不同的光线照射下，从不同的角度去欣赏时，会呈现不同的美和不同的视觉效果。从这个意义上来讲，建筑与环境摄影仍然具有较大的创意

▶ 图 13-1　整洁的城市环境、拔地而起的高楼大厦成为现代化城市的标志　张小纲摄

▲ 图 13-2　深圳图书馆　张小英摄

▲ 图 13-3　由于摄影师用 15 毫米广角镜头进行仰拍，使得整个建筑物的轮廓与雕柱呈向外倾斜的态势，造成一种自下而上直指天穹的效果，同时也构成了一种由几何曲线交织在一起而产生的光效应　刘兴邦摄

▲ 图 13-4　初秋的雨后，天空放晴，碧空如洗，白云翻江倒海般在蓝天上滚动，耀眼的天光映在通天的玻璃建筑上，天、地、物一色。建筑不动，云在动，路不动，而心在动　刘兴邦摄

与表现空间。我们要做的是通过镜头，调动诸多摄影造型手段来揭示建筑与环境美的本质、特质（图13-4）。因而我们可以这样理解，建筑与环境摄影实际上是对美的事物进行再创造，它是一个过程，需要摄影者通过精心构思、认真观察，运用摄影的语言和一切技术手段去反复实践，才能拍摄出精彩的作品。

　　建筑与环境摄影可拍摄的范围十分广泛，既有传统的石窟、皇陵、古堡、洞穴等历史遗迹，也有高楼大厦、高速公路、体育场馆、博物馆、美术馆、纪念碑、城市雕塑等现代建筑；既有楼台亭阁、宝塔、桥梁、宫殿、寺庙，也有庭院、民居、村舍；既有浑然天成的小桥流水，也有人造的园林景观（图13-5至图13-8）。

▲ 图 13-5　林立的高楼最容易成为引人关注的目标　张小纲摄

▲ 图 13-6　典型的皇宫建筑令人流连忘返　张小纲摄

▲ 图 13-7　"小桥流水"最富生活情趣　张小纲摄

▲ 图 13-8　看似凌乱的街道却散发着浓郁的生活气息　刘兴邦摄

　　拍摄建筑与环境还要注意将建筑与建筑所处的环境一起来考虑,而不是孤立地去"就事论事"。如果将两者都能统筹考虑,往往能获得"事半功倍"的效果。我们从一系列优秀的建筑与环境摄影作品来看,优秀的建筑作品往往有舒适的环境所衬托,而优美的环境作品往往又有精致的建筑物所点缀,你中有我,我中有你,两者相得益彰,互为生发(图 13-9、图 13-10)。

▲ 图 13-9 优秀的建筑作品往往有舒适的环境来衬托 张小纲摄

▲ 图 13-10 优美的环境作品中又往往有精致的建筑物所点缀 刘兴邦摄

第二节 建筑与环境摄影的主题选择

如同其他的专题摄影一样,建筑与环境摄影的主题选择也是作品能否获得成功的重要环节。建筑与环境既有区别,也有联系。就建筑而言,既可拍摄单体建筑,也可拍摄建筑群;既可拍摄建筑的某一个局部,也可拍摄建筑的全景;既可拍摄现代建筑,也可拍摄传统民居。就环境而言,既可拍摄室外环境,也可拍摄室内环境;既可拍摄公园街道,也可拍摄广场及园林景观。当然也可将城市建筑与环境景观结合起来拍摄,着眼点不一样,表现手法各异,所获得的视觉效果也不尽相同。

一、代表城市或地域特征的标志性建筑与环境

在建筑摄影中,代表城市或地域特征的标志性建筑题材最为多见,而且不乏精品。究其原因,这类建筑往往本身就是一件或一组建筑精品或佳作,代表着这座城市的人文精神与文化内涵。或者在某一方面具备着特殊的因素,包括特别高,体量特别大,造型独特或寓意深刻等,有着特殊的象征意义,而成为这个城市的标志(图 13-11)。

与此同时,由于这一类题材为人们所司空见惯,太为熟悉,大家对这类摄影作品的要求与期待也明显高些,也为拍摄这类作品增加了不少难度。从经验角度来看或是从成功的作品的案例来分析,拍摄这一类作品,成功的关键是取景要"奇",也就是说需要寻找最新的角度来表现,其次是光线要"特",主要是指要善于利用不同的光线,来丰富画面的层次感,来造成画面强烈的视觉效果,才可能给人们留下深刻印象。

▲ 图 13-11 代表城市或地域特征的标志性建筑与环境成为建筑摄影的首选 王豫湘摄

二、城市广场、公共空间或城填街景

城市的广场和公共空间也是城市文化的标志,它是一座城市人民游览、观光、聚会的场所,一般都具有浓郁的文化氛围,往往是建筑与环境结合得最好、最为融洽之地,自然也成为摄影师与摄影爱好者们经常光顾的景点(图 13-12)。

城镇的街景则因具有明显的地域特征和乡土气息而引人入胜,其高矮不一、错落有致的住宅商铺、蜿蜒曲折的青石板路共同勾勒出一幅和谐、宁静的城镇生活图卷,画意十足(图 13-13)。

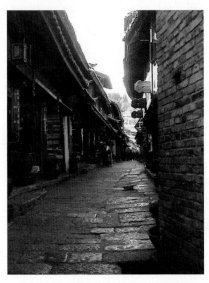

▲ 图 13-12　城市公共空间由于环境优美且具有浓郁的文化氛围而成为摄影师们经常光顾的景点　张小纲摄

▲ 图 13-13　城镇的街景因具有明显的地域特征和生活气息而引人入胜　张小纲摄

三、极具个性特征的优秀建筑与环境

这类建筑既包括传统的也包括现代的,往往都是建筑中的精品。不是在造型上十分独特,就是功能上特别独到;不是在建筑体量上过人一等,就是施工工艺方面精致细腻;不是色彩搭配十分明快,就是材料质感厚重、凝练。即使是其中的一个小小的局部,如屋顶、柱廊、门窗、露台、花坛、墙砖、台阶等都可称得上是独立的"作品"(图 13-14、图 13-15)。

◀ 图 13-14　BMW 大楼因造型独特,体量过人而成为摄影师们聚集的目标　王豫湘摄

▲ 图 13-15　斑驳的墙砖记录着岁月的变迁　张小纲摄

四、环境小品及园林景观

这里所指的环境小品及园林景观的概念是相对风光摄影、风景摄影而提出的，无论是从范围来看还是从面积上来衡量都明显小于后者，而且大都带有明显的"人造"或是"人工雕琢"的痕迹。但优秀的环境小品及园林景观之所以能够"入画"，还在于其"优美"而不"矫揉造作"，"精致"而不"呆板拘泥"，巧妙地将环境、景观、建筑、雕塑有机地融为一体，令人"赏心悦目"（图13-16、图13-17）。

▲ 图13-16 环境小品显然是经过精心设计的，一切是那么和谐、得体 张小纲摄

▲ 图13-17 精致的景观尽管有"人工雕琢"的痕迹，同样也令人"赏心悦目" 张小纲摄

五、室内建筑与环境

室内建筑与环境往往也成为摄影师与摄影爱好者们非常热衷拍摄的目标，这是因为建筑物的内涵更容易在室内空间中得到展示，个性特征也最容易在室内空间中得到发挥。室内环境由于有光线的作用，加上有室内陈设、家具的点缀而更显丰富、含蓄。如果说室外建筑与环境展现的是"势"与"场"的话，那么室内建筑与环境更多表现的是"情"与"境"（图13-18、图13-19）。

◀ 图13-18 室内环境在家具和陈设品的衬托下透出一种优雅的情调 张小纲摄

▲ 图13-19 偌大一个排演厅静静地躺着一架钢琴，使人产生一种"此处无声胜有声"的遐想 张小纲摄

六、夜色下的建筑

▲ 图 13-20　夜色下的英伦小镇，在一阵蒙蒙细雨后，显得格外宁静、清新　刘兴邦摄

随着各城市兴起的夜景灯光工程，为夜幕下的城市，带来了一道亮丽的风景线。有的用光带勾勒出城市标志性建筑的轮廓线，有的用灯光映衬出主体建筑群的此起彼伏，配上色彩斑斓的广告看板和流光溢彩的街灯，呈现出一派繁华都市的动人景象，更成为摄影师及摄影爱好者们追捧的对象（图 13-20、图 13-21）。

以上是几种常见的建筑与环境摄影主题，基本涵盖了建筑与环境摄影的方方面面。必须指出的是，在实际拍摄过程中，选题、取景切不可生搬硬套，需要依靠摄影者创造性的发挥，方能获得最佳效果。

▲ 图 13-21　夜幕下的泰晤士河　刘兴邦摄

第三节　建筑与环境摄影的拍摄方法及技巧

作为以建筑与环境为拍摄主体的一种摄影形式，所表现的对象恰恰是为大众所熟知，为人们所司空见惯的，这无疑增加了创作的难度。因为，不论是出于何种目的、何种用途的作品，其受众是不希望摄影师镜头下的建筑与环境与他们平常所看到的一模一样。也就是说，摄影师们创作的作品应该既是他们所熟悉的，又比他们日常所看到的更美丽、强烈和动人，应该能够引起人们产生一种共鸣或是心灵的震撼。这就要求我们善于运用摄影的语言，来完美地表现建筑形体与环境空间，创作出源于生活、高于生活的作品，让画面中的建筑既是真实的，又能够呈现出建筑最美的一面。而这一切往往定格于特定的角度、特定的光色变化之瞬间。

一、精心选择拍摄的角度

由于建筑物一般体量较大，尤其是拍摄城市中心的建筑群，很难有现成的"最佳"角度在等着我们去拍摄，所以需要我们用"慧眼"去精心选择。

一般来讲，要做到使主体突出并不难，而难在"巧"。如果仅仅是将拍摄的主体建筑充满画面，或是将主体简单地安排在画面正中，往往会显得过于"呆板"，因而可以有意安排一些其他建筑以作陪衬，当然也要有所控制，以免产生"喧宾夺主"的效果。同时，还要注意尽量避免那些与主题无关的电线、广告牌等杂物的干扰，以使画面显得更为单纯（图13-22）。

对于初学者来说，最忌讳的是端起照相机就狂拍起来，到头来选不出一张好作品，究其原因，还是缺少了思考、选择、比较这一个环节。这是一组表现水乡民居的摄影作品，是在同一位置、针对同一景物来拍摄的，只是拍摄的角度稍作了调整，所拍出的画面效果还是有明显区别的（图13-23）。

▲ 图13-22　主体建筑安排在偏左的位置，处在右边阴影下的建筑则起着呼应与平衡画面的作用　张小纲摄

▲ 图13-23　针对同一景物、在同一位置、所拍摄的角度稍作调整后拍摄出的四幅不同画面　张小纲摄

这里所谓的角度选择揭示的是一个全方位概念，切不可单一理解为仅仅是向左右调整取景角度这么简单。角度的选择既包含拍摄点的前后左右与高低，也指镜头的俯仰等。

低视点取景有助于表现建筑物的高大雄伟，高视点取景有助于较好地表现建筑物群及周边环境的空间层次感（图13-24、图13-25）。而平视取景表达出来的建筑物最为自然和真实。有时受摄影现场环境所限，拍摄高层建筑时不得不采用仰视的角度，以求得到建筑的全貌，但这样拍摄的结果往往是建筑物原本垂直于地面的线条产生向上聚集的透视效果，处理得不好容易给人造成一种不安定的感觉。当然，很难用一个标准来衡量几种视点孰优孰劣，关键应看其所获得的视觉效果，视其事先的设想和预期与实际的拍摄结果是否达到了高度一致。

◀ 图 13-24 用仰视的角度拍摄建筑,常使建筑物原本垂直于地面的线条产生向上聚集的透视效果 张小纲摄

▲ 图 13-25 采用高视点拍摄建筑群一般都能获得较好的空间层次 张小纲摄

二、合理运用透视原理

在拍摄建筑物时,合理运用透视原理并注重发挥其所产生的特殊视觉效果,显得尤为必要。在某些情况下,由于拍摄位置及镜头视角所限的原因,使得取景框内的建筑物常常呈倾斜状,容易使所拍建筑物产生透视变形,甚至使画面失衡和失真。

为了使主体建筑不至于产生倾斜或变形,常可以采用调整和提升机位(拍摄位置),拉远拍摄点与被摄建筑物之间的距离,或者选用具有透视校正功能的移轴镜头等办法来加以处理(图 13-26)。有些专业照相机可将其标准的调焦屏卸下换上专用于拍摄建筑物的调焦屏,这种调焦屏上有水平线与垂直线组成的网格,取景时可以十分直观地观察到镜头(画面)与被拍摄建筑是否完全平行。当然,摄影者也可根据这一原理,自制画有标准网格的透明胶片安放在取景器上,也可起到类似的效果。

灵活利用近大远小的透视原理来进行建筑物的拍摄,有助于表达画面的空间层次感。近长远短、近疏远密、近实远虚的建筑物外轮廓、门窗、廊柱以及在光线照射下所产生的投影,都是表现画面空间深度的绝佳要素。这些建筑的造型要素有明显的空间指向,既有利于画面的空间深度表达,又使画面呈现出强烈的形式美感,具有一种特殊的感染力与视觉冲击力(图 13-27 至图 13-29)。

▲ 图 13-26 拉远拍摄点与被摄建筑物之间的距离,能够有效地避免画面的透视变形问题 张晨摄

▲ 图 13-27 近长远短、近大远小的透视原理在斜拉桥的拍摄中发挥了重要作用 张小纲摄

▲ 图 13-28　近疏远密的窗与柱构成了一种特有的形式美感　张小纲摄

▲ 图 13-29　投影的透视指向,有利于画面空间深度的表达　张小纲摄

三、巧妙利用光线造型

建筑物是相对固定的物体,造型稳定、体量庞大、结构清晰,进行建筑与环境摄影时,更要重视光线的运用。如果拍摄的角度缺乏选择,加之光线的运用不当,所拍摄出的画面一定是呆滞而缺乏生气的。

通过仔细观察与分析,我们可以认识到,光线作用于建筑往往能够影响其线条的提炼、块面的分割、影调的强弱和体量的轻重。巧妙地运用好光线造型,不但有利于建筑物形体结构、力量感的表达,还能使这些相对固定的物体透出一种生命的活力。

通常情况下,侧光能有效地提高被摄建筑物的体积感与明暗层次,能使平淡的主体产生一些变化,一些韵味(图 13-30)。

▲ 图 13-30　侧光能有效地增强被摄建筑物的体积感,也能使画面增添一份生气　张小纲摄

一般来讲,利用早晨与傍晚的光线来拍摄建筑物常能获得不错的效果,一是因为此时光线照射建筑物的角度与白天光线照射的角度不同,另外早晨与傍晚光线的色温与白天光线的色温也不相同,因而所呈现出的色彩效果及画面感染力也不尽相同(图 13-31、图 13-32)。

除开建筑造型的结构、布局外,建筑物的个性特征也表现在其质感、肌理特征之上,而这一切也同样依靠光线的作用才能呈现出来。在光线的照射下,建筑的质感和肌理能够得到强化,建筑物的细节更为明显,往往能够增添画面的耐看程度。从这个意义上来看,光线对于塑造建筑物个性特征的作用也可说是举足轻重的(图 13-33、图 13-34)。

理想的光线不仅需要我们根据不同的拍摄对象去精心选择,也需要我们有足够的耐心去等待。建筑与环境摄影不像时装、运动摄影那样必须依靠思维敏捷、眼疾手快地去"抓拍"那稍纵即逝的瞬间,而更多的是需要我们平时的积累,包括认真的观察、体会和琢磨。平常在漫步街头时,应多注意观察不同时间、不同季节、不同光线照射在建筑物上所呈现的不同效果,看看光是如何使建筑物充满生机、呈现活力,又是怎样使它变得平淡无奇、索然无味的。进而还可思考在特定光线照射下,是否会在墙面上留下阴影或形成有趣的图形。如果建筑物此时的某一侧光照不合适,可能另一侧会好些,或者

▲ 图 13-31 早晨的阳光使画面的色调明显偏冷 张小纲摄

▲ 图 13-32 傍晚的光线使建筑物呈浓郁的暖色调 张小纲摄

▲ 图 13-33 光线的照射能使建筑物的质感和肌理得到强化 张小纲摄

▲ 图 13-34 强烈的光线能使建筑物的细节更为突出和明显 张小纲摄

▲ 图 13-35 光线在墙面上留下阴影而形成有趣的图形 张小纲摄

换一个时间再来拍摄（图 13-35）。

准确曝光是作品能否获得成功的另一关键，如果曝光不准确，再好的拍摄角度、再好光线的选择也不可能获得理想的效果。比如，曝光过度就会使画面的反差过于强烈而缺乏层次感。

所谓准确曝光只是一种客观的概念，主要还是以测光表或照相机内的测光系统来测定，但测光的部位是否科学、合理，却是大有学问。如建筑物主体为白色，则应该对着白色部分测光，以确保其有层次；如果对着阴影部分来测光，所造成的结果会使受光部分显得一片"苍白"。

如果所拍摄的建筑物既有受光部分，也有背光部分，且两部分相对均等，则可针对受光部与背光部各测一次，然后取其平均值再作曝光，可以提高曝光的准确度（图 13-36、图 13-37）。

当然，如果拍摄者有意强调建筑物的某一部分，并有意在曝光方面作些处理，则另当别论，完全可

▲ 图 13-36　针对房屋的受光部与前景的背光部各测一次光,然后取其平均值来曝光,可以有效提高曝光的准确度,使画面的层次更为丰富　张小纲摄

▲ 图 13-37　要使对比强烈的画面具有丰富的层次,关键还在于测光的准确性　张小纲摄

以根据需要进行探索与尝试。

四、室内建筑与环境的拍摄技巧

如前文所提到的,拍摄室内建筑与环境有其相对复杂的一面。其一是光线显然不如室外那样充足,射进室内的自然光线完全受建筑物门窗数量与大小的制约,其色彩则受室内墙面、地面及主要物体的颜色的影响,加之还有不同的人造光源照射而呈现不同的色调;另一方面,室内的自然光线又是非常有表现力的,甚至是戏剧性的,室内景物的受光部、背光部、门窗和物体的投影交织在一起,而呈现出另一种诱人的景象(图 13-38)。同时,室内人造光常有吊灯、壁灯、射灯、工作灯、台灯;既有高位,也有低位;既有暖色光,也有冷色光,变化较多。人造光相对自然光而言,没有那么均匀,比较集中,照射范围有限,但在室内建筑与环境摄影中常常能起到"点睛"的作用(图 13-39)。

▲ 图 13-38　从室外射进来的光线与室内的景物及投影交织在一起,呈现出一种戏剧性效果　张小纲摄

▶ 图 13-39　尽管室内灯光的照射范围有限,但在室内建筑与环境摄影中常常能起到"点睛"的作用　张小纲摄

在进行室内建筑与环境摄影时,既可以自然光为主,人造光为辅;也可以人造光为主,自然光为辅,还可两者同时兼顾(图 13-40、图 13-41)。

▲ 图 13-40 从窗外射进来的光线撒在墙面、地板上,使室内环境显得格外明亮、充满活力 张小纲摄

▲ 图 13-41 以人造光为主的室内环境可拍出十分温馨的效果 张小纲摄

▲ 图 13-42 在室内光线较暗的情况下进行拍摄,要获得较好的景深与清晰度有一定的难度,因而多利用三角架来固定照相机进行拍摄 张小纲摄

室内摄影也要注意空间关系的表现,注意控制景深。由于室内拍摄时,尽管有自然光与人造光的选择,但总体而言,光线还是较弱,所以运用三角架来固定照相机是非常必要的,建筑与环境摄影作品如果缺乏景深,缺乏清晰度,其感染力自然会大打折扣(图 13-42)。

正是由于室内光线较弱,更要讲究曝光的准确性。由于室内景物反差较大的缘故,如果仍然按照常规的测光方法来测光和拍摄,容易造成受光部分与背光部分都缺乏层次,难以获得理想效果。

一般来讲应针对受光部分进行测光和曝光,尽管这样拍摄的结果会使背光部分的层次受到一些损失,但受光部分一定会相对丰富。尤其是在室内受光部分面积大于背光部分,或者受光部分占主导地位时,多选择这种方法。当然,如果被摄体大部分处于背光部分时,则应针对背光部分进行测光。

另一个要领是应尽量靠近被摄体来测光,或靠近被摄主体来测光,往往能够获得比较理想的效果。需要指出的是,切忌将测光表或照相机测光系统直接面对明亮的门窗来测光,这样所获得的结果是不可能准确的。

在进行室内拍摄时,由于自然光与室内人造光的色温不同,容易造成画面色调的混乱。在具体处理时,既可考虑以自然光为主来拍摄,也可尝试以人造光为主来拍摄,还可通过调校色温进行处理(图 13-43、图 13-44)。

▲ 图 13-43　情调酒吧　张小纲摄

◀ 图 13-44　喜来登酒店大堂
张小英摄

五、夜景建筑的拍摄技巧

　　拍摄夜晚灯光环境下的建筑与环境是一件令人兴奋又十分艰苦的工作。夜晚灯光下的建筑不仅有自身的照明设备，还有来自周边环境的光源，包括天光、月光等的映照下显得格外美丽，能极大地激发摄影者的创作激情（图 13-45）。然而，看似灯光闪烁、流光溢彩的景色，其总体的光照强度还是较弱的，对于初学者来说，在曝光量的控制及调焦的清晰度上会遇到一些麻烦。

　　▲ 图 13-45　为了表现建筑物和灯光照明的秩序性，摄影师在拍摄时选取了一个较高的位置，基本呈俯视角度。使用三角架并用长焦镜头把物体拉近作局部的拍摄，来强调灯光与建筑的对比关系。同时采用小光圈及 B 门 30 秒的速度拍摄，尽可能地增加画面的景深　刘兴邦摄

　　使用三角架来稳定相机，确保进行长时间曝光而不至于晃动，确保对焦的精度是首先要考虑的。如果可能的话，最好还要带上快门线，以防止按动快门时对机身产生轻微的抖动。

　　夜景中的灯光往往呈现出不同色温的光源，诸如建筑物墙外的泛光灯、轮廓灯、霓虹灯，街道两旁的路灯、装饰灯、电子广告屏幕；既有月光、星光，也有汽车前灯、尾灯的光；而建筑物室内的照明灯光也在整齐中显出变化，这些色彩各异的灯光组合，共同构成了都市夜空中的美丽景色。

　　作为夜景拍摄的关键就是要掌握好这些光源的特性及色温的变化，通过曝光量的控制、色温的调校，才能拍摄出成功的作品。控制色温的途径大致有几种：其一是将照相机内的色温平衡度调整到自动模式，让机内的色温系统根据被摄物体的色温变化作自动调节。还可调到手动模式，根据经验与现场的判断来调校。当然，也可以尝试在同一角度、同一光线、同一景物的情况下，通过调整色温来拍摄几张照片进行比较分析，既可以获得相对满意的作品，又可以通过比较来获得准确控制色温的实际经验（图 13-46、图 13-47）。

　　拍摄夜景下的建筑群，一般多利用照相机本身的测光系统来测光。测光时镜头一定要避开主要的发光体，否则所获得的测光结果往往会导致画面偏暗或缺乏层次。最好用中央重点测光模式对准景物中中等亮度的区域来测光，然后确定曝光值再作拍摄。尤其是用数码照相机拍摄时，建议少选用程序模式，而多用手动模式，否则拍出来的照片，不是曝光不足，就是噪点过大。在拍摄夜景时，有些

▲ 图 13-46　远眺泰晤士河　刘兴邦摄

摄影者为了提高准确曝光的系数,将照相机的感光度设置于 ISO400 甚至更高,这样做的结果是,曝光的准确程度虽然提高了,但所拍照片上的噪点也会明显增加。因此,在照度一般的情况下,宜将感光度设定于 ISO200 或 ISO400 之内。

　　总之,夜色下拍摄建筑与环境是一项辛苦而富有挑战的工作。挑选好拍摄角度的困难自不用说,选择环境灯光的最佳组合及车流灯光的最佳走向,更需要我们有足够的耐心(图 3-48)。充分利用相关的技术手段,提高对焦、测光的准确程度,

▲ 图 13-47　用中央重点测光模式对准景物中中等亮度的区域来测光和拍摄,效果会比较好　张小纲摄

◀ 图 3-48　拍摄夜景应尽可能使用小光圈,并采用梯级曝光法,成功的把握会大些。拍摄《流光溢彩》时使用的是 F16 光圈、B 门长时间曝光,力图把那些快速行驶着的车辆的尾灯灯光轨迹记录下来　陈振刚摄

控制好色温平衡,选择好感光度,都是拍摄优秀夜景作品的必备条件。

本章小结

拍摄建筑与环境是一项辛苦而富有挑战性的工作任务,看似简单,但其中涉及的知识、技能却相当广泛。说其复杂,但这些建筑与环境恰恰是我们天天身处其中、异常熟悉的。仔细思考,方可醒悟,熟悉的东西不一定能够了解,掌握它的规律更是谈何容易。如果我们将冷冰冰的建筑也当作有血有肉的生命体来对待,我们拍摄建筑与环境的热情和态度定会产生变化,除开那些技术因素之外,这恐怕是获得成功的关键。

思考练习

1. 建筑与环境摄影与其他专题摄影有何区别?

2. 建筑与环境摄影的基本特点有哪些?

3. 在建筑与环境摄影中合理运用透视原理有何实际意义?

4. 室内建筑摄影的特点与要求有哪些?

5. 夜景建筑摄影的基本技巧有哪些?

实训项目

1. 拍摄一组以建筑为主体的摄影作品。

2. 拍摄一组以环境为主体的摄影作品。

3. 在同一角度,面对同一建筑与环境,分别在早、中、晚各拍摄一张作业,并作比较分析。

4. 拍摄一组室内建筑与环境摄影作品。

5. 拍摄一组夜色下的建筑摄影作品。

第十四章

舞台与体育摄影

学习目标

通过本章的学习,了解舞台演出和体育项目分类,包括剧种与表演形式的分类,竞技体育项目和群众体育项目的分类。充分发挥现有摄影器材在两种摄影题材中的作用,掌握几种舞台与体育摄影的方法,训练抓拍技巧,提高摄影者对舞台表演和体育比赛精彩瞬间的抓拍能力。

舞台和体育摄影虽是两个不同的摄影题材,但从拍摄技巧和表现手法来看,有很多相似之处,比如拍摄剧情、运动高潮和精彩瞬间等。本章重点介绍几种表演题材和体育项目的拍摄。

第一节　舞台摄影的方法

为了拍摄好舞台艺术照片,除了准备好摄影器材,熟练使用它们外,还要熟悉了解舞台表演剧目的内容、特点,确定拍摄方法,是用现场光拍摄,还是闪光灯拍摄,是彩排时组织摆拍,还是演出过程中抓拍等。

一、舞台摄影的基本常识

1.熟悉了解剧情

有可能拍摄之前先看看彩排演出,与编导、演员、灯光和舞美人员谈谈,以此了解剧情,熟悉舞台设施、灯光布置等。另外一种情况是提前到达演出剧场,拿到节目单看剧情介绍,同时参考节目单上的剧照确定初步的拍摄方案。

2.选择拍摄位置

一般摄影者都会选择舞台正面的角度,或者舞台前方稍左或稍右的角度,但要注意避开麦克风和台上的音箱、灯具等。具体讲拍人物中近景,第一排最理想,拍大场面第十排比较合适,如果使用120相机或4×5座机可选最后一排。二楼第一排也是不错的拍摄点,俯角度拍摄舞台上人物层次分明。当然,一场剧目拍摄下来有几个角度的画面会生动得多。但客观环境又不允许摄影者频繁走动,这就需要视具体情况灵活操作。

二、拍摄方法的运用

1. 组织拍摄

组织拍摄对于那些专职拍摄剧照的摄影师才有可能,因为排演是为了摄影师的拍照,要按照摄影师的要求来做某一个场景的造型,往往是一个场景第一遍没拍好,可以拍第二遍。但这种方法并不理想,演员表情比较呆板,由于没有观众,又不是正式演出,现场气氛欠缺,演员情绪没有调动起来。

2. 现场抓拍

虽然组织拍摄也是在现场,但拍摄方法与抓拍有区别。抓拍要靠摄影者敏锐的观察力和预见性,还要有熟练的摄影技巧。现场抓拍是舞台摄影的最佳方法,虽然难度大一些,但能锻炼摄影者,能拍出优秀的作品。要出作品还要注意以下几点:

(1) 注意抓拍演员的动态。动态舞姿可用较高快门速度,也可用较慢快门速度,两者的动感效果区别较大。

(2) 注意抓拍演员的表情。拍摄演员的中近景时,演员生动的表情最能刻画人物的神态。

(3) 注意音乐节奏变化。演员的动作是随音乐节奏的变化而变化的。如戏剧里急促的音乐伴奏出现,必定有演员的亮相造型。

(4) 注意抓提前量。有时完全按节奏与快门同步拍摄会有滞后现象,只有恰当地提前按快门才能抓住演员的精彩瞬间。

(5) 注意剧情高潮。无论哪个剧种,表演都会有平缓抒情、高昂急促,高潮到来时为较好的拍摄时机。

(6) 注意使用相机的连拍装置。对于演员变换幅度大,速度比较快,高速旋转、跳跃的动作,使用连拍装置能成功抓住某一个精彩瞬间。

第二节　舞台摄影的用光

舞台摄影绝大部分在剧场内拍摄,现场灯光成了拍摄的主要光源,也有的演出在户外,有的是白天。所以舞台摄影的光线可分为舞台灯光,摄影者自带闪光灯的灯光,户外露天时白天的自然光或夜间的灯光。

一、舞台灯光的运用

舞台灯光、舞台美术、舞台表演同属舞台艺术,而灯光和美术又是为表演服务的。随着科学技术的发展和观众审美趣味的提高,舞台灯光布局越来越复杂,效果越来越逼真。因为舞台摄影主要靠现场舞台灯光,而灯光又处于多变的状态,这就需要摄影者在实践中不断地总结经验,掌握舞台灯光的布局与特点,熟练表现各种灯光的造型效果。

1. 舞台灯光的亮度变化

舞台灯光表现为明暗、强弱的频繁更替,强烈反差,有时人物与背景、台前与台后、台左和台右照度都不一样,为了达到准确曝光,我们应该始终以舞台被摄主体作为曝光依据(图14-1)。

2. 舞台灯光的颜色变化

为了创意的效果,舞台灯光会随着剧情的变化改变颜色和强弱,比如季节、时间,春夏秋冬、阴晴雨雾。当然,按照舞台现场灯光颜色拍摄能真实再现舞台演出的气氛。但是,灯光有冷暖变化,同样会影响摄影的曝光量。所以必须学会准确使用相机的曝光补偿装置(图14-2)。

3. 舞台灯光的色温变化

舞台灯光颜色的变化又直接影响色温的改变。同样,灯具种类不同,光源的色温也不一致。如果使用彩色胶片拍摄就得考虑使用可更换型滤光镜以适应现场灯光的色温,如果使用数码相机可通过调整白平衡来校正色温,或者直接使用相机上的自动白平衡模式(图 14-3)。

▶ 图 14-1　舞台前台亮度反差比较大,不能取平均曝光值,只能以前台两个主体人物的亮度作为曝光依据,作者采用了点测光模式,将测光点对在女演员身上,保证了主体的准确曝光　陈振刚摄

◀ 图 14-2　大型的舞台表演,人物众多,舞台灯光的颜色不断变化,要拍好舞台的气氛,需在灯光颜色稳定后拍摄,不要在两种灯光颜色交换间隙拍摄。焦点对在中间人物身上,保证了主体的准确曝光　陈振刚摄

▶ 图 14-3　演员使用了五星红旗和红绸作道具,为了表现庄重热烈的场景,摄影者用了自动白平衡,色温偏暖,待演员造型完成,再将其定格下来　陈振刚摄

二、闪光灯的运用

舞台摄影一般情况下都是利用现场舞台灯光拍摄,有些演出也可以用闪光灯拍摄,有些演出禁止使用闪光灯拍摄。但有时演出结束,演员谢幕的时候,或者领导上台接见演员,和演员合影的时候闪光灯就派上了用场。闪光灯能否在舞台摄影中使用,目前有两种观点。

其一,主张使用闪光灯。理由是活跃现场气氛,鼓舞演员士气,调动观众的情绪,从拍摄效果看,尤其是拍摄运动幅度大,如跳跃、旋转的演员,可抓住清晰的优美瞬间。

其二,不主张使用闪光灯,理由是破坏了现场演出气氛,影响了演员的发挥和观众的欣赏。从拍摄效果看,使用闪光灯拍摄的照片反差大,尤其拍摄大场面,前后人物曝光不一致。

对于舞台摄影是否使用闪光灯要看具体情况灵活运用。比如前面提到的一些演出,明确禁止使用闪光灯,特别是在演出过程中。否则,就会被驱逐出场或引起观众的公愤。对于有些群众性的演出、联欢,可以使用闪光灯的,摄影者可尽情发挥。不过,仍建议不要从头闪到尾,而是选择性地使用闪光灯,主要采用现场灯光拍摄(图14-4)。

▲ 图14-4 有些舞台表演允许使用闪光灯,不妨适当拍几张。这些演员在台上运动幅度较大,很少有静下来的时候,当演员舞到前台时,摄影者用闪光灯抓拍到了这张画面 陈振刚摄

以上谈的是剧场演出时灯光的运用,对于户外舞台,又是白天演出,运用自然光拍摄就方便多了。

三、自然光的运用

有一些演出是在露天舞台白天时进行的。这种户外的演出不需要灯光,完全靠自然光,虽然舞美效果差一些,但给摄影者提供了很大的方便,拍摄时没有亮度、色温的限制(图14-5、图14-6)。

▲ 图14-5 白天的露天舞台自然光是唯一的光源,虽然没有室内舞台灯光的效果,但演员鲜艳的服装和生动的舞姿同样表现出欢快的气氛 陈振刚摄

▼ 图14-6 自然光下舞台光照均匀,用平均测光模式就能得到准确曝光。用1/125秒把演员的舞蹈动作拍摄下来,注意合上竹竿舞的节拍 陈振刚摄

第三节　不同表演题材的拍摄

　　舞台摄影的题材包括戏剧、音乐、舞蹈、话剧、曲艺、杂技、魔术等。就舞台摄影题材的表现而言，各自的表演形式和方法是不相同的，摄影者必须熟悉和掌握其规律，才能再现各种表演艺术的特色。

一、戏剧表演的拍摄

　　具有地方特色的戏剧有几十种，比如京剧、越剧、川剧、豫剧、沪剧、汉剧等，这里又分传统戏剧和现代戏剧，但它们的表演形式和程式都遵循一定的规律性，无论什么角色（按服饰和脸谱来区分），其一招一式都是根据剧情的变化、音乐的旋律和节奏来完成的。因此，摄影者可按照锣鼓点的节奏抓拍演员亮相那一瞬间。另外，演员重复的动作，第一次没拍到，还有第二次（图 14-7 至图 14-9）。

▶ 图 14-7　舞台上只有两个演员，但仍觉得阵容、气势不凡，后台喷绘壁画上的"演员"栩栩如生。为了保证景深，摄影者使用了 F8 的光圈　陈振刚摄

▶ 图 14-8　小演员的一招一式都十分专业，为突出表现面部表情，用了 F5.6 的大光圈近景构图，把焦点对在演员的眼睛上，晶莹的眼神光闪闪发亮　陈振刚摄

▶ 图 14-9　演员的演唱如泣如诉，凄楚委婉。摄影画面较好地抓住了演员的表情和肢体语言　陈振刚摄

二、舞蹈表演的拍摄

舞蹈的表演形式多样,有独舞、双人舞、集体舞。独舞和双人舞要抓住表演技巧、人物情感变化;集体舞主要表现队列整齐、画面优美、结构紧凑、变化多样。另一种常见的表演形式是独舞或双人舞,集体为其伴舞,拍摄这种画面要表现演员的情绪和剧情的统一和谐。有人说优秀的舞蹈是动的绘画、活的雕塑,摄影者就是要通过摄影手段来塑造演员的优美形象。

总体来说舞蹈摄影特别注重抓拍技巧,主要表现演员腾空跳跃的画面时,常采用低角度仰拍,以夸张高度;要表现演员高速旋转的画面时可分别用 1/250 秒或 1/60 秒,可表现两种不同动感的效果。当然还要看现场光线而定,要拍摄剪影的画面时,最好拍演员的侧面轮廓,当只有背景光和天幕光时,比较适合拍剪影。有些舞蹈每个段落和场次之间开始或结尾都有短暂的舞蹈造型,这个时刻也是我们的拍摄时机(图 14-10 至图 14-13)。

▲ 图 14-10　舞台上有一束追光照亮演员,背景较暗,这时只能以人物的亮度曝光,将人物衬托在暗的背景上,准确的曝光表现出层次和质感　陈振刚摄

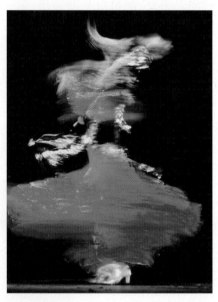

▲ 图 14-11　用 1/15 秒的慢速快门将演员高速旋转的动作虚化,突出速度感,烘托意境　陈振刚摄

◄ 图 14-12　新疆歌舞属轻歌曼舞型,节奏舒展柔媚。画面中拿麦克风演唱的演员为视觉中心,手捧各式水果道具的演员形成众星捧月状,这是一种典型的剧照拍摄方式　陈振刚摄

▲ 图 14-13　演员模仿飞天的舞姿,似雕塑造型。拍摄这种场景时,需强调演员动作的整齐统一,这就需要摄影者仔细观察,抓住典型瞬间　陈振刚摄

三、杂技表演的拍摄

杂技既是表演项目,也是比赛项目。杂技包括柔术、顶技、蹬技等技巧,如抖杠平衡、倒立组合、蹬人空竹、空中飞人、顶碗、顶缸等绝技。作为摄影者,将杂技演员表演的精彩瞬间定格下来,也能让观众尽享杂技艺术的魅力。拍摄杂技表演禁用闪光灯,只能用现场灯光,必须准确控制曝光量,可参考中央重点测光模式。有条件应采用多角度拍摄,比如正面、侧面、仰视、俯视交替使用,还可以通过远景、中景、近景、特写来变换画面的构图,但要注意体现表演项目的全貌(图 14-14、图 14-15)。

▲ 图 14-14　演员的道具是逐渐增加的,当演员的四肢和头部都托起蜡烛灯再按快门,此时的画面最能表现杂技演员的平衡功力　陈振刚摄

▶ 图 14-15　这个表演的难度在于演员的动作不断变化,而且是高难度动作,要用单幅照片表现这种高难度,就要抓精彩的造型　陈振刚摄

四、曲艺表演的拍摄

曲艺是各种说唱艺术的总称,包括评书、快板、大鼓、单弦、相声等,表演形式是借助器乐,说唱一个故事,或者模仿某个特定的人物,比如相声的表演就是靠诙谐、幽默的语言说、学、逗、唱,演员一般两人,也有单口相声和群口相声。

拍摄曲艺节目重点抓拍演员的形态和神态,即我们平时所说的形神兼备。演员的自身形态随着快板、单弦、大鼓的音乐节奏以及相声演员的道白悄悄地隐去,而那个被说唱的偶像,却活灵活现展示在观众面前,此刻被摄影者记录下来的形象是情节中的特定人物形象。目前,国外也有类似我国的说唱艺术(图14-16、图14-17)。

▲ 图14-16　画面拍摄的是文化博览会上澳大利亚的一个展位。这个家庭表演团队配合十分默契,表演形式活泼生动,器乐表演的形式类似我国的说唱艺术　陈振刚摄

▲ 图14-17　照片抓住了演员的神态和与众不同的造型,尤其是他的眼神和胡须　陈振刚摄

五、音乐表演的拍摄

音乐包括声乐和器乐。声乐的表演形式有独唱、重唱、对唱、合唱(小合唱、大合唱)。其中又有通俗唱法、民族唱法、西洋美声唱法等。器乐则有独奏、重奏、齐奏、交响乐,其中又分民乐和西洋乐。无论是声乐,还是器乐表演,演员总是受乐曲的感染,随着主题要求和乐曲变化,而流露出不同的姿态和表情。因此,拍摄音乐表演要注意抓取各种表演形式的主要特征,在光线运用、拍摄角度、画面构图等方面应有变化,丰富音乐形象的造型美,增加音乐摄影画面的艺术感染力(图14-18至图14-21)。

▲ 图14-18　侧面拍摄较好地抓住了演员歌唱的姿态,演员身着的藏族服装告诉人们她的演唱内容　陈振刚摄

▲ 图 14-19　巴西鼓手的表演节奏通过他虚的双手表现出来。摄影者用 1/15 秒的快门速度,静止的鼓是清晰的,演员的面部相对清晰,虚实的对比是动感和声音的再现　陈振刚摄

▲ 图 14-20　摄影者抓住了演员的专注神情,演员的服饰和演奏的马头琴突出了地域风格　陈振刚摄

▲ 图 14-21　为纪念邓小平诞辰 100 周年,深圳举办了一场 200 台钢琴同时演奏的音乐会。虽然看不到演奏者的面部表情,通过画面我们似乎听到了悦耳的琴声　陈振刚摄

第四节　体育摄影的题材分类及拍摄方法

　　体育摄影的题材有竞技项目和非竞技项目。竞技项目有严格的规则,最后要角逐名次、分出胜负,非竞技项目有群众性的体育运动表演等。就比赛场地而言有室内项目和室外项目,有些项目还分男子组、女子组及男女混合。归纳起来有以下几项:

一、体育摄影的题材分类

1. 田径运动项目
不同距离的跑步、跨栏、接力、跳远、跳高、撑杆跳、掷铁饼、推铅球、投标枪等比赛。

2. 球类运动项目
篮球、足球、排球、乒乓球、羽毛球、网球、台球、高尔夫球等比赛。

3. 水上运动项目
游泳、跳水、赛艇、划船、帆船、水球等比赛。

4. 冰雪运动项目
滑水、滑雪、冰球等比赛。

5. 体操运动项目
单杠、双杠、高低杠、鞍马、平衡木、吊环、跳马、自由体操等比赛。

6. 搏击运动项目
拳击、散打、摔跤、击剑等比赛。

7. 车类运动项目
自行车、摩托车、汽车拉力等比赛。

除此以外,还有举重、射击、跳伞、棋类等比赛。还有与体育比赛项目有关的开幕式、颁奖、闭幕式、运动员热身训练以及比赛场地观众热烈助威、呐喊的场面,都是体育摄影的内容。

体育摄影以现场抓拍为主,大致分为定点拍摄、追随拍摄等。

二、定点拍摄

这是一种表现运动物体动感效果的方法。事先确定拍摄的项目和对象,将相机对准运动物体经过的区域,估计动体在画面的位置,就以这个地点作为对焦点,然后设定快门速度,一般为 1/30 秒左右,等待运动物体的到来。这个动体可能是人,也可能是车。一旦动体进入画面,随即按动快门。成功的画面应该是背景清晰,动体模糊,但仍能辨认出动体的形状特征,即主体虚、背景实(图 14-22)。

定点拍摄注意事项:

（1）持握相机要稳,按动快门时不要抖动。

（2）使用三脚架或者独脚架。

（3）掌握按动快门的时机,使动体处在画面恰当位置。

（4）背景要有合适的景物,以便与动体虚实对比,或者色彩对比。

（5）摄影时距离被摄对象 10 米左右。

▲ 图 14-22　这幅照片用了 1/30 秒的快门速度,由于快门速度低于跑步人物速度,所以动体人物严重虚化。又由于定点拍摄,背景上静止的观众和树木是清晰的。这种虚实对比强化了跑步中人物的速度
陈振刚摄

三、追随拍摄

这同样是一种表现运动物体动感效果的方法,但画面效果与定点拍摄不同,即主体实、背景虚。

同样确定拍摄区域的焦点,设定快门速度为1/60秒,当动体还没有进入预定区域时就运用取景框跟踪动体,一旦到达理想位置,随即按下快门,这时画面的效果主体清晰,背景被拉成了模糊的影像(图14-23)。

追随拍摄要注意的事项:

(1)靠身体转动保持相机的稳定。

(2)背景要有深色物体,不可以天空或水面做背景。

(3)快门速度适中,太快、太慢都会失去追随效果。

(4)最好使用逆光或侧逆光,以体现动体的轮廓。

(5)在追随的过程中按动快门,按动快门的一刹那追随不能停顿。

▲ 图 14-23 这幅照片的快门速度为 1/125 秒,虽然快门速度并不是太高,但采用了跟踪追随的方法,使相机与跑步中的人物保持同方向的等速运动,在追随中按动快门,保证了运动人物的相对清晰,背景模糊 陈振刚摄

第五节 不同体育项目的拍摄

体育有比赛项目和表演项目之分,同一项目又分男子组和女子组,有的项目按年龄和体重分,还有的项目按健全人和残疾人分。不同运动特点的体育项目,在拍摄方法上也有差异,有些类似的体育项目拍摄方法上大同小异。下面就几种常见体育项目的拍摄方法简要介绍如下:

一、短跑项目拍摄

分为 100 米、200 米、400 米,拍摄的时机有起跑和冲线,途中跑和弯道跑也能出作品,多采用追随拍摄方法。运动员起跑使用的是爆发力,拍摄者应站在起跑线两侧,要像运动员一样精神高度集中,一旦发令枪响,立即按动快门,快门速度 1/250 秒,这时已拍到运动员前腿蹬直,上肢向前挥摆,而且动作整齐。冲线是短跑比赛最精彩的瞬间之一,运用 1/500 秒快门速度,拍摄者可在终点线的左右两端采用平视角度拍摄,也可采用高角度俯拍、低角度仰拍,或者在终点线的前方使用中变焦镜头,用 1/250 秒快门速度拍摄,但一定要避免与运动员碰撞(图 14-24、图 14-25)。

▶ 图 14-24 起跑线上拍摄短跑运动员,可以把所有运动员都摄入画面。曝光组合为 1/250 秒,F11,相机处在跑道的 45°角位置,焦点对准第二个运动员,按动快门的时机依照裁判员的枪声 陈振刚摄

▲ 图 14-25 短跑距离短,运动员速度快,几乎同时到达终点。要拍运动员冲
线的那一瞬间,需事先调好曝光组合。这一张用了 1/125 秒快门,F16 光圈,
在运动员没有到达之前将焦点对在红布条上,一旦运动员到达随即按下快
门 陈振刚摄

二、跨栏项目拍摄

跨栏,田径运动项目之一,在规定的竞赛距离内每隔一定距离摆设栏架,运动员要依次跨过栏架
跑到终点。如果要表现运动员并列跨栏的场面,摄影者最好站在第二栏的侧前方。如果要表现运动
员获胜的一刹那,摄影者应站在最后一栏的侧前方拍摄。如果要表现整个比赛场面的竞争气氛,摄影
者应站到终点前方稍远一些的位置,以稍俯一点的角度纵深拍摄,或者拍摄运动员冲向终点的动作(图
14-26、图 14-27)。

▲ 图 14-26 这一张照片拍摄的是 400 米栏运动员的途中跨栏,前面的运动
员已轻松跨过栏杆,后面的运动员还在栏上,这里使用了 1/250 秒快门速度。
画面上两个运动员凝固的运动姿态,表现了赛道上竞争的激烈 陈振刚摄

▲ 图 14-27　这个运动员似乎是飞越跨栏，前后都没有其他运动员与其竞争，
摄影者抓拍到位　陈振刚摄

三、中长跑项目拍摄

800 米、1 500 米、5 000 米、10 000 米均为中长跑，表现这一项目的最佳角度，是拍摄运动员抢占内弯道的场面。运动员起跑后 20 米就开始抢道，摄影者必须事先做好准备。还可以拍摄运动员形成长龙一样的场面，每个人都跟得很近，大概在起跑后 200 米的时候，快门速度 1/250 秒（图 14-28、图 14-29）。

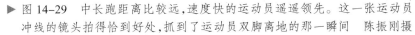

▲ 图 14-28　中长跑同样竞争激烈，特别是运动员抢占内弯道时相对比较集中，用 1/250 秒快门速度就能拍到运动员争先恐后的场面　陈振刚摄

▶ 图 14-29　中长跑距离比较远，速度快的运动员遥遥领先。这一张运动员冲线的镜头拍得恰到好处，抓到了运动员双脚离地的那一瞬间　陈振刚摄

四、接力跑项目拍摄

4×100米、4×200米、4×400米均为4人一组接力跑,接力拍摄最佳时机为交接棒和终点冲刺。在第二次交接棒的位置能拍到两队以上同时交接,如果用追随的方法动感效果好。若拍摄交接棒的近景需提高快门速度为1/300秒,甚至1/500秒,一般运动员右手接棒,也有左手接棒的(图14-30、图14-31)。

▲ 图14-30 这一张4×100米接力跑拍到了运动员交接棒的瞬间,用了1/250秒定点拍摄,摄影者在运动员的侧前方,保证了画面中运动员的清晰 陈振刚摄

▲ 图14-31 这一张在4×100米第四棒的位置拍摄,画面上几组运动员几乎同时交接棒,可见实力相差不大 陈振刚摄

五、跳远项目拍摄

运动员经助跑起跳后，在沙坑上的腾空动作和落入沙坑、沙尘四溅的一瞬间特别精彩，快门速度应设为 1/250 秒。摄影者也不妨在运动员的前方利用变焦镜头拍摄纵向追随的爆炸放射效果（图14-32、图14-33）。

▲ 图 14-32　逆光下，运动员起跳，落入沙坑前按动快门，将运动员凝固在空中。因运动员是纵向运动，1/125 秒或 1/250 秒都能拍到，关键是要控制好按动快门的时机　陈振刚摄

▲ 图 14-33　跳远运动员落入沙坑，沙尘四溅的画面同样精彩，最好使用连拍装置　陈振刚摄

六、跳高项目拍摄

跳高项目中运动员腾空过杆的姿势是摄影者拍摄的重点。拍摄跨越式过杆，摄影者要选定横杆前的位置；剪式跳高，运动员左腿先过杆，摄影者应站在横杆前右侧与横杆成 50 度角的位置上；拍摄俯卧式跳高的位置，根据运动员助跑起跳的方向而定，如运动员从左边 30 度角跑向跳高架，摄影者要在横杆后边右侧 60 度角拍摄。背越式跳高过杆，摄影者应该选择沙坑左或右 45 度角处。拍摄跳高，不管运动员采用什么姿势过杆，摄影者一般采用仰摄，快门速度为 1/250 秒（图 14-34、图 14-35）。

▲ 图14-34　不断刷新高度的运动员是拍摄的重点。画面上这个运动员很少有失误,摄影者顺利地拍到了他背跃式过杆的镜头　陈振刚摄

▲ 图14-35　采用连拍,抓到了运动员跨越横杆的镜头　陈振刚摄

七、游泳项目拍摄

游泳项目主要在泳池进行,游泳池又分为室内游泳池和室外游泳池,竞技项目有蛙泳、蝶泳、自由泳等。室内灯光拍摄相比室外自然光拍摄难度大一些,但有时室外在直射阳光下拍摄反差比较大。拍摄游泳项目没有固定的位置,在不影响运动员和裁判员的情况下,可在起点或终点拍摄,大多情况下在看台上用长焦镜头拍摄,快门速度均采用 1/250 秒以上(图14-36、图14-37)。

▲ 图14-36　泳池里运动员进行的是自由泳项目,摄影者抓拍到了运动员面部露出水面换气、手臂划水抛出水面的瞬间。拍摄位置在看台第一排,用 200 mm 镜头,1/125秒,F5.6 跟踪聚焦　陈振刚摄

▲ 图14-37　拍摄蛙泳项目,摄影者要处在运动员正面或正侧位置上,等运动员抬头换气时按动快门　陈振刚摄

八、散打项目拍摄

散打是一项激烈的对抗运动,不仅要求运动员有强壮的体魄,还要反应机敏神速。摄影者只能在赛台的外围拍摄,基本在裁判员的前方,运动员的正侧面,有条件最好能走动拍摄。如果是室内灯光赛场只能用现场光,相对光圈要开大一些,采用跟踪对焦。如果是室外自然光,相对可以提高快门速度,容易抓取精彩瞬间。散打比赛过程中是不允许使用闪光灯的,这一点需摄影者遵守(图14-38、图14-39)。

▲ 图 14-38 散打比赛项目在赛台上进行,摄影者只能在赛台外指定的地方拍摄,不得使用闪光灯。这一张就是利用现场灯光拍摄的,画面抓住了红方运动员的出拳瞬间 陈振刚摄

▲ 图 14-39 黑方运动员将红方运动员打倒在地后,等待裁判员发号令。摄影者捕捉到红方运动员倒地,黑方运动员居高临下的气势 陈振刚摄

九、摩托车项目拍摄

摩托车赛是一个高速运动的项目,摄影者尤其要注意安全,千万不要在赛道上或摩托车运动的前方拍摄,尽可能用变焦镜头的长焦段。拍摄摩托车高速行进的画面快门速度要看拍摄角度而定,如果是在摩托车行驶的正侧面,要使用高速快门,不要低于 1/300 秒;如果是摩托车行驶的侧前方,1/200 秒即可;如果是远距离在摩托车行驶的正前方,1/250 秒可拍到清晰画面。聚焦均采用跟踪或代测物。当然,无论是快门速度确定,还是聚焦方法,都要看画面效果灵活运用(图 14-40、图 14-41)。

▲ 图 14-40 摄影者站在赛道的侧面,用 1/500 秒速度,跟踪摩托车拍到了运动员凌空飞跃的动作。低角度仰拍夸张了摩托车运动员的高度,画面背后的人物和远山也起到了参照对比作用 陈振刚摄

▶ 图 14-41 摄影者同样拍摄到了摩托车运动员腾空的动作。因是纵向运动,快门速度降到了 1/250 秒。这里值得一提的是为保证被摄体清晰,需要事先找一个替代物聚焦,比如与摩托车垂直的地面 陈振刚摄

十、滑冰项目拍摄

滑冰既是竞技项目，也是表演项目。所以，有人把滑冰比作冰上芭蕾。滑冰分单人、双人，而双人一般为男女组合。滑冰的场地大多在室内，主要靠灯光照明，因此，给摄影者增加了一些拍摄难度，尤其是表演者高速滑行旋转，只有一束追灯跟踪时，既要被摄者清晰，又要曝光准确，这就需要摄影者熟练运用摄影技巧。最好配备大口径的长焦镜头，在允许的情况下提高感光度，采用手动跟踪对焦拍摄（图 14-42、图 14-43）。

◀ 图 14-42　滑冰有两个项目，一是速度滑冰，二是花样滑冰。这张照片就属花样滑冰，运动员要在冰上做各种造型动作。拍摄花样滑冰如果解决了聚焦和曝光，照片就成功了一半。画面中运动员追灯下的投影起到了均衡作用　陈振刚摄

▶ 图 14-43　运动员在冰上的舞姿似雏鹰展翅，显得舒展优雅。摄影者在运动员徐缓滑行时拍摄，侧逆光的追灯，勾画出运动员的轮廓　陈振刚摄

十一、呼拉圈项目拍摄

呼拉圈是一种非竞技的体育项目，一般用来表演或健身，但是参与的人比较广泛，适合男女老少参加，而且玩呼拉圈也有一定的难度和技巧，有的表演者可同时旋转几十个或上百个呼拉圈，还可变换不同的花样，十分精彩。拍摄呼拉圈表演不一定要把呼拉圈拍得很清晰，用相对比较慢的快门速度，通过虚实对比表现其动感。通常要表现动感可使用 1/8 秒或 1/15 秒，但必须保证表演者的清晰度，如果整个画面模糊不清，那么这张照片也就没有欣赏价值了（图 14-44、图 14-45）。

▲ 图 14-44　要把呼拉圈拍清晰并不难,在表演者旋转呼拉圈的过程中用高速快门或闪光灯就可以了。但需要表演者清晰呼拉圈模糊就有一定难度了。这张照片使用了 1/15 秒、F8 的曝光组合　陈振刚摄

▲ 图 14-45　要同时表演几十个呼拉圈难度更大,同样也增加了摄影的难度。演员为了使呼拉圈不掉下去,必须加大运动幅度,身体摇晃的幅度大了,慢速度很难把人拍清楚。摄影者只能连拍,从中选出自己满意的,这一张就是这样完成的　陈振刚摄

本章小结

　　运动中的人物是舞台和体育摄影的主要表现对象,相对人物与肖像摄影的难度大得多。因为要抓取动态人物的精彩瞬间,不仅要有娴熟的拍摄技巧,还要有敏锐的观察力。这就要求学生有针对性地参加一些实战演练,不断提高技能,积累经验。舞台与体育摄影虽然表现对象都是人物,但拍摄表现的方法也有差别,要根据题材和创作需要,灵活应用一些拍摄技巧,如以大、小光圈,快、慢速度,推、拉变焦等手法来丰富、强化拍摄内容。

思考练习

　　1. 舞台与体育摄影对摄影器材有什么要求,如何满足这些要求?

　　2. 不同的舞台摄影题材,拍摄方法有哪些相同和不同的地方?

　　3. 怎样抓拍舞台表演的高潮? 举例说明。

　　4. 当室内演出不许使用闪光灯拍摄时,应采取什么措施?

　　5. 不同的体育项目,拍摄方法有哪些相同和不同的地方?

　　6. 如何抓拍体育项目的精彩瞬间? 举例说明。

　　7. 拍摄体育项目时怎样运用追随摄影?

实训项目

　　1. 参加一次舞台摄影活动,将所学的舞台摄影知识和拍摄方法,运用到实践中,并结合拍摄习作,

写一份实训报告。

2. 参加一次体育摄影活动,竞技项目和群众性体育活动均可。项目包括球赛、田径、武术、水上运动等。结合拍摄习作写一份实训报告。

3. 运用追随摄影法拍一组运动物体,分析快门速度的作用与效果。

4. 使用变焦镜头拍一组运动物体,比较定焦拍摄与变焦拍摄的效果。

参 考 文 献

［1］ 夏放.摄影艺术概论.杭州：浙江摄影出版社,2000.

［2］ 吴炜.摄影发展图史.长春：吉林摄影出版社,2000.

［3］ 徐希景.实用摄影学.北京：中国摄影出版社,2002.

［4］ 刘永祥.摄影构图.哈尔滨：黑龙江科学技术出版社,1997.

［5］ 吴疆.画面构图与拍摄技巧.北京：人民邮政出版社,2002.

［6］ 胡晶.摄影基础教程.哈尔滨：黑龙江科学技术出版社,2000.

［7］ 汤德伟.新概念摄影器材.上海：上海人民出版社,2002.

［8］ 李培林.现代摄影造型艺术.北京：中国广播电视出版社,2001.

［9］ JAGDA 日本图形设计协会教育委员会.摄影・广告・设计.东京：六耀社,1999.

［10］ 京都造型艺术大学.摄影的变容与扩张.东京：角川书店,2000.

［11］ 高桥周平.摄影新视角.东京：日本摄影印刷会社,1999.

［12］ 佐藤和子.AXIS 三宅一生.东京：日本摄影印刷会社,1999.

［13］ Commercial Photo,1999（7）.

［14］ Design plex,2000（10）.

［15］ 朱锷.Visual design 户田正寿的设计技术.南宁：广西美术出版社,2000.

［16］ 徐国兴.摄影技术教程.北京：中国人民大学出版社,2001.

［17］ 颜志刚.摄影技术教程.上海：复旦大学出版社,2000.

［18］ 于素云,张继迎.摄影技术.北京：华夏出版社,1998.

［19］ 人像摄影,2001（2）.

［20］ 詹尼・比德纳.数码摄影技术.杭州：浙江摄影出版社,2001.

［21］ 刘远航,刘文开,郭晓红.数码相机原理性能与使用.沈阳：辽宁科学技术出版社,2001.

［22］ 塞瑞沙,爱尔瑞.数码摄像处理技术.长春：吉林摄影出版社,2002.

［23］ 梁祖厚.数字照相机基础知识选购使用.上海：上海科学技术文献出版社,2002.

［24］ 王琦.实用数字摄影指南.北京：中国摄影出版社,2001.

［25］ 迈克尔・内塞尔.数码相机拍摄技巧.广州：广东科技出版社,2002.

［26］ 蒂姆・戴利.数码摄影手册.上海：上海人民出版社,2002.

［27］ 吉姆・朱克曼.创意摄影的奥妙.上海：上海人民美术出版社,2002.

［28］ 吕中元.日本现代艺术摄影.武汉：湖北美术出版社,2002.

［29］ 中国摄影,1997（11）.

［30］ 邵大浪,寿冰青.商业摄影.长春：吉林摄影出版社,2002.

［31］ 沙占祥.照相机及其使用.沈阳：辽宁美术出版社,1995.

［32］ 李振盛等.摄影技术技巧.北京：中国摄影出版社,1995.

［33］ 周长泰.摄影艺术技巧.沈阳：辽宁美术出版社,1997.

［34］ 王天平,姜锡祥,陆绪军.应用摄影基础教程.上海：文汇出版社,2008.

［35］ 何惟增.现代建筑摄影.杭州：浙江摄影出版社,2002.

本书中运用了大量图片,在此谨向这些图片的作者表示衷心的感谢。

郑 重 声 明